お茶と探偵㉔

ティー・ラテと夜霧の目撃者

ローラ・チャイルズ　東野さやか 訳

A Dark and Stormy Tea

by Laura Childs

コージーブックス

A DARK AND STORMY TEA
by
Laura Childs

This edition published by arrangement with Berkley,
an imprint of Penguin Publishing Group,
a division of Penguin Random House LLC.
through Tuttle-Mori Agency,Inc.,Tokyo

挿画／後藤貴志

ティー・ラテと夜霧の目撃者

謝辞

サム、トム、ステファニー、エリシャ、サリール、M・J、ボブ、ジェニー、ダン、そしてバークレー・プライム・クライムおよびペンギン・ランダムハウスで編集、デザイン、広報、コピーライティング、ソーシャルメディア、書店およびギフトの営業、プロデュース、配送を担当してくれているすばらしい面々に格別の感謝を。〈お茶と探偵〉シリーズを楽しみ、評判をひろめてくださったお茶好きのみなさん、ティーショップの経営者、数々のブック・クラブ、書店関係者、図書館員、書評家、雑誌の編集者とライター、ウェブサイト、テレビとラジオの関係者、そしてブロガーのみなさんにも心から感謝します。本当にみなさんのおかげです！

そして、セオドシア、ドレイトン、ヘイリー、アール・グレイなどティーショップの仲間を友人や家族のように思ってくださる大切な読者のみなさまには、これから先もずっと感謝の気持ちを忘れません。本当にありがとう。まだまだたくさんの〈お茶と探偵〉シリーズをお届けすると約束します！

主要登場人物

セオドシア・ブラウニング……………インディゴ・ティーショップのオーナー
ドレイトン・コナリー……………同店のティー・ブレンダー
ヘイリー・パーカー……………同店のシェフ兼パティシエ
アール・グレイ……………セオドシアの愛犬
ピート・ライリー……………セオドシアの恋人。刑事
ティモシー・ネヴィル……………ヘリテッジ協会の理事長
ロイス・チェンバレン……………古書店の経営者
カーラ・チェンバレン……………ロイスの娘。ジャーナリストの卵。大学生
ティム・ホルト……………カーラの元恋人。カメラマン
モニカ・ガーバー……………テレビレポーター
ジェシー・トランブル……………チャールストン警察の広報官
ボブ・バセット……………フリーの事件記者
ワイアット・オーロック……………不動産開発業者
フランク・リンチ……………警備員
ニック・プリンス……………セオドシアの隣人。作家
ギャヴィン・グールディング……………ロイスの古書店が入るビルの貸主

1

月曜の午後五時半、インディゴ・ティーショップを経営しているセオドシア・ブラウニングがヘリテッジ協会の裏口から外に出ると、あたりはすっかり暗くなっていた。波打つ鳶《とび》色の髪をうしろに払い、帰り道を照らしてくれるオレンジ色の光がうっすらとでも見えないかと期待しながら、西の空を見やる。なにも見えなかったので、遅くまでぐずぐずしていた自分に文句を言いながら、かなりの早足で歩きはじめた。

今度の水曜日、チャールストンの由緒あるヘリテッジ協会の主催で海事歴史セミナーが開催される予定で、来訪する学者たちに提供するアフタヌーンティーのケータリングを、幸運にもセオドシアたちが依頼されたのだ。

急いで戻らなくちゃ。ドレイトンが待っているんだもの。セオドシアはそう自分に言い聞かせ、寒風にコートの襟《えり》を立てた。見あげると、木々が大きく揺れると同時に叩きつけるような雨が降りはじめ、氷の針のように顔に突き刺さってくる。

三月のはじめにしてはひどい天気だ。ここチャールストンでは、アザレアやピンクのツバキが一斉に咲き誇る時期なのに。

さらに空で雷が低く、ゆっくりと鳴りはじめた。宇宙のボウリング場でピンが次々に倒されていくような音だ。

セオドシアは急ぎ足でキング・ストリートを渡ったところで、少し迷った。神経質な猫のように鎮座している築二百年もの巨大な住宅をきょろきょろ見まわしていると、雨が激しく叩きつけてきて思わず体を震わせる。二点を結ぶ最短距離は直線なのだから、歴史地区の裏をうねうねと走るゲイトウェイ遊歩道という近道を行けば、一ブロックずっと水たまりをかき分けて行かなくてもすむはずだ。それに、こんなにも風が強く吹きつける気象状況なのだから、考えるまでもない。

もちろん、ゲイトウェイ遊歩道にはもう、人っ子ひとりいないはず。セオドシアは胸のなかでそうつぶやきながら、古めかしい錬鉄の門をくぐり、くねくねとした細い道を急いだ。季節はずれの悪天候とあって、写真を撮る観光客の姿はなく、幽霊が出るというお墓や、ふわりふわりとただよう白い亡霊にまつわる不気味な逸話をガイドが聞かせるゴーストウォークツアーがおこなわれている様子もなかった。

背の高いツゲの生け垣が両側から迫るなか、セオドシアは滑りやすい玉石敷きの道をそそくさと進んだ。数ブロック先のチャールストン港から吹きつける風にあおられたのだろう、灰色の霧がひと筋、前方を横切っていった。ただでさえ高い湿度と塩を含んだ海風、光り輝くアンティークの街灯によってちょっぴり幽玄な雰囲気をただよわせているチャールストンだけど、霧が渦を巻きながら流れこんでくると、不気味さにいっそう拍車がかかる。

不気味なのも当然だわ、とセオドシアは心のなかでつぶやく。この道は超常現象がよく目撃される場所ということになっているんだもの。もっとも、わたしはそんなものははなから信じていないけど。

セオドシアはこういう裏道や遊歩道を何十回と通ってきたし、そのたびに贅沢な庭、ギリシア様式の彫像、ブドウの蔓《つる》を這わせた秘密のあずまや、心地よい水音をあげる噴水に楽しませてもらっている。けれども今夜は、いつもと雰囲気がちがうのを認めざるをえない。

それにはちゃんとした理由がある。

優雅で上品な貴婦人のような街であるチャールストンはいま、不安に充ち満ちていた。霧《フォグ》足《ヒール》ジャックと地元紙が名づけた危険な殺人鬼が、裏通りや路地をうろついているからだ。七年のあいだ音沙汰なしだった凶悪な人物が突然、チャールストンにふたたび現われ、無防備な若い女性を鋭い針金で絞め殺したのだ。

最近では誰もが青い薄明かりのなか家路を急ぎ、真っ暗になる前に自宅の戸締まりをするようになっている。チャールストンの由緒ある宿で贅沢な時間を過ごしたり、サーモンのグリル、ワタリガニ、新鮮な牡蠣が評判の四つ星レストランでごちそうを楽しんだりしようとこの街を訪れた人たちに対しては、比較的安全とされている歴史地区から極端に離れたところには行かないほうがいいと注意が呼びかけられている。シティ・マーケット、ウォーターフロント・パーク、ホワイト・ポイント庭園の周辺は、チャールストン警察がパトロールを強化し、パトカーには警官がふたり組で乗るようになっていた。

そんなことを考えてはだめ。セオドシアは首を振って、あれこれ心配する気持ちを振り払い、大丈夫よと自分に言い聞かせる。大丈夫どころじゃない。周囲はオークの巨木、パルメットヤシ、崩れかけた石壁だらけとはいっても、人通りの多いチャーチ・ストリートと温かく出迎えてくれる自分のティーショップまで、あと三ブロックのところまで来ている——正確に言うなら、あと二ブロック半だ。あの居心地のいいささやかな店の入り口にたどり着けば、もうなんの心配もいらない。大切な友人にしてお茶のソムリエであるドレイトン・コナリーが、ケータリングの仕事の最終的な内容がどうなったのか知りたくて、ポットいっぱいに熱々のダージリンを用意して待っている。店の若き敏腕シェフであるヘイリーはおそらく、オレンジと茶色のラガマフィン種の猫のティーケーキと一緒に店の二階にある自宅アパートメントにこもっているだろう。

インディゴ・ティーショップの暖かさがカシミアの毛布のように肩を包んでくるのが感じられ、豊かな香りを深々と吸いこめそうな気さえする。だから、不安に思うことなどなにもないわ。でしょ？

だったら、こんなにも落ち着かない気持ちなのはなぜ？

それに対する現実的で理にかなった答えをセオドシアは知っている。フォグヒール・ジャックのせいだ。フォグヒール・ジャックとは、七年ほど前にふたりの女性を殺害し、いままたよみがえってあらたな罪を重ねはじめたと思われる正体不明の謎の殺人犯だ。セオドシアの店のお客も、フレンチテイストをちょっぴり取り入れたイギリス風のティーショップでお茶を口に運び、焼きたてのスコーンを食べながら、こそこそとその名を口にしている。

いったい誰なのかしらね？

どこにいるの？

次の犯行はいつになるのかしら？

《チャールストン・ポスト＆クーリア》紙はなんのためらいもなく、見出しに〝フォグヒール・ジャックの復活！〟とでかでかと書いている。問題の事件が起こったのは、大学近くの小さな公園で、七年前に発生し、いまだ解決にいたっていないふたつの事件と同一の手口だった。

フォグヒール・ジャック。当時、血気にはやるジャーナリストたちは犯人をそう呼んだ。

そしてその名前が定着した。

一部のテレビ局はさらに一歩踏みこみ、この残忍な殺人犯は国じゅうをめぐったのち、好みに合う、つまり好ましい狩り場であるチャールストンに戻ってきたのではないかと分析している。

もう、ばかなことを言わないの。セオドシアはせかせかと歩きながら自分をたしなめた。

先週の殺人事件が起こった場所は、ここから何マイルも離れているじゃないの。だから、まさか……。

前方からかすかな音が聞こえた。革の靴底が舗装した道にこすれる音かしら？

歩をゆるめて聞き耳をたて、ぴたりと足をとめた。首をかしげ、さらに耳をすませる。

けれども聞こえてくるのは降りしきる雨の音とアーチデイル・ストリートをときおり走る車の走行音だけだ。

わたしったらばかみたい。臆病者みたいにびくびくしちゃって。

セオドシアはふたたび歩きはじめ、最後の路地を進んだ。いつもなら、腰をおろしてパルメットヤシや紫色の藤の花に陽射しが当たるのをながめるのに最高の場所だ。蝶々やミツバチがたわむれるのをながめるのもいい。だけど、きょうは無理。セオドシアは頭上で雷鳴がとどろき、雨が激しく叩きつけるなか、霧に覆われたアザレアの茂みのわきを急ぎ足で通り過ぎた。何度もまばたきをし、目をぬぐいながら悟った。しだいに深さを増す水たまりをよけるのは言うにおよばず、この細い路地を歩くことすらむずかしい、と。

セオドシアは、あせってはだめ、と自分に言い聞かせた。だって聖ピリポ教会の墓地はもうすぐそこなんだから。そこまで行けば、もう大丈夫。

あいにくと、この土砂降りの雨と、一歩先も見えないほどの濃い霧に耐えなくてはならない。

セオドシアは頭を低くして、足首に湿った蔓がからみつくなかを進んだ。するとようやく、流れる霧をすかして、崩れかけた墓が一基、見えてきた。すぐにべつの墓も姿を現わす。薄気味悪い墓地なのはまちがいないが（ここで人魂を見たというゴーストハンターは何人もいる）、それが見えてうれしいと思ったのはこれがはじめてだ。

左にカーブしている煉瓦敷きの通路に沿って、セオドシアはひざまずく天使がてっぺんに飾られた四角い大理石の墓をまわりこんだ。寒いうえにずぶ濡れで、濡れネズミ同然の彼女としては、一刻も早く……。

また音が聞こえた。

セオドシアは思わず背中をまるめて、立ちどまった。

こんな天気のなか、わたし以外に誰が歩きまわっているの？　墓参りの人かしら？　それとも道に迷った観光客？

電流が何本もの高圧線のように大気を揺るがせるなか、セオドシアは落ち着きなく立ちすくんでいた。

どうしたらいいの？

その問いに答えるように稲妻が走り、わきたつ雲を明るく照らした。と同時に、三十フィートほど前方の奇妙な光景がくっきりと浮かびあがった。

ふたつの人影が不自然に抱き合った恰好で固まっていた。ハリケーンの目に入ったかのように。

次の瞬間、あたりは完全な闇に包まれ、雨音がいっそう激しくなった。

口から飛び出しそうなほど心臓をばくばくいわせながら、セオドシアはいま目にしたものはなんだったのかと考えた。恋人同士のけんか？　ばかげた悪ふざけ？　人が襲われているところ？

稲妻がまたも光ってバリバリという音があがり、ぎょっとするような光景が目の前にひろがった。片方の人影が低い墓の上に倒れていた。

行動学の専門家によれば、差し迫った危険に直面すると、ほとんどの人はすぐに戦うか逃げるかのどちらかの反応をしめすという。セオドシアはそのどちらも選ばなかった。そのかわりに怒鳴った。「ちょっと、そこの人！」大きくて威厳のある声を出したつもりだった。

光沢のある黒いロングコートにフードをかぶった人物がゆっくりと立ちあがり、セオドシアに顔を向けた。その姿を見てすぐ、陰気でおぞましい印象を受けた。言ってみれば、ホラー映画のクリーチャーのように。あるいは『スリーピー・ホロウの伝説』に登場する首なし騎士のように。セオドシアはその男の顔――男だと思ったのだ――をなんとか見ようと必死に目をこらしたが、目のところが黒く落ちくぼんでいて、薄い唇を真一文字に結んでいることくらいしかわからなかった。

「ここでいったいなにを……？」セオドシアはもう一度叫んだが、猛威をふるう嵐に負けない声を出すのはむずかしかった。

次の瞬間、男がぎらぎらと光るナイフを持ちあげ、彼女のほうに向けたのを見て、セオドシアは黙りこんだ。なんとも奇妙な動きだった。セオドシアを脅しているようにも、祝福をあたえるようにも見えた。

あたりが危険な空気に包まれたのを感じ、セオドシアは降参するようにゆっくりと両腕を大きくひろげ、一歩うしろにさがった。

すると男は向きを変え、暗がりにするりと逃げこんだ。

すっかり気が動転したセオドシアは、少し待ってからそろそろと前に進んだ。いったいなにがあったの？　いまわたしが目撃したものはなんだったの？

心臓が激しく鼓動するのを感じながら、墓にぞんざいに投げ出された小さな黒い人影に向かってそろそろと近づいた。一見したところ……ぼろ布を束ねたものにしか見えない。あれは人かしら？　たぶんそうだわ。

ぐったりとした人影をのぞきこんで声をかける。

「あの……？　なにかお手伝いすることはありますか？」

返事はない。

セオドシアはもう一歩近づいた。

そのとき、すべてが変わった。叩きつける雨に交じって、いく筋もの血が流れているのが目に入った。

2

セオドシアはパニックでわれを忘れそうになるのを必死でこらえながら携帯電話を探し、どうにかこうにか緊急通報の九一一をプッシュした。通信指令係が出ると、一気にまくしたてた。

「殺人事件です！　わたしには殺人のように見えます。場所は聖ピリポ教会の墓地。誰か来てください！」

「いまいる場所はどこですか？」通信指令係が訊いた。冷静そのものでありながら、気遣う気持ちが伝わってくる声だった。

「いま言ったでしょう。聖ピリポ教会の墓地よ」

ぼそぼそした話し声がいくつか聞こえ、つづいて〝10－53〟とか〝1－87の可能性あり〟という声が耳に飛びこんだ。警察が無線で使うコードだ。やがて通信指令係が電話口に戻った。

「対応を指示しました。警官がそちらに向かっています。しかし、このまま通話を切らずにいてもらわないとなりません。おわかりでしょうか？」

「ええ……わかりました」セオドシアは冷静でいようと、ちゃんと頭を働かせて話そうとしたが、むずかしかった。降りつづく雨が襟に染みこみ、うなじを伝い落ち、骨まで凍えそうだ。しかも、いま立っている場所は真っ暗で、かなり古くて崩れかけた像や墓石にまわりを囲まれている。頭蓋骨の彫刻ががらんどうな目で彼女を見つめている。左では、頭部のない羊の像が見張りをするように立っている。それにもちろん、あの気の毒な遺体もある。大量の血を流している遺体が。

「もしもし、まだ電話はつながっていますか？」通信指令係が訊いた。「声を聞かせてください。あなたが無事かどうか確認したいので」

「ええ、つながってます。わたしは無事です」セオドシアは死んだように冷たい手で携帯電話をしっかり握って答えた。

「あと二分でパトカーが一台、到着しますから、なるべくそこを動かないでください」ひっきりなしに落ちてくる雨の音に交じり、通信指令係の心配そうな声が響く。

セオドシアは、見えないとわかっていながらうなずいた。

「わかりました」彼女はようやく言った。「このまま動かずにいます」

「あなたの身に危険がおよぶ可能性はありますか？」

セオドシアはあたりを見まわした。

「いま現在ですか？　それはないと思います。でも……」

歯をくいしばってこらえていても、好奇心が急速に頭をもたげ、いても立ってもいられなくなった。判断力が鈍ってしまった。

そろそろと足を前に出した。水をたっぷり含んだ地面を進むたび、ローファーのかかとがダークグリーンのふかふかの苔《こけ》に沈みこむ。やがて足をとめ、問題の女性をじっくりのぞきこんだ。あばたのような穴がぽつぽつあいた低い大理石の墓石に無造作に放置されたその遺体は、ディスプレイとして置いたようにも見える。〝おれの仕事ぶりを見ろ〟と言わんばかりだ。

ぞっとする光景だった。女性の顔も腕も、肉をきれいにそぎ落とした骨のように真っ白だった。しかも稲妻が光り、吹きつける風に女性の着ているものや髪がはためくたび、昔のぎくしゃくした動きのモノクロ映画を見ているような気持ちになってくる。

だけど、ちょっと待って……。

少し時間がかかったが、紫色のエンブレムがついたカーキ色のブックバッグがぐっしょり濡れ、女性の体の下に隠れているのに気がついた。

「うそでしょ」セオドシアはかすれた声でつぶやいた。「まさか、ロイス？」ロイス・チェンバレンは元司書で、いまはインディゴ・ティーショップの二軒先で古書店を経営している。彼女の店で、これとよく似たカーキ色のバッグを売っていた。

セオドシアは携帯電話を口もとまで持っていき、もう一度話した。

「あの……この女性を知ってる気がします」

「被害者をご存じなんですか？」通信指令係の声には驚きとともにかすかな疑念がにじんで

いた。

「少なくとも、このブックバッグには見覚えがあります」

「はあ、そうですか」

「古書店を経営しているロイス・チェンバレンではないかと」セオドシアは言った。そのとき稲妻がまたもまぶしく光って耳をふさぎたくなるような雷鳴がとどろき、赤みがかったブロンドのロングヘアがもつれ、血がべっとりついているのが見えた。

「あるいは……その娘さんかも」

まさか、カーラ？ セオドシアは首をひねった。

「警官はあと三十秒ほどで到着します」通信指令係の声が耳のなかで聞こえた。「二台で向かっています」通信指令係はセオドシアの目の前にある遺体よりも、同僚がいいタイミングで到着することのほうに気を取られているようだ。「そろそろサイレンの音が聞こえませんか？」

するとタイミングを見計らったように、二台の甲高いサイレンの音が意識に入りこんだ。

「はい、聞こえます。だんだん近づいてます」

ほどなく、サイレンの音はかなり近くなった。渦巻く霧の合間から苔むした墓石の向こうに目をこらすと、一台めのパトカーがチャーチ・ストリートを曲がり、上下に揺れながら縁石を乗り越えた。車はスピードを落とすことなく歩道を横滑りするように教会のわきをまわりこみ、墓地を目指して進んだ。濡れた芝を横切り、傾いた墓石に強化フロントバンパーがぶつかって耳障りなガチャンという音をたててようやくとまった。

つづいて二台めのパトカーがパトライトを点滅させ、拡声器から雑音交じりの声でセオドシアに大声で呼びかけながら到着した。

ドタバタ喜劇の『キーストン・コップス』を見ているようだった。

きまじめそうな制服警官たちが銃を抜いて、両方の車両から飛び出した。

「こっちよ、こっち」セオドシアは声を張りあげた。武器を持たない民間人だとわかるよう、両手を高くかかげた。「わたしが通報しました」だから、お願い、撃たないで、と心のなかでつけくわえる。

つづいて救急隊員が到着した。サイレンを鳴らし、赤いライトを点滅させたまま、救急車から飛び出し、被害者のもとに駆け寄って手当てを始めた。気道を確保し、手動の人工呼吸器を使って心臓マッサージをおこない、心臓を再始動させるための薬剤を注入した。なんの効果も見られなかった。女性——カーラだろうか?——は事切れているようだった。

「軟部組織が損傷しているのにくわえ、舌骨が折れているようだ」救急隊員のひとりがつぶやいた。「ひもがかなりくいこんでる。もう手の打ちようがない」

救急隊員が作業できるよう懐中電灯をかざしていた警官がセオドシアに歩み寄った。名札にはデイナとある。

「死因はやっぱり……?」セオドシアは絞殺の意味で、自分の首の片側に触れた。

「そのようだ」デイナ巡査は言った。

血の気の失せたセオドシアの卵形の顔は、上下に揺れる懐中電灯の明かりと、パトカーに装備されている青と赤のライトバーに照らされていた。「じゃあ、犯人は……？」彼女はまたも言葉を濁した。

デイナ巡査はいかにも警官らしく、いぶかしげな目をセオドシアに向けた。

「フォグヒール・ジャックじゃないかって？　そうでないといいがね」

けれども、セオドシアは十中八九そうだと確信していた。彼女はたっぷりした鳶色の巻き毛、着けているサファイアのイヤリングと色味がほぼ同じ青い瞳、表情豊かな卵形の顔、すぐれた頭脳、簡単にはあきらめない強い好奇心を持って生まれてきた。いま、その頭脳と好奇心が活発に働き、これは絶対にフォグヒール・ジャックという名で知られる殺人鬼の仕業にちがいないと告げている。

もうひとりの警官のキンボール巡査が警察無線で連絡を入れながら近づいてきた。彼は無線に「以上です」と告げてからデイナ巡査に目を向けた。「担当の刑事が派遣されてくるまで、現場を立入禁止にしておかなくてはいけない」

セオドシアは一歩前に進み出た。「ピート・ライリー刑事が来るの？」彼女の声は忙しく立ち働く音や大声の指示にかき消され、小さくてくぐもったものになった。

デイナ巡査はセオドシアに鋭い視線を向けた。「知り合いかい？」

「彼とつき合っているの」

「誰に出動要請がかかったのかはわからないな」キンボール巡査はここではないどこかにい

たほうがましだと思っているのか、あきらめに満ちた浮かない声で言った。「とにかく、鑑識がこっちに向かってる」

「パトカーから現場保全用のテープを取ってくるよ」デイナ巡査が声をかけた。

黄色と黒の現場保全用テープを墓の周囲に張り、べつの墓にめぐらせる途中、デイナ巡査は顔をあげ、大きな人影がずんずんと近づいてくるのに気がついた。人影はいったん高いオベリスクの陰に隠れたが、すぐにまた現われた。

「ビッグ・ボスみずからお出ましらしい」デイナ巡査は言った。

セオドシアはゆらゆらと揺れる黒々としたスパニッシュモスの向こうに目をこらし、ビッグ・ボスといったらあの人しかいないと確信した。

「ティドウェル刑事」彼女がつぶやくのと前後して、チャールストン警察殺人課を率いるバート・ティドウェル刑事が姿を現わした。ミズゴケの色をしただぶだぶのスーツ姿だった。わずかに残った髪は乱れ、目はぎょろりとしていて、豊かな腹部が揺れている。彼が近くまで来ると、趣味の悪い緑色のネクタイにスープの染みがついているのが見えた。

「また、あなたですか」ティドウェル刑事はセオドシアを認めるなり言った。当然、ふたりは知り合いだ。

セオドシアは小さく肩をすくめた。「ティーショップに戻るのに近道を通ったら、そしたら……」彼女の声がかすれて聞こえなくなったところで、ティドウェル刑事が片手をあげた。

彼女は咳払いをしてからつづけた。「知ってる人らしいの」

それを聞いてティドウェル刑事ははっとなった。太いげじげじ眉の下からセオドシアをうかがった。「被害者に見覚えがあるのですかな？」

「カーラ・チェンバレンだと思う。ロイスの娘さんの」

「書店を経営している方ですな」ティドウェル刑事はつぶやくように言った。細かいことにうるさくて、無礼で、気むずかし屋ではあるものの、すこぶる頭がいいし、博学だ。「ロイスさんのお嬢さんなのはたしかですかな？　絶対確実と断言できるのですか？」

「と思うけど」

刑事は首を横に振り、そのせいで顎の下の贅肉がゆさゆさ揺れた。「まちがいないと言ってもらわなくては、いかなる報告もできないのですが」

「だったら、断言はできな……」

セオドシアの言葉はまたもさえぎられた。今度は鑑識チームの到着によって。黒塗りのバンが警察車両の隣にとまった。黒いつなぎ服の人たちが車を降り、またたく間に機材による規制線を張った――三脚のついた照明を並べ、さらに立入禁止の黄色いテープを張った。墓地全体が不気味な黄色に照らされると、スチールカメラとビデオカメラで現場を記録しはじめた。

「足跡はあるか？」ティドウェル刑事が訊いた。「石膏で採取できそうか？」

鑑識の職員は懐疑的な表情を浮かべた。「どうですかね。いくつか足跡はありますが、すでにどろどろで、雨がたまってますから」

セオドシアはびしょ濡れ状態でなすすべもなく立ちつくしていた。いつもはウェーブがかかっている髪を顔に貼りつかせ、いくらかなりとも暖を取ろうと腕を組んでいた。それでも、鋭い知性で目を輝かせながら、一連の動きを見守っていた。

なぜか、この夜はさらなる動きがありそうだった。パラボラアンテナをのせたぴかぴかの白いバンが入ってきたのだ。警察無線に周波数を合わせ、殺人事件発生を嗅ぎつけたテレビ局の関係者だろう。

「まいったな」バンを目にしたティドウェル刑事が言った。「ハイエナ連中のお出ましだ」

「なにがあったんですか？　ちょっと通して、通してちょうだいってば」モニカ・ガーバーの甲高くてえらそうな声が響いた。チャンネル８の筆頭事件記者で、最新ニュースに食らいつくのを生きがいとしている、ピットブルテリア並みにしつこい女性だ。

キンボール巡査が片手をあげて彼女を制止しようとした。

「ここから先には入らないでください」

「うるさいわね」

モニカ・ガーバーは怒鳴りつけると、巡査のわきをすり抜けた。歳は三十代なかば――セオドシアと同年代だ――で、きつい顔立ちなりに魅力的で、オンエア中に見せるのと同じ、傲慢な雰囲気をいつも醸し出している。この夜は体にぴったりしたデザインのホットピンクのブレザーに黒のタイトジーンズ、黒いショートブーツで決めていた。濡れた長い黒髪が肩にまとわりついていた。

被害者が誰か知っても、モニカ・ガーバーが舞いあがることはないだろう。カーラ・チェンバレンはジャーナリズムを専攻している学生で、いまは休学してチャンネル8で報道関係の研修を受けている。つまり、モニカたちの仲間のひとりと言っていい。

被害者がカーラだと知ったら、モニカ・ガーバーはどう感情をコントロールするのかしら？

あまりうまくコントロールできていなかった。

警察による立入禁止のラインを突破し、倒れているのがカーラだと知ったモニカはその場で気を失った。カメラマンのボビーが飛び出して、ぎりぎりのところで抱きとめなかったら、そのまま倒れこんで墓石で頭をぱっくり割られているところだった。

「いいってば、大丈夫だから」

ほどなく意識を取り戻すと、モニカは文句を言った。それから遺体に目を向けると白目をむき、膝をぶるぶる震わせた。

「その女をつまみ出せ！」ティドウェル刑事が怒鳴った。

カメラマンのボビーとブームマイクを担当していた若い男性が、体を震わせながらも抗議の声をあげるモニカ・ガーバーの腕を一本ずつつかみ、なかば引きずるようにして運び出した。

「けっこう」ティドウェル刑事は言った。「さてと、あとはこのうんざりするような雨がやんでくれたらいいのだが。応援の捜査員がいま向かっているところでもあるので、われわれとしては……」彼はくるりと向きを変えると、あらためてセオドシアに目を向け、真剣な表情で彼女をながめまわしたのち、口をひらいた。「ミス・ブラウニング。ちょっとお願いしたいことがあるのですが」

ブライダルシャワーのお茶会

ティーテーブルをセッティングする際にはエレガントを心がけましょう。上等なダマスク織のリネン、ボーンチャイナ、そしてシルバーのカトラリー。ブーケ――愛の花であるバラがお勧め――は必ず用意して。キャンドル、それに、乾杯で使うシャンパングラスも必須アイテムです。最初のひと品にはクロテッド・クリームを添えたオレンジのスコーンを。ティーサンドイッチはクリームチーズとサーモンの渦巻きサンド、タラゴン入りのチキンサラダ、ブルーチーズとクルミを組み合わせてみては？　お茶は〈プラム・デラックス〉のイタリアン・ウェディングケーキ・ブレンドを淹れて、レディ・ボルティモア・ケーキあるいは色あざやかなマカロンとともに甘い雰囲気でお茶会を締めくくりましょう。

3

「やっと帰ってきた」

インディゴ・ティーショップのドアがいきおいよくあくと、ドレイトンが大声で出迎えた。

「心配したよ、なにをそんなに……」

セオドシアがティドウェル刑事、部下のグレン・ハンフリーズ、それに制服警官ふたりをともなって駆けこむなり、ドレイトンの言葉は一瞬にして消え失せた。

「どういうことだ、これは？」声がうわずり、驚いたカラスのような甲高くてけたたましいものに変わった。いつもはものに動じないドレイトン・コナリーが突如としてあたふたしはじめた。

「問題が発生しましてね」ティドウェル刑事は肩でかき分けるようにして店内に入ると、ぐるりと見まわし、暖かくて人がいないのを見てとり、満足そうな顔をした。

「殺人事件があったの」セオドシアは言った。すでにマスコミがこのおぞましい事件を嗅ぎつけ、大騒ぎになるのが目に見えているのに、まわりくどい言い方をする必要なんかないわよね？

「なんということだ」ドレイトンは胸に手を置いた。それから、セオドシアの顔に苦悶の表情が浮かんでいるのを見て訊いた。「われわれの知っている人かね？」

「カーラよ。ロイスの娘さん」

ドレイトンはひとことも発することなく、口をあけたり閉じたりするばかりだった。やがて訊いた。「古書店を経営しているロイスかね？　まさか」

「その、まさかです」ティドウェル刑事が言った。

ドレイトンは神さまがどうにかしてくれないものかと祈るように両手をあげた。なにも起こらなかった。「それで、わたしはなにを……？　われわれはなにを……？」

「うちのティーショップを一時的に捜査本部として使ってほしいと申し出たの」セオドシアは言った。「外はものすごい雨だから。まさに土砂降り」

「なるほど」ドレイトンは言った。「それでわたしは……なにをすれば？　お茶を淹れたらいいのかね？　スコーンを少しかき集めようか？」不安な表情を浮かべる彼は六十の坂をいくらか越えているが、きょうはもう九時間近く、ぶっつづけで働いている。それでも、ツイードのジャケットに蝶ネクタイ姿で決め、ロンドンの高級紳士服店が立ち並ぶサヴィル・ロウの仕立屋から出てきたばかりかと思うほど、非の打ちどころなくめかしこんでいた。

「そうしていただけますかな？」ティドウェル刑事が頼むと、部下たちは列を離れ、大きなテーブルのひとつを囲むようにぐったりと腰をおろした。「申し訳ありませんが、われわれ四人のほかにも、大勢がこちらに向かっております」

もっと人が増えるということは、忙しさも増すということだ。けれども、そのおかげでセオドシアとドレイトンにはやることができ、突然のお客に食べるものとお茶を用意することでたまりにたまった不安を発散できた。セオドシアは冷蔵庫からエッグノッグのスコーンを二ダース出して温め、それらを大きなトレイ二枚に並べた。さらに小皿を積みあげ、バターナイフを十本ほどとクロテッド・クリームとラズベリージャムをたっぷり入れたシルバーのボウルも用意した。

ドレイトンは入り口近くのカウンターであわただしくダージリンティーとアッサムティーをポットで淹れ、そこからあがる湯気で店いっぱいにいい香りがひろがった。

食べるものを持って厨房から出てみると、すでにドレイトンがお茶を注いでまわっていた。ティドウェル刑事の捜査チームが十人以上、あらたに到着したらしく、あちこちのテーブルでのびていた。

そのなかにセオドシアのボーイフレンドのピート・ライリーもいた。長身できまじめそうな顔をしているが、どこか少年らしさも残すライリーは貴族のような鼻、高い頬骨、セオドシアよりも淡いブルーの瞳をしている。彼はまたチャールストン警察のなかでも前途有望な刑事のひとりと目されている。もちろん、セオドシアにとって彼はあくまでもライリー、彼女のライリーだ。彼のほうは彼女をセオと呼ぶ。それがふたりにとってごく自然だったから、そう呼び合うようになるのは簡単だった。

「お疲れさま」セオドシアは彼の前にトレイを一枚置きながら声をかけた。

ライリーはかすかに笑みを浮かべて彼女の手を握り、それからティドウェル刑事の話に注意を戻した。

セオドシアも会話に耳を傾けた。

ティドウェル刑事は店の中央に立って関係する全警察官から情報を収集していた。質問をしてはメモを走り書きしながら、なんらかの判断をくだそうとしているように見えた。

数分後、チャールストン警察の広報官をつとめるジェシー・トランブルが飛びこんできた。フリーウェイトでトレーニングしている人らしく、うっすら筋肉のついたずんぐり体形をしている。濃い茶色の髪を角刈りにした彼は、あまりの熱気に少々あてられた様子で薄茶色の目を心配そうにあちこちに向けた。

「よし、来たな」ティドウェル刑事はトランブルに言った。「言葉を慎重に選んだプレスリリースを用意しろ。大至急だ」彼は無意識に顔をしかめてからつけくわえた。「今夜は身を粉にして働いてもらうことになる」

いよいよだわ、とセオドシアは心のなかでつぶやいた。チャールストンの女性たちをつけまわしている連続殺人犯が本当に現われたのか、判断するのね。マスコミ——ひいてはチャールストンの全住民に向けて警告を発する判断をくだすんだわ。大変なことになりそうな気がする。それでも、わいわいがやがやと騒々しいなかにいると、不思議と胸が高鳴ってきた。

「連続殺人事件であると判断するんですか？」デイナ巡査がティドウェル刑事に訊いた。

「同じ手口と思われるため、そう判断していいだろう」ティドウェル刑事は不本意そうな表情ながらも毅然としていた。「だが、その前に近親者に伝えなくてはいかん」

グレン・ハンフリーズが読んでいた書類から目をあげた。「すでに遺族には伝えました」

「そうか」ティドウェル刑事は言った。「なら、けっこう」

「この線で公表するのでしたら、できるだけ多くの情報が必要です」トランブルが言った。

「われわれがマスコミに発表する内容はすべて、誇張されて報道されるに決まってますから」

「すでに誇張されて報道されているようだがな」ティドウェル刑事は言った。

動きがあわただしくなってきていた。あちこちで警官たちが額を寄せ合い、小声でなにやら相談している。携帯電話の呼び出し音があちこちで鳴る。重苦しい緊張感がただよっていた。そうこうするうちトランブルが自分のｉＰａｄになにやら入力しながら、携帯電話二台に向かってひっきりなしにしゃべりはじめた。

セオドシアはめまいを覚えると同時に気持ちがふさいでしまい、かぶりを振りながらスコーンをあと十個ほど持ってこようと厨房に引っこんだ。奥の廊下で不安そうな表情のヘイリーと鉢合わせした。

「なにがあったの？」ヘイリーが訊いた。ブルージーンズに〝一度にひと注ぎずつ〟とロゴの入った黄色いＴシャツ姿だった。ブロンドのロングヘアが、きれいに洗顔しメイクの必要など微塵もなさそうな若々しい顔のまわりで波打っている。裸足の足の爪は淡いピーチ色に塗られ、飼い猫のティーケーキを腕に抱いていた。

「殺人事件よ」セオドシアは答えた。

「どこで？」ヘイリーの目に恐怖の色が浮かんだ。「ここで？」

「聖ピリポ教会の裏の墓地」

「誰が殺されたの？」

「カーラ・チェンバレン」

たちまちヘイリーの目が驚きで大きくなった。「ロイスの娘さんが？　そんな、まさか」

彼女はしばらくこのおそろしい知らせを理解しようとしたのち、口をひらいた。「まさか、このところ新聞をにぎわせてる殺人鬼の仕業なの？」

「フォグヒール・ジャックね。警察はそう見ているらしいわ」

「うっわー」ヘイリーはセオドシアのわきからのぞきこみ、大勢の警察官がティーショップを占拠しているのに目をとめた。「なんでここに警察の人がいるの？　待って、セオも事件にかかわってるってこと？」

「わたしが亡くなっていたカーラを発見したの」

するとヘイリーはすばやく口を覆った。「セオは大丈夫なの？」

「わたしはなんともないわ」

「あたしにできることはある？」

「とくにないわ。とりあえず、上にあがって自分の部屋に戻ってて」セオドシアは身を乗り出し、安心させるようにヘイリーを抱き寄せた。猫も同じように抱き締めた。「用心するのよ」

セオドシアはティールームに戻ると、水色のティーポットを手に取ってテーブルをまわりこみ、ティドウェル刑事に二杯めの——もしかしたら三杯めかもしれないけれど——お茶を注いだ。

「ひとつ教えて」彼女は言った。

ティドウェル刑事は首を横に向け、セオドシアの姿を認めた。

「どうしてこの殺人は……この死は……一瞬のうちに起こったの?」

ティドウェル刑事は今度は椅子にすわったまま体の向きを変え、セオドシアと目を合わせた。

「犯人はその道のプロだったのでしょう」

「だけど、どうして……?」セオドシアはまだわけがわからずにいた。

「頸動脈は五・五ないし二十ポンドの圧力でつぶれます」ティドウェル刑事は言った。「人間の気管は三十三ポンドの圧力でつぶれます。生命維持に欠かせない、これらの重要器官のうちどちらかでも失われれば、ほぼ即死にいたるのです」

「なんとむごい」ドレイトンが小声でつぶやいた。彼はそろそろと近づいて聞き耳を立てていたのだ。

「つまり、犯人はワイヤーのようなものを使ったということ?」セオドシアは訊いた。悪趣味な質問なのは承知しているが、それでもどうしても訊いておきたかった。

「そう考えれば深くえぐれているのも説明がつきますな」ティドウェル刑事は言った。「金物屋で亜鉛めっきのワイヤーを五ドル分購入し、両端に木片二個をくりつければ、そここそ使える首絞め道具ができあがります」

「便利屋御用達の道具というわけか」ライリーのその言葉に、セオドシアは思わずびくりとした。彼女の反応に気づくとライリーは「ごめん」と小さな声で謝った。

「気にしないで」彼女は言った。「でも、犯人はナイフも持ってたわ」

「驚くほどのことではありませんよ」ティドウェル刑事は彼女を追い払おうとするように言った。

セオドシアはジェシー・トランブルがプレスリリースをタイプしているテーブルの隣に移動して、声をかけた。「お茶のおかわりはいかが？」

トランブルは顔をあげ、愛想よくほほえんだ。「少しいただけるとありがたい。仕事のモチベーションをあげてくれるとなればなおさら」

セオドシアはトランブルの手のなかにあるｉＰａｄの画面に目をやった。

「こういう事件のプレスリリースを書くのは簡単ではないんでしょ。でも、ずいぶんとはかどっているみたい」

「ぼくとこのｉＰａｄは一心同体なんですよ」トランブルは言った。「ええ、たしかに、発生直後の大事件について書かなくてはならないときは、うんざりすることもあります」

入り口のドアがあいて、男がひとりなかをのぞいた。どう見ても警察関係者ではない。というのも、頭からつま先までカーキ色の服装だし、背中まである白髪交じりの髪を時代遅れのポニーテールに結っているからで、馬のように大きな歯と瞳孔が極端に収縮した小さな目をしていた。

ティドウェル刑事は男性に気づくなり怒鳴りつけた。「入るな!」それからデイナ巡査に指示した。「そこのお邪魔虫を追い出せ」

ポニーテール男が一歩進み出た。「なあ、頼む。いくつか簡単な質問するだけだ、いいだろ? 締め切りが迫ってるんだよ」

「締め切りが迫っているのはいつものことだろうが」ティドウェル刑事はそう突っぱね、すぐに目をそむけた。

「いまの人は誰?」セオドシアはデイナ巡査に追い立てられる男性を見ながら訊いた。

トランブルは天井を仰いだ。「あの男はボブ・バセットというフリーの事件記者です。先週の殺人事件以来、われわれにくっついてまわってましてね。最低最悪の鼻つまみ野郎で、ゴシップ専門の全国紙二紙で地方通信員もつとめてるそうです。《スター・タトラー》と《ワールド・エグザミナー》ですよ」

「じゃあ、犯罪事件の取材をしてるのね? それが専門?」

「ああいう連中はみんな、犯罪事件に目がないんです。あの男は個人でやっているから、常軌を逸した事件を求めて、全国を駆けまわっているんです」

「常軌を逸した事件というのは、つまり……」

「悪質なひどい事件ということです。連続殺人、女性による斧殺人、人質事件、児童誘拐、反社会性人格者による事件、宇宙人の襲来、とにかくなんでもありです。変態野郎がレーダーにひっかかると、バセットは安物のスーツのてかりのようにそいつに食いついて離れないんです」トランブルは軽蔑するように鼻を鳴らした。「それもあって、われわれはやつをバセットハウンドと呼んでいます」

八時半にはすべてが終わった。ティドウェル刑事率いる捜査チームが引きあげたあとは、テーブルはくっつけたまま、椅子はうしろに倒れたままで、店内には食べかすが散乱していた。

「たちの悪い同居人のようだな」ドレイトンがこぼした。「ふらりとやってきては食べて飲んで、片づけを手伝いもせずにいなくなる」

「でも、しょうがないわ」セオドシアは言った。「人殺しを捕まえようとしてるんだから」

「たしかに」ドレイトンはアッサムティーがまだ半分ほど残っているティーポットを手に取り、それぞれのカップに注いだ。比較的きれいなテーブルまでカップを持っていき、ふたりは腰をおろした。それからドレイトンはセオドシアをじっと見つめて訊いた。「怖かったかね？」

「カーラの遺体に遭遇したときのこと？　ええ、怖かった気がする。ちょっとだけど」

「きみがその……その凶悪な人物に対し、妙なまねをしようとしなくてよかったよ。さもなければ、きみもそいつの被害者のひとりになっていたかもしれん」

「ひょっとしたらね」セオドシアは勇敢だけど、愚かではない。危険な人物が突っかかってきた場合には、慎重のうえにも慎重を期すつもりだ。最悪の場合は尻尾を巻いて必死に逃げる。そう、ジョギングで健康の維持につとめているのには、ちゃんとした理由があるのだ。

「フォグヒール・ジョギング・ジャックという輩はわが街に降りかかったなかでも最悪の出来事だ」ドレイトンは言った。「というのも――」彼はセオドシアに顔をぐっと近づけた。しわの寄った顔に激しい怒りの表情を浮かべ、声は震えているも同然だった。「――チャールストンは文明の砦でなくてはいけないからだ」

「ええ」セオドシアは言った。「最後の最後まで」

4

けさはいつもの火曜の朝というわけにはいかなかったが、それでもセオドシアはいつもどおりのふりをすべく最善をつくした。むき出しの梁、石造りの暖炉、少し素朴なテーブルと椅子、プリント地の青いリネンのカーテン、フローリングの床をそなえたインディゴ・ティーショップは、いつもと変わらず魅力にあふれていた。煉瓦の壁の一画はボーンチャイナのティーカップをあしらった手作りのブドウの蔓のリースで埋めつくされている。天井からはフランス製のシャンデリアが吊りさがり、しゃれたハリケーンランプの光が各テーブルを照らしていた。

しかしながら、店内の雰囲気は外の天気に似てどんよりしていた。セオドシアはいつものように朝からどやどやとやってくるお客を受け入れられるようテーブルを整え、ドレイトンは入り口近くのカウンターの定位置について、選び抜いたお茶を淹れている。やかんが朝のあいさつがわりににぎやかにさえずり、カップとソーサーが陽気な音をたて、店内には焼きたてのリンゴのスコーン、レモンのティーブレッド、それにカルダモンティーの香りが満ちていた。

「ヘイリーの様子はどうだね？」ドレイトンが訊いた。彼は床から天井までお茶の缶が並ぶ棚をじっくりとながめていた。平水珠茶《ガンパウダーグリーン》の入った金色の缶に手をやり、しばしそのままでいたが、やがて新芽が多く含まれる雲南紅茶が入った濃緑色の缶に手をのばした。

「焼いたスコーンとティーブレッドから彼女の精神状態を判断するかぎり、とくに問題なさそう」セオドシアは言った。「ゆうべは殺人事件があったり、大勢の警察官が店にいたりしたせいで動揺していたけど、けさはもう気持ちの整理がついたみたい」

「そうか、わたしのほうはまだ気持ちの整理がついたとは言えん状態だよ」

セオドシアは彼の顔をのぞきこんだ。たしかに、表情が少し硬い。

「そのようね」

「しかも天気はあいかわらずぱっとしないときている。雨は降っているし、霧も出ている。明日のラプソディ・イン・ブルーのお茶会にとってはいい兆候とは言えんな。もっと春らしい天気になってほしかったのだが」

「こんなにどんよりした天気でも、ほぼすべての席が予約済みよ」セオドシアはそう言って店内のテーブルに目を向ける。シェリーのデインティー・ローズバッド柄のティーカップが置かれ、ピンク色のアスターのブーケがもこもこした頭を揺らし、白いミニキャンドルの炎がガラスのホルダーのなかで揺らめいている。セオドシアは思わず顔をほころばせた。基本的にひとつうまくいかないときでも、セオドシアはポジティブ思考ができるタイプだ。なには前向きで楽天的。誰に対してもいい面を見ようとする。

「明日のお茶会に関して言えば、義理堅いお客さまが大勢いて、われわれがとても恵まれていることを痛感するよ」ドレイトンは言った。

セオドシアはドレイトンがティーポットに茶葉を量り入れているカウンターに歩み寄り、マツの一枚板のカウンターに肘をのせ、問いかけるようなまなざしを向けた。

「なんだね?」短いそのひとことを、彼は引きのばすようにゆっくりと言った。

「フォグヒール・ジャックなる人物のこれまでの動向にくわしい?」

ドレイトンは黄色と黄土色のシルクで織られ、ヒメアカタテハのようにあざやかで豪華な蝶ネクタイを軽く叩いた。「いくらかは知っている」

「じゃあ、教えて」

「ふむ。ならば、最初の最初から話したほうがよさそうだ」ドレイトンは言った。

彼はリモージュのカップとソーサーをカウンターに置き、アイリッシュ・ブレックファスト・ティーを注いだ。片方のカップをセオドシアのほうに滑らせ、ひとつ大きく息を吸った。

「フォグヒール・ジャックとは要するに、ヴィクトリア朝時代のイギリスにおいて、バネ足ジャックという名で知られた殺人鬼の現代版だ」

「切り裂きジャック系の殺人鬼みたいなネーミングね」セオドシアは言った。

「たしかにおぞましい人殺しではあるが、ヴィクトリア朝時代の民間伝承的なところもあるのだよ」ドレイトンはお茶をひとくち飲んで、しばらく考えこんだ。「ほら、赤々と燃える暖炉のまわりで目をまるくした子どもたちに聞かせる怖い話のたぐいだ。いい子にさせるためのね」彼はもうひとくちお茶を飲んだ。「とにかく、その伝説および残忍な殺人事件がイギリスで始まったのは一八〇〇年代後半だった。いつも決まって若い女性が襲われ、いつも決まって犯行は深夜、そしてたいていは春《スプリング》だった。だからバネ足《スプリングヒール》ジャックと呼ばれるようになったのだ」

「で、実際に起こったことなの？　歴史的事実なの？」

「まちがいないところだ。十二件弱の殺人事件――正確に言うなら絞殺だ――がバネ足ジャックの犯行とされている」

「でも、犯人は捕まらなかったのね？」

「ロンドンの警察、すなわちスコットランドヤードは犯人についてなにひとつつかめなかった。そうこうするうち、バネ足ジャックによって引き起こされたパニック状態はおさまりはじめた。おそらくバネ足ジャックは老いて、死んでしまったのだろう。それから何十年も過ぎ、どうしたわけか、彼の伝説がわが国にたどり着いた」

「どういうこと？」セオドシアは訊いた。

「一九五〇年代になってマサチューセッツ州のリンで目撃情報があり、しかも殺人事件が起こった。目撃者によれば、犯人はヴィクトリア朝時代の伊達男のような恰好をしていたそうだ」

「妙な話ね」

「さらに――」ドレイトンは片方の眉をあげた。「――一九八〇年代初頭、ノース・カロライナ州で妙にめかしこんだ恰好の殺人鬼が甚大な被害を引き起こした」

「それで、フォグヒール・ジャックという名前がつけられたのはどういういきさつなの？」

セオドシアは訊いた。

「七年前、チャールストンで残忍な殺人事件がわずか数週間のうちに二件、発生した」ドレイトンはセオドシアをじっと見つめた。「濃い霧が流れこんでチャールストンの街を文字どおりのみこんでしまったことがあるが、あの異常気象を覚えているかね？」

「うーん……ぼんやりとだけど」

「大西洋から濃霧が押し寄せ、何日間も居すわったのだよ。空の便は欠航となり、船舶も同様だった。霧は内陸のコロンビア市にまで達したと聞いている」

セオドシアは驚いた。「ここから百マイル以上も離れてるじゃない」

「そのとおり」

「その頃に二件の殺人事件が起こったの？」

「霧が発生したのと同時期に」ドレイトンは言った。「そこで、ヴィクトリア朝に関する知識が豊富で、たくましすぎる想像力を持った新聞記者が、当地に現われた殺人鬼をフォグヒール・ジャックと名づけたというわけだ」

「古い伝説を引き合いに出したわけね」セオドシアはつぶやいた。「事件のことはなんとなく聞き覚えがあるわ。でも、当時はあまり関心を払っていなかったのよね」

「その頃はまだ、マーケティング業界で身を粉にして働いていたからだろう」

「テレビコマーシャルのシナリオ書きや演出、誰かのかわりに記者発表をおこなったりしていたわ」セオドシアは言った。年中無休で仕事に追われるばかりで、幸せな時期とは言えなかった。転職し、インディゴ・ティーショップをひらいたところ、肉体的にも精神的にも何倍もの満足が得られる結果となった。

「そして先週、大学周辺で若い女性が殺害され、フォグヒール・ジャックの仕業ではないかと、ふたたび騒がれるようになったのだよ」

「復活したのね」セオドシアは言った。「つまりフォグヒール・ジャックの再来。フォグヒール・ジャックのバージョン2」

「そういうことだ」ドレイトンは言った。「けさはテレビのニュースを見たかね？　チャンネル8の？」

セオドシアは首を横に振った。「見忘れちゃった。アール・グレイの散歩に出ていて、雨をよけるのに忙しかったから」アール・グレイというのはセオドシアの愛犬であり、ルームメートであり、ジョギング仲間だ。またときに、インディゴ・ティーショップに顔を出すこともある。

「チャンネル8は、昨夜の殺人事件は先週の事件とよく似ているとおおげさに騒ぎたてていてね。フォグヒール・ジャックが復活したと発表したも同然だった。〝再来〟という言葉まで使っていたな」

「すべての男性、女性、それに子どもたちを恐怖のどん底に陥れ、警察関係者を激怒させたことでしょうね」ジェシー・トランブルはぞっとするようなプレスリリースを書いたにちがいない。

ドレイトンは敬礼するようにティーカップを持ちあげた。「そう言えるだろう」彼は入り口のほうに目を向け、頭を切り替えた。「そろそろ看板を出すとしよう」〝お茶と軽いお食事をどうぞ〟の文字が入った、奇抜なデザインの手書きの看板を作ってもらったのだ。

セオドシアは腕時計に目をやった。九時五分前。

「そうね。朝からこんな雨だと、それほど混まないでしょうけど」

「ねえ、おふたりさん」

セオドシアとドレイトンが同時に振り返ると、ヘイリーがスコーンをのせたトレイを手に、厨房から走り出てくるところだった。

「焼き菓子はもっと必要？」彼女は訊いた。

「まだあるのかね？」とドレイトン。

「天板もう一枚分のリンゴのスコーンが焼きあがってる」ヘイリーは言った。「立てこんできた場合にそなえて」

「けっこう」ドレイトンはヘイリーの手からトレイを受け取り、ガラスの大きなパイケースに積みあげはじめた。こうしたほうが常連客、さらにはたまの飛びこみ客のハートをつかみやすい。

ヘイリーは白いシェフコートから縦四インチ、横六インチのレシピカードを出して、ちらりと目をやった。「午前中のお茶のお供として、リンゴのスコーンのほかに、シナモンコーヒーケーキとレモンのティーブレッドを用意したわ」

「ランチのメニューは？」セオドシアは訊いた。

「チェダーチーズのスコーンを添えたシーフードのチャウダー、カシューナッツ入りのチキンサラダをはさんだティーサンドイッチ、マッシュルームとタマネギのキッシュ、イチジクと山羊のチーズが入ったサラダ」

「文句なしね」セオドシアは太鼓判を押した。「いつも律儀にテイクアウトしに立ち寄ってくれるチャーチ・ストリートの店主仲間たちも、それだけのおいしいものをがまんできるとは思えないわ」

「気の毒なロイスはべつだけど」ヘイリーが言った。

「ロイス」セオドシアはその名前を繰り返した。ヘイリーのひとことで、昨夜の殺人事件という悲しい現実がよみがえった。

「彼女の店は当分、休業状態になるのだろうな」ドレイトンが言った。

「ううん。ロイスはいまお店にいるよ」ヘイリーが言った。「店はあけてないみたいだけど、なかにいるのはたしか」

セオドシアもドレイトンも驚きのあまり、ヘイリーをぽかんと見つめた。

先に気を取り直したのはセオドシアだった。「え、どういうこと？」

「うん、さっき段ボール箱をいくつか路地に出したとき、ロイスの車が二軒先にとまってるのが見えたの。彼女の店の裏口にぴったりくっつけるようにして」ヘイリーは顔をしかめた。

「だから、店にいるはず。電気はついてないけど」

「つまり、ロイスは暗いなかでじっとすわっているの?」セオドシアは訊いた。「たったひとりで?」

「本当に気の毒だよね」とヘイリー。

「そいつは心配だな」とドレイトン。

「ちょっと行ってくる」セオドシアは言った。「スコーンをいくつかとお茶を一杯持って。どんな様子か……ドレイトン、お願いしても……?」

ドレイトンはすでに手を動かしはじめていた。「承知した」

ロイスの古書店はインディゴ・ティーショップの三軒隣、白ウサギ児童書店と〈キャベッジ・パッチ・ギフトショップ〉の先にある。あいかわらず雨が降りつづくなか、セオドシアは店の窓からなかをのぞいてみたが、展示されている本以外、なにも見えなかった。いくつもの黄色い街灯が店の型板ガラスに映りこんでいるだけで、奥は真っ暗だ。

セオドシアは入り口のドアをノックした。なかにいるなら、ロイスは出てくるはず。そうよね?

けれども、出てこなかった。

これは慎重に対応すべき状況だ。

もう一度ドアをノックし、古めかしい真鍮のドアノブに手をかけ、軽く揺する。

「ロイス？」と呼びかけた。「セオドシアよ。なかにいるの？　ちょっと話せる？」

一秒、また一秒と過ぎていき、やがて一分近くが経過した。ようやくロイスがドアをあけた。五十代なかばにして童顔、白髪交じりのロングヘアを一本の三つ編みに結って背中に垂らしたロイス・チェンバレンは、ひと晩で十も歳を取ったように見えた。

「いらっしゃい」彼女はやっとのことでそれだけ言った。

「ああ、ロイス。言葉もないわ」セオドシアはロイスに腕をまわし、抱き締めた。この気の毒な女性の胸の内に疲労と悲しみがあふれているのが伝わってくる。

ロイスはおとなしく抱き締められていたが、やがて体を離し、疲れたようにほほえんだ。

「入って。どうぞ入って」

セオドシアはロイスのあとから店内に入った。カウンターの奥に小さな照明がひとつ灯り、シーダー材の書棚と革装の本のにおいがした。新刊本や古書が床から天井までびっしりと並ぶ何十という背の高い書棚が、ふたりを友だちのように囲んでいた。

「熱々のお茶と焼きたてのスコーンをいくつか持ってきたわ」セオドシアはテイクアウト用の袋をカウンターに置いた。

ロイスはうなずいたものの、手に取ろうとはしなかった。「ご親切にありがとう」

「なにかわたしにできることはある？」セオドシアはどうしていいのかわからず、ただ立っていた。目の前のこの女性はひとり娘を失ったばかりだ。さぞかしつらいにちがいない。

ようやくロイスは口をひらいた。「差し支えなければ……そのときの状況を話してもらえないかしら」

「だめよ、そんなこと」セオドシアは度が過ぎるほど思いやりがあって誠実だけど、それだけは勘弁してほしい。

「一時間ばかり前に警察の人から話を聞かれたけど、カーラを発見したのはあなただと教わったわ。本当なの？　新聞には書いてないけど」

「実はそうなの。ヘリテッジ協会からの帰りに近道をしたら……とにかく……目撃者みたいなものになってしまったというわけ」

「いま、〝目撃者みたいなもの〟と言ったけど、つまり、犯人の顔は見てないということ？　わたしの大事な娘を殺した犯人が誰かはわからないのね？」

「ああ、ロイス、わたしだってわかっていればどんなにいいかと思ってる。できることならどんなことでもするつもりよ。どうか信じて」

「信じるわ」

「漠然とした印象だけど、犯人は男の人だったみたい」セオドシアは言った。「そのことは警察にも伝えてある。具体的なことは――なにひとつわからないの。土砂降りの雨で視界はゼロにひとしかったし、犯人はレインコートを着てフードをかぶってたから」

ロイスはけわしい顔をセオドシアに向けた。「そもそもカーラはどうしてあの墓地にいたの？」

セオドシアは首を横に振った。「まったく見当がつかないわ」おそらくカーラは意に反してあそこまで連れていかれた――犯人に無理やり引っ張りこまれた――のだろうが、そんなおそろしいことを口にして、これ以上ロイスを動揺させたくはない。

「あんな研修に申しこまなければよかったんだわ。そしたら、今度のことは起こらなかったかもしれない」

ロイスのその発言にセオドシアは面食らった。「チャンネル8の研修が事件と関係あると考えてるの？」

「カーラが調査報道に異常なほど熱を入れていたからというだけ」

セオドシアはうなずいた。「去年のクリスマスに話したとき、カーラはチャンネル8で働くのをとても楽しみにしてたわよね。でも、テレビ局の仕事のせいで彼女の身に危険がおよんだとは想像しづらいわ」

「わたしもべつに根拠があって言ったわけじゃないの。カーラは調査報道の一員として働くのにあこがれていたの。それが生きがいだったと言ってもいいくらい。でも……」ロイスは唇をすぼめ、深々とため息をついた。

「でも、どうしたの？」

「どうかしてると思われそうだけど、ずっと考えてるの――ひょっとしてカーラはなにかを知ってしまったんじゃないかって。例のフォグヒール・ジャックの事件を追っていて――大学近くで先週起こった、あの殺人事件のことよ――真相に迫りすぎたのかもしれない」

「そんな、まさか」セオドシアは言った。チャンネル8の報道部門のディレクターが駆けだしの研修生にそんな大事件を担当させるとは思えない。研修生がやるのはほとんど検索と調査じゃないの？ 絶対にそうよ。それに、コーヒーとドーナツを用意することとか。インターネットをあさり、そこで見つけた事実や数字を本物の記者、お金をもらっている専門家に提供するのが仕事のはず。

「カーラは本当に事件を調べていたの？」セオドシアは訊いた。

「あの子のことだから、ネタになりそうな話をいくつも追いかけてたんじゃないかしら。フォグヒール・ジャックの事件を手がけろと指示されていたかどうかは知らないけど」ロイスは言った。「あの子は単なる研修生で、壮大な夢を抱いた子どもだった。その一方、わたしにはカーラの心の動きが手に取るようにわかる。あの子は感動の物語を嗅ぎ分ける鋭い嗅覚を持っていた。人目を引く事件にむしゃぶりついて、とにかく目立つことで認められたいんだって言ってたわ」

「若くて熱心で、爪痕を残したくてうずうずしてたのね」セオドシアは言った。

ロイスは目もとをそっと押さえた。「だからわたしはずっと考えてるの……カーラはたまたま真相を知ってしまい、そのせいで殺されたんじゃないかって。あらたな情報、あるいは……」ロイスは息をのむ。「実際に犯人と接触したんだとしたら？」

「頭から否定するつもりはないけど、それはどう考えてもありえないわ」

「そうよね」ロイスは大きくため息をついた。彼女は手のつけ根を目に押しあて、強く揉んだのちに手をおろし、せつなそうな表情を浮かべてセオドシアを見つめた。「藁《わら》にもすがろうとしてるのは自分でもわかってる。でも、けさ警察の人と話をしたけど、容疑者ひとり見つかってない状態だった。誰ひとり、アンテナに引っかかってこないんですって。だからわたしは……どう言ったらいいのかしら……なにか突きとめよう、というか突きとめられたらいいなと思って。娘が殺された理由について、なにかヒントがほしいの」彼女はそこで言葉を切り、ティッシュで洟をかんだ。「そういうわけで当然のことながら、真っ先にあなたのことが頭に浮かんだの」

セオドシアは驚いてうしろに一歩さがった。「わたし？」

「そしたらあなたがこうして現われた。神の手に導かれたみたいに」

セオドシアはなんと言えばいいのかよくわからなかった。

ロイスはどうにかこうにか、はにかんだような悲しそうな笑みを浮かべた。

「あなたのお友だちのデレイン・ディッシュがいつも、あなたはチャールストンのミス・マープルだって冗談めかして言ってるのは知ってるでしょ？」

「デレインはでたらめばかり言うことで有名だもの」実際、デレインはこの街きっての変人だ。真のファッショニスタで、才能ある実業家だけど、変人であることに変わりはない。

「今度ばかりはデレインの言うとおりだと認めざるをえないわ」ロイスはつづける。

「ちょっと待って……どういうこと？」そこでセオドシアはぴんときた。「わたしにカーラを殺した犯人を突きとめてほしいと言ってるの？」

ロイスは片手をあげた。「そうじゃないわ。そこまでのことは求めてない。カーラの事件を解決し、七年前からの謎の解明に取り組んでほしいわけじゃなく、小さな情報をいくつか集めてくれたらなと思ったの。だって……あなたは第一発見者なわけだし。目撃して、面と向かい合ったんでしょ……娘を殺した怪物と！」

「そんなんじゃないわ。真っ暗だったし、雨が強かったんだもの。さっきも言ったけど、犯人はフードだか頭巾のようなものをかぶってたから、顔はちらりとも見えなかったの」セオドシアはどうしようもないというように両手をあげた。「だから、誰だかわかりようがないのよ」

「それはわかってる、本当に。でも、カーラがとてもあこがれていたやり手のテレビレポーターのモニカ・ガーバーとはとても親しいのよね」

ゆうべ、気絶したあの人のこと？

「だから、ちょっと調べてまわって、彼女から話を聞くくらいはできるんじゃないかしら」ロイスはつづけた。「内部情報をいくらか引き出すくらいは。一般市民には知らされない情報をマスコミがつかんでることもあるんでしょ？」

そして、わたしならライリーからもちょっとした情報を入手できると言いたいの？　まあ、彼が捜査情報をいくらか洩らしてくれるんじゃないかとロイスが期待するのも無理はない。

「やっぱり、チャンネル8がカーラに実際の事件を手がけさせたとはどうしても思えないわ」セオドシアは言った。

「それはあなたがカーラを知らないからよ。あの子はあと一学期でメディア・コミュニケーション研究の課程を終えることになっていて、絶対に調査報道記者として名をあげてみせると意気込んでいた。見込みのありそうなニュースについてノート、というかほとんどスクラップブックに近いけど、そういうのをつけてたわ」

「地元のニュース？」

「そうだと思う」

セオドシアの頭のなかでピンと音が鳴った。「そのノートだけど、いまあなたの手もとにある？」

「手もとにはないけど、手に入れるのは可能だと思う」ロイスの目が希望で輝いた。「じゃあ、カーラの事件を調べてくれるのね？」

「先に彼女のノートを調べさせてもらえる？」

「あの子のアパートメントを調べて、見つかるどうかやってみる」ロイスは希望に胸を躍らせている顔をしようと努力したものの、惨憺たる結果に終わった。

「アパートメントを調べるのはわたしがやったほうがよさそうね」セオドシアはロイスに同情を覚えた。気の毒に、ひどく動揺している。「事件から間もないのに、カーラの持ち物を調べたりするのは、つらくてたまらないでしょうから」

「本当にやってもらえるの？」すでにロイスはカウンターにあったバッグをつかみ、なかを手探りしていた。

「もちろん」

「はい、どうぞ」ロイスはピンク色のリボンにぶらさがった真鍮《しんちゅう》の鍵を差し出した。

「これが鍵よ。住所をメモするわ」

セオドシアはその鍵を握りしめながら、自分の手に負えない事態にならないよう祈った。たしかに興味をかき立てられてはいる。力になりたいと思っているのも事実だ。けれども、昨夜のおぞましい殺害の光景には、心底、ぞっとさせられた。

「カーラのアパートメントにノートを捜しに行く前に、あなたにいくつか質問があるの」

「いいわよ」ロイスはカーラの住所を書いた紙をセオドシアに渡し、またも目をぬぐった。

「どんなこと?」

「カーラが昨夜、なにをしていたかわかる? お友だちに会うとか、ジムに行くとか、外食するとか」セオドシアは訊いた。

「残念ながら知らないの。カーラがどこで犯人と出会ったのかを考えてるの?」

「そんなところ。じゃあ、カーラの友だちについてなにか知ってることはある?」

「お友だちのほとんどはチャペル・ヒルの学校の学生よ。ハイスクール時代のお友だちとはあまり連絡を取ってないと思うけど」

「つき合っている男性はいた?」

「デートしている人がいるのは聞いてたけど、わたしは一度も会ったことがないわ」ロイスは言った。「名前さえ知らないの。ただ、つい最近、わかれたのは知ってる」

「わかれた理由に心当たりは?」

ロイスは肩をすくめた。「残念だけど」

「なにか困っていることがあるようだった?」

ロイスはしばらく考えていた。「そんなことはなかったと思う。仕事に情熱を注いでいたし、チャンネル8での研修は最高だと思っているようだったし」

「あなたのほうは身のまわりでなにかなかった? ふだんとはちがうことはなかった?」

ロイスは顔をしかめた。「変な質問をするのね」

「ごめんなさい、ただ――」

ロイスは片手をあげて左右に振った。「いいのよ、気にしないで。訊きにくいことを訊いてくれて感謝してる。それだけ、この件を深刻にとらえているということだもの。それでさっきの質問は……?」

「あなたの日常でストレスになっているものはないかと訊いたの。仕事、私生活、あるいは商売」カーラを介してロイスに接近しようとした人物がいる可能性もなきにしもあらずだ。

「ちょっと考えさせて。わたしの日常で? ううん、とくにこれといってないわ」ロイスは人差し指で下唇をとんとんと叩いた。「あれを数に入れなければ……ううん、いまのはなし」

「なにかあったの?」セオドシアは訊いた。

「いますぐ思いつくのは、大家さんがわたしの賃借権を買い取りたいと言ってきてることくらい。この建物を買おうと手ぐすね引いて待っている不動産開発業者がいるみたい。このブロックの半分を高所得者向けのロフトにしたいらしくて。贅沢なマンションに」

「このところ、そういう話が多いものね」セオドシアは言った。「それで、大家さんがあなたに圧力をかけてきてるの？」

「そうでもない。だって、わたしは五年の賃貸借契約を結んでいて、その期間があと三年半も残ってるんだもの」そこでロイスは少し言いよどんだ。「でも、開発業者が大家さんに圧力をかけてきているらしいの。だってほら、その業者はすでに隣接する物件も購入してるから」

「どのビルのこと？」

「〈スパイス・ビン〉がある角を曲がったところ。香辛料やオリーブオイルを売ってるかわいらしいお店があるでしょ。でも、実はあそこは期間限定のポップアップストアなの。六カ月後にはなくなっちゃうわ。街のべつの場所に移るか、夏のあいだだけシティ・マーケットに店を出すかするんでしょう」

「なるほど、その不動産取引がなにか関係あるかもしれないわね」

「そう思う？」

セオドシアは〝それはないと思う〟と言いそうになった。「あくまで、もしかしたら、よ。ほかにカーラが親しくしていた人はいる？」

「わからないわ」

「彼女にはあなたに秘密にしていることがあったと思う？」

「いいえ」ロイスは涙をぬぐい、すすりあげた。「うーん、つき合ってた男の人のことは秘密にしていたかな。その人が事情を知っているかもしれない」

事情を知っているという表現は容疑者を指す隠語とみていい。カーラのアパートメントの鍵を強く握りしめると、ひんやりとした感触と同時に、なにか謎めいた感じが伝わってきた。

「だったら、ちょっと調べてまわって、その男性の名前を突きとめられるかやってみないといけないわね」セオドシアは言った。「場合によっては、その人からも話が聞きたいわ」

「じゃあ、本当に調べてくれるのね？」

「やるだけはやってみる」

ロイスの目のなかであらたな涙が光った。「ありがとう」

5

「ああ、よかった。帰ってきてくれて」厨房から出てきて、奥の廊下でセオドシアと鉢合わせするなりドレイトンは言った。

「つまり、いま忙しいの？　こんなに天気が悪いのに？」セオドシアは訊いた。

「自分の目で見たまえ」

セオドシアは灰緑色のビロードカーテンをずらし、ティールームをざっと見まわした。ひとつをのぞいてテーブルはすべて埋まっていた。

「まあ、大変。急いで仕事にかからなくては」

ドレイトンはほほえんだ。「そのとおりだ。頼んだぞ」

午前のティータイムは、セオドシアがインディゴ・ティーショップで過ごすなかでもっとも好きな時間だ。チャーチ・ストリートに住む常連客が朝の一杯を求めて顔を出す。いろいろなお茶が放つアロマテラピー効果たっぷりの香りに吸い寄せられた観光客が、ふらりと入ってくる。しかも、周辺にある朝食つき宿《B&B》のオーナーたちが、ぜひ立ち寄ってお茶とおいしいスコーンを味わってほしいと、お客に勧めてくれてもいる。

セオドシアは気さくな笑みを振りまき、慣れた手つきでお茶を注ぎながら、店内をせわしなく動きまわって注文を取り、さりげなくお茶を勧め、ヘイリーが焼いたおいしい焼き菓子を運んだ。

「ロイスの様子はどうだったね？」セオドシアが淹れたての台湾産烏龍茶が入ったポットを取りにカウンターの前で足をとめると、ドレイトンは訊いた。

「カーラの事件を調べてほしいと頼まれちゃった」セオドシアは言った。

「当然だな」ドレイトンはシナモン・スパイス・ティーの茶葉をスプーンで四杯量り取り、緑色の釉薬がかかったポットに入れ、さらにひとつまみくわえた。「で、きみは？」

「ええ、たしかにぞっとする事件だけど、興味深いのも事実」

「そしてきみのことだからきっと、フォグヒール・ジャックの伝説にも興味を引かれているのだろうね」

「興味を引かれているというよりも、死ぬほどおびえているんだけど。あなただって昨夜、墓地にいてあの怪物を目にしていればわかるわ」

「いや、それはごめんこうむる。すべてが安全で整然としているカウンターのなかにいるほうがいい」

店は順調だったが、それも十一時までのことだった。ティドウェル刑事が入ってきて店内をぐるっと見まわし、不機嫌な顔になり、石造りの暖炉の隣のあいているテーブル目がけ、転がるようにして一直線に進んだ。

セオドシアはすぐさま彼のそばに立った。

「事件に進展があったの？　誰か捕まえた？」

ティドウェル刑事の大きな頭が左右に振られた。「いいえ」彼は〝ノー〟の音を長く引きのばすようにして答えた。

「じゃあ、どうして来たの？　どうしてカーラを殺した犯人を捕まえる努力をしてないの？」われながら高飛車だとセオドシアは思った。ロイスを訪問し、見るからに憔悴しきった様子を見たせいで精神的にまいっていたのだ。もちろん、昨夜あんな残酷な場面を目撃してしまったことは言うまでもない。

「殺人犯を捕まえるのは行方不明になった犬を捜すのとはわけがちがいます」ティドウェル刑事は答えた。「暗い路地を片っ端から車で流し、口笛を吹いたり、名前を呼んだりするわけにはいきません。証拠を集めなくてはなりませんし、証拠固めもしなくてはなりません。そうしてはじめて解決できるのです」

「いまはそれをやっているのね？」

「あなたがわたしの質問にあといくつか答えてくだされば、そちらに取りかかります」彼は向かいの椅子を示した。「どうぞ。よろしければ」

セオドシアは店内をぐるりと見まわした。どのお客にも注文の品は届いている。必要なものがありそうな顔をしている人はいない。ということは、数分は時間がある。貴重な数分だ。

「ゆうべの質問で充分だったんじゃないの?」セオドシアは椅子に腰をおろしながら訊いた。

ティドウェル刑事は形ばかりの笑みを浮かべた。「充分ではなかったようです」

セオドシアはテーブルに身を乗り出した。「で、質問というのは?」

「ミス・ブラウニング。あなたはフォグヒール・ジャックに遭遇しながら生還し、一部始終を語ることができた唯一の人なのです」

セオドシアは息が切れるのを感じた。そういうふうには考えていなかった。けれどもティドウェル刑事にそう説明されたとたん、気を失うほど怖くなった。

「昨夜は目撃したことについておおまかな説明をしていただきました」ティドウェル刑事は言った。「一夜明けて、少し冷静になったところで、もう少し思い出したものがあるのではと考えております」

「残念だけど、とくにないわ」

「ふむ」

「こんな答えを聞きたかったんじゃないわよね?」

ティドウェル刑事はテーブルに身を乗り出した。「こうしませんか。もう一度最初から説明してください。今度は、あなたが目撃したもの——あるいは、目撃したと思ったもの——すべてについて、たっぷり時間をかけ、じっくり考えてください」

かくしてふたりは何度も何度もさらった。ティドウェル刑事は探りを入れ、質問をし、あらゆる情報を引き出そうとした。セオドシアのほうも刑事が求めているものを差し出そうと努力したが、彼の表情からは落胆の色がうかがえた。

「もっとうまく説明したり、具体的な情報提供ができなくてごめんなさい」セオドシアは言った。「でも、わたしなりにがんばったのよ。本当に」

「ふーむ」

「ねえ、この十分間、あなたからの質問をあれやこれやとたくさん受けたわ。今度はわたしが話を聞かせてもらう番よ。お返しに」

「ミス・ブラウニング、あなたはいつもそうやって強引に話を進めますな」

「ええ。で、昨夜、鑑識の人たちの様子から、カーラはかなり乱暴に首を絞められたという印象を受けたわ。ワイヤーだかなんだかわからないけど、どんなものを使ったか教えてくれる?」

「まだ鑑識から正確なCODの報告を受けていませんので」

「COD?」

「死因のことです。しかし、昨夜の状況から判断するに……凶器はピアノ線のようです」

「先週、大学の近くで絞殺された女性の状況とも一致するの?」

「あの事件ではフラワーアレンジ用のワイヤーが使われておりました」

「犯人が同じなのはたしかなの? 同一犯の仕業なの?」

「まずまちがいないでしょうが、模倣犯の可能性ももちろんあります」

「そういうのはよくあること? 模倣犯が現われるのは?」

ティドウェル刑事は唇をすぼめ、セオドシアをじっと見つめた。

「教えてくれるつもりはないみたいね」

「教えたところでどうなるというものでもないでしょう」

刑事さんにはわからないわよ、とセオドシアは心のなかで言い返した。

「もうひとつ質問があるの」

「ええ、そうでしょうとも」

「あなたが言うようにカーラは絞殺されたのに、なぜ犯人はナイフを持っていたの？」

ティドウェル刑事はぽかんと彼女を見つめた。

セオドシアは片方の手をカップのようにまるめ、指をくねくね動かした。

「ほらほら、教えてちょうだいよ。すごく大事な手がかりなんじゃない？」

刑事の目のなかでなにかが光った。恐怖？　不安？

「部外者には話せないなにかがあるんでしょ？」彼女はせっついた。

ティドウェル刑事が目を左右に動かすだけでなんとも答えないのを見て、セオドシアは自分の勘が当たったとわかった。

「犯人は被害者になにかしたのね？　ナイフで傷をつけるとか、そんなことを？」

「そうです」ティドウェル刑事はかすれた声で答えた。

「なにをしたのか教えて」

「今回は髪をひと房、切り落としておりました」ティドウェル刑事は右手を頭のわきに持っていき、そこでひらひらと動かした。

「記念品として？」

「他言は無用に願います」

「わかってる」

「とくに、ミセス・チェンバレンには言わないでいただきたい」

「言うもんですか」

セオドシアはテーブルのへりを強く握り、椅子の背にもたれた。

「じゃあ、先週殺された女の人は？　犯人はその人の髪もひと房、切り落としたの？」

「そうです」

「なんてこと」

「おっしゃるとおりです」

「なるほどね」セオドシアは言った。「昔……ええと、七年前にも二件、絞殺事件があったでしょ。そのときも……？」

「いいえ」

「ふうん」セオドシアはしばらく考えていた。「当時もあなたはチャールストン警察にいたんでしょ。その事件は担当したの？　七年前の事件と今回の事件は、被害者が髪をひと房切られていたのをのぞけば、同じ手口なの？」

「類似しておりますね」

「そんな言い方じゃよくわからないじゃないの」

「わかるようにお答えするつもりはありませんので」ティドウェル刑事はお茶の入ったカップをおろし、セオドシアのほうに頭を傾けた。「ロイス・チェンバレンがあなたのご友人なのは存じております」

セオドシアは肩をすくめた。「わたしには友だちがたくさんいるわ」

「しかし、彼女はすでにあなたと話をしているのではありませんか？　協力してほしいと頼んできたのでは？　わたしから捜査情報を引き出してほしいと？」

「ずいぶんと想像がたくましいわね」

「わたしの推測はだいたい当たるのです」刑事はぼさぼさの眉の片方、右の眉をあげた。

「そうではありませんか？」

「ティドウェル刑事」セオドシアは椅子をうしろに引いて立ちあがった。「それはなんとも言えないわ」

モーニングタイムとランチにはさまれた客足の途絶えた時間帯に、セオドシアはティドウェル刑事が突きとめた事実をドレイトンにも話しておくことにした。

「ひと房の髪の毛だと？」ドレイトンは呆気に取られた。「なぜ犯人はそんなことをしたのだろう？」

「記念品のようなものだと思う。犯人が思い出として取っておくもの。ええ、吐き気をもよおすような行為なのはわかってるけど、なつかしく振り返るようすがとなるんだと思う……自分の所業を」

「思い出にふけるということかね？」ドレイトンは身をすくめた。

「そんな感じ」

「ティドウェル刑事からはほかにどんな話があったのだね？」

「あまりないわ」セオドシアは言った。「先週の被害者は花屋さんが使うワイヤーで首を絞められていて、カーラはピアノ線で首を絞められていたことくらいかな」

「すると、犯人はピアノを弾く花屋かもしれないわけか」ドレイトンは自分でそう言ってから首を横に振った。「すまん、茶化すつもりはないのだよ。深刻な事態だ。悲劇と言っていい」

「思ったんだけど――被害者ふたりのあいだにはなんらかのつながりがあるのかもしれない。血がつながっているということじゃないわよ。わたしが考えているのは――ふたりは同じヨガ教室かピラティスの教室に通っていたのかってこと。近くに住んでいたとか。同じ集合住宅とか。ひょっとしたら知り合いだったのかもしれない。同じ店で買い物をしていたとか。あるいは、同じコーヒーショップでキャラメル・マキアートを買っていたのかも」

「ふたりのつながりを探しているわけか」ドレイトンは言った。

「そこから手をつけるのが理にかなっているように思うから」

「ちょっと待ちたまえ。きみは関連のある情報を提供することでロイスの力になろうとしているのか、それとも一連の殺人事件を解決しようとしているのか、どっちなのだね？」

「そのふたつは両立しないの？」セオドシアは訊いた。

「きみにとっては両立するのかもしれんな。しかし、ライリー刑事は困ったことになるのではないかな」

「ああ、たしかにそうかも」セオドシアは考えこんだ。「事件に、ちょっと取り組んでるのを知られないようにしてライリーから鍵となる情報を引き出すとなると、危ない橋を渡ることになるわね」

「ちょっと取り組んでいる、だと？」

「ええ、ええ、独自の調査をしているわよ。それは認める」

「ロイスのためにそこまでやれるのは本当にすばらしいことだ。しかしだね、フォグヒール・ジャックが危険な殺害犯であることを、どうか忘れないでくれたまえ」

「カーラもそれをちゃんとわかっていたらよかったのに」セオドシアは額に手をやった。

「逆に、カーラの事件はとんでもなく常軌を逸した行きずり殺人だったという可能性もあるわね」

ドレイトンは考えにふけっているような顔をセオドシアに向けた。

「きみは昨夜のおそろしい所業をじかに目撃した。そのときはどう思ったのだね？」

ドレイトンにそう問われ、セオドシアは思い出そうと、昨夜、夢で何度も見たぼんやりとした記憶をよみがえらせようとした。黒光りするレインコートに身を包んだ男、コートのフードからしたたり落ちる雨。稲妻が空を明るくするたびに邪悪なきらめきを放ったナイフ。「行きずりの事件じゃないわ」セオドシアはゆっくりと言った。「でも、常軌を逸していたのはたしか」

「なるほど、それで絞りこめるな」ドレイトンは言った。「いや、無理か」

「絞りこめるかもしれないわ。その方法がまだわからないだけで」

「先週、大学近くに出現したのと同じ犯人ならば、七年前の事件を起こしたのと同じ犯人ならば、殺人への欲求にまた火がついたことになるな」

「その言い方だと、熱に浮かされたように血を求めているように聞こえるわ」

ドレイトンは申し訳なさそうな顔をした。「すまん。あまりに残酷な表現だった」

「それでも、あなたの言うとおりだわ」セオドシアは言った。「ただし……」

「ただし、なんだね？」

「こんな殺し癖というか、殺害に対する強い欲望を持つ人間が相手となると、どこから手をつけたらいいのかしら？」

ドレイトンは彼女をじっと見つめた。「警察がどこから手をつけるかということかね？それともきみがどこから手をつけるということかね？」

「えっと、警察かな」

ドレイトンはまばたきをした。当然ながら、セオドシアの答えには納得していない。

「この悪魔のような犯人をあぶり出したいのなら、あくまでこれは仮定の話だが……」

「あなたが言おうとしてることはわかる――わたしがどこから手をつけるか気になるんでしょ」セオドシアはしばらく考え、ドレイトンの質問を頭のなかで転がした。「ええ、わかった。まずは若者から中年までの独身男性で、この街に最近来た人に着目する」そこで七年のブランクがあったことも考慮してつけくわえる。「でも、若すぎる人は除外」

「さすがだ」ドレイトンは言った。「かなり使える手法に思える。ところで、いまきみが言った基準に合致する人物に心当たりはあるのかね？」

セオドシアは声をあげて笑い、やがて咳きこんだ。「わたしの新しいお隣さん」

「大きな石造りのお屋敷に住んでいるロバート・スティール氏かね？」

「実は、うれしいことに、スティールさんはもう一年も前にロンドンに逃げちゃったの」

「では、いま隣のグランヴィル屋敷に住んでいるのは誰なのだね？」

「ご近所の噂によると、いまは若い男性に貸し出されているみたい。作家で、偶然だけど、犯罪実話の本を執筆しているそうよ」

「それはまた奇妙な偶然もあるものだな」ドレイトンは言った。「その変わった作家先生にはもう会ったのかね？」

「ううん、まだ。でも、そのうち顔を合わせると思う」

「ぜひとも会うべきだ」ドレイトンは言った。「犯罪実話を執筆しているのならなおのこと。実際のところ、いまこうしているあいだにも、その人はフォグヒール・ジャックについて調べてまわっているかもしれんぞ」ドレイトンはしばらく考えてから、また口をひらいた。

「きみの相棒になってくれるかもしれないな」

「まさか」セオドシアは言った。「そんなわけないでしょ」

6

セオドシアがリンゴのスコーンとマッシュルームとタマネギのキッシュを五番テーブルに運んだとき、入り口のドアがあいてボブ・バセットが威勢よく入ってきた。彼はほぼ埋まったテーブル、そしてドレイトンが中国のファミーユ・ローズという絵付けのティーポットにお茶を量り入れている入り口近くのカウンターにちらりと目をやり、それからセオドシアに目をとめた。面長の顔にとってつけたような笑みを貼りつけると、握手して愛想よくふるまうべく右手を差し出しながら、セオドシアに駆け寄った。

「やあやあ、ボブ・バセットだ。ゆうべ立ち寄ったときに紹介してもらえなくて残念だったね。いくつか質問してもかまわないかい？　あなたはあの薄気味悪い墓地で発生した殺人事件の目撃者だそうだね」彼の口から言葉が立てつづけにあふれ出た。

「バセットさん」セオドシアは握手をしながら、相手を慎重に品定めした。ボブ・バセットはバセットハウンドにどことなく似ている、おどおどした顔をしていた。それにくわえ、上半身がすとんと下に移動してしまったような、いわゆる洋梨体形だった。郡の農業品評会で賞をとって陳列された、特大のひょうたんを思わせる。

「一度にそんなたくさん言われても。お願いだから落ち着いて」

セオドシアの言葉で気持ちがやわらいだのか、バセットは笑顔を見せた。

「誰もかれもが糖蜜のようにゆったりと動き、なにをするにも三倍の時間がかかる南部にいるのを、つい忘れちまってね」

「わたしたちは、この文化を優雅で上品なものと考えているのよ、バセットさん」

バセットは心得顔にうなずいた。「それはわかる。もちろん。なので、ばかなことを適当にまくしたてたことはどうかご容赦願いたい。押しの強い新聞編集者や、事実をずばずば並べたてるおまわりに慣れすぎたんだろう。見てのとおり、わたしは事件記者だ。仕事に真摯に取り組むフリーのプロフェッショナルだ」

「あなたがそういう人なのは聞いているわ」セオドシアは言った。

バセットは片方の頬だけあげてほほえんだ。「ということは、すでに忠告を受けているわけだ」

「ええ」セオドシアは相手の笑顔がわずかにくもったのを見て、つけくわえた。「でも、いい意味だから」

バセットは手を振りながら言った。「それはどうでもいい。人がわたしに対して不快な思いを抱くことがあるのは知っているが、それはわたしがものすごく集中しているせいだ。そういうのは普通、長所と見なされるもんだろ。さてと、会話を録音させてもらっていいかな？」バセットは近くのテーブルに古くさいカセットプレーヤーを置き、セオドシアの答えを待たずにボタンを押した。そのテーププレーヤー兼レコーダーはプラスチック製の黒い小さな装置で、一九八〇年代の生き残りとしか思えなかった。カーペンターズかカウシルズのテープでもかけそうな代物だった。

「それ、かなり年季が入ってるわね」セオドシアは言った。

「うん、でもまだ充分使える」バセットはテーブルについた。「さてと。ちょっと話を聞かせてもらえるかな?」

セオドシアはバセットの向かいに腰をおろした。「会話を録音するのはかまわない。でも、わたしは目撃者というほどのものじゃないことだけは、先に言っておくわ」

カセットはまわりつづけていた。「でも、あなたは昨夜、現場にいた」彼はうながした。

「わたしは不運にも若い女性が殺害されるというおそろしい現場に出くわしてしまった。しかもその若い女性の母親は、偶然にもわたしの親友だった」

「悲しむべきことだ」バセットは言ったが、表情からも声からも、悲しい気持ちはまったくうかがえなかった。「で、あの気味の悪い古い墓地に足を踏み入れ、一部始終を目撃したわけだ」

「あのときは暗かったし、文字どおり土砂降りの雨だったから、ほとんどなにも見えなかった。見えたのは……人影だけで、それが一緒に踊っているか——揉み合っているかしてるところで——と言っても、稲妻が光る一瞬だけよ」

「さぞかしぞっとしたろうな」

「それによって引き起こされた結末を見たときは、たしかにぞっとしたわ」

「幽霊は見たかい？　幽霊のようなものがいるらしいって噂を耳にしたことがある。聖ピリポ教会の墓地に幽霊が出るという古い伝説にいくつかあたってみたんだが」

「幽霊はいなかった」セオドシアは言った。「いたのは生身の人殺しよ」

「でも、誰だかはわからないんだな？」

「わたしが見たのはだいたいの輪郭と影だけ」

「でも、犯人の顔は見えなかった。残念だ」

「誰にとって残念なの？」セオドシアは訊いた。

「わたしにとってだ。警察にとっても！」

セオドシアはテーブルをコツコツ叩いた。「わたしからもちょっと質問させて。あなたがチャールストンに来たのはフォグヒール・ジャックが理由なの？」

「もちろん」バセットは答えた。「こいつは今世紀最大のニュースになるかもしれないんだぞ。読者が食いつくに決まっているじゃないか」

「それはどうかしら」セオドシアは立ちあがった。「さて、これで失礼するわ。ランチでいらしたお客さまの対応に戻らなくてはいけないので」

「ほかになにかネタはないかな？」　バセットは泣きついた。「なんでもいいから持ち帰りたいんだよ」

「お持ち帰りですか？」ドレイトンがカウンターから声をかけた。「スコーンとお茶をテイクアウトできますよ」

バセットはむっとしたようににらんだ。「そういう意味じゃない」

「ずいぶんと押しの強いやつだったな」バセットがいなくなるとドレイトンが言った。「いんちきな南部訛りを使ったりしおって」彼はせっせと茉莉花茶《ジャスミン》を淹れていた。

セオドシアはうなずいた。「自分は人をいらいらさせる性格だと本人も認めていたわ。しかも、それを長所だと考えてるみたい。バセットハウンドというニックネームがついたのもわかるわ」

「奇妙な事件を探し出しては記事にするからかね？」

「というか、相手を徹底的に追いつめるから。そうそう、それと幽霊のことを訊かれたわ。昨夜、わたしが幽霊を見たかどうか知りたかったみたい」

「まあ、たしかにあの墓地はアマチュアのゴーストハンターのあいだではそれなりに名が知られているからな」

「最高じゃない？」セオドシアは皮肉めかして言った。「バセットさんが記事を書いたら、この街の住人の半分は連続殺人犯が野放しになっていると信じ、残りの半分はおそろしい幽霊がいると信じるんだから」

ドレイトンはブラウンベティ型のティーポットをセオドシアのほうに滑らせた。

「五番テーブルにこれを。だが、あと一分ほど蒸らす必要がある」

「わかった」

それから一時間ほど、セオドシアはお茶を注ぎ、ランチを出し、あいたお皿を片づけ、おおむね忙しくして過ごした。やがて、お茶とチョコレートマカロンを楽しむお客がふた組だけになると、のんびりした足取りで入り口近くのカウンターに戻った。

「きょうはかなり楽ね」彼女はドレイトンに言った。「でも、明日はラプソディ・イン・ブルーのお茶会があるし、そのあとはヘリテッジ協会で開催される海事歴史セミナーでケータリングの仕事もある」

「しかも土曜日はここで、チリンガム屋敷の殺人をテーマにしたマーダーミステリのお茶会だ」とドレイトン。「だから、タイトになるぞ」

「タイトなのはいつものことよ」セオドシアは言った。チャーチ・ストリートに立つ趣のある小さな建物をリノベーションしたときから、彼女はタイトな予算とタイトなスケジュールに対処してきた。それが、しっかり《タイト》とした経営につながった。なにひとつ無駄にせず、なにひとつあたりまえと思わない。つまり、セオドシア、ドレイトン、ヘイリーがきちんとオイルを差した機械のように動き、ほぼすべてのこと――午前中のティータイム、ランチ、アフタヌーンティー、お茶のブレンド、販売、それにケータリング――をこなすということだ。三人の手がいっぱいいっぱいの日には、七十代の帳簿係であるミス・ディンプルが手伝いに来てくれる。

「おやおや」ドレイトンが言った。「お客さまがまたひとり、窓からなかをのぞいているぞ。

冷たい雨のなかをわざわざおいでくださったようだ」

セオドシアはどれどれとばかりに振り向いた。「あの人はたしか……」

警察の広報官、ジェシー・トランブルがいきおいよく入り口のドアをあけると同時に、湿った空気が一気に吹きこんだ。彼はきょろきょろとあたりを見まわし、セオドシアに目をとめてほほえんだ。「ああ、見覚えのある顔がいた」

セオドシアは彼を指さした。「ええと、ジェシー……?」ラストネームはなんだったか思い出そうとしていると、彼が助け船を出した。「トランブルです。この街のフレンドリーな広報官ですよ。ゆうべ、大挙して押しかけた警官のひとりとして、お話をしたじゃないですか。あれ以来、こちらのおいしいスコーンの虜になってしまいましてね」彼はお腹をぽんと叩く仕種をした。「そういうわけで、また来てみたというわけです。疲れを吹き飛ばしてくれそうなお茶とスコーンをいただけたらと思いまして」彼はまた店内を見まわした。「そういうのもやっているんですよね?」

「またテイクアウトのお客さまかな?」ドレイトンの声がした。「当店は単なるテイクアウトにとどまらず、無限とも言えるほど多種多様な形のテイクアウトをご提供しております。実は、いましがた中国産の祁門《キーマン》紅茶をポットに淹れたばかりでしてね。よろしかったらいかがでしょう?」

「フルスピードで走りまわれるくらいカフェインがたっぷり入っているなら、いただきましょう」トランブルは言った。

「警察の広報官というのは、具体的にどんなお仕事をされるのですか？」ドレイトンは店の藍色のテイクアウト用カップにお茶を注ぎながら訊いた。「一般市民に向けて情報を流すのですか？」

「というか、重要な情報をマスコミに伝えるのが仕事なんです」トランブルは答えた。

ドレイトンはカップに白い蓋をはめ、それをカウンターの反対側に滑らせた。「重要な情報というのは、事件に関する警察の見解のことですか？」

トランブルは顔の片側だけでにやりと笑った。「まあ、そんなところです」彼はセオドシアのほうを向きながら、手をあげてドレイトンを指さした。「いやはや、ずいぶんと鋭い方ですね」

「それはあなたも同じ」セオドシアは言った。「あなたがゆうべ書いたプレスリリースはりっぱなものだったみたいじゃない。どのテレビ局もラジオ局も取りあげていたようだもの」

「新聞もだ」ドレイトンが横から言う。

「それがぼくの仕事ですから」

「以前からずっと広報の仕事をしていたの？」セオドシアは訊いた。

「そうですね。振り出しはグース・クリークにある小さな広告会社で、いくつかの地元のクライアントを手がけるだけでした。不動産業者、弁護士、ラジオ局とかね。その後、フロリダ州ゲインズヴィルに移って、そこでは新聞社で働いてました。ときどき特集記事をちりばめた、まっとうな報道をやっている会社でしたね。で、また広報の仕事に戻ってきたというわけです。まあ、今度はマスコミ対応ですが」

「セオも昔は広報の仕事をしていたのだよ」ドレイトンが教えた。

「へええ、そうなんですか？」トランブルは感心した。「すごいですね。ところで、ゆうべはありがとう。こちらのティーショップを使わせてもらえて助かりました」

「だって、雨に濡れずにすむ暖かい本部が必要だったでしょ」セオドシアは言った。「お役にたててよかった。それに、個人的に今度の事件には興味があるし」

トランブルの電話がメロディを奏でた。彼は上着のポケットから電話を出してちらりと目をやり、顔をしかめた。「おっと、急いで戻らないと」

「スコーンを忘れないで！」セオドシアは店の青い袋に手をのばした。「ふたつばかり袋に入れるわね」

「ありがとう」トランブルはセオドシアが手を動かすのを見ながら言った。「今度の事件にあなたが興味を持つ気持ちは理解できますから、最新情報を伝えるようにします」彼はウインクした。「もちろん、具体的なことまでは教えられませんけど、それとなく目配せするくらいはできますから」

「それだけでも充分よ。とてもありがたいわ」彼女はスコーンをさらに二個、袋に入れてトランブルに渡した。「はい、どうぞ」

トランブルは白い歯を見せた。「食べるのが楽しみです」

ヘイリーがチェリーとアーモンドのクランブルスコーンにフルーツカップを添えたアフタヌーンティーの特別メニューを用意してくれ、それをお客に出していると、ビル・グラスがひょっこりやってきた。

グラスは《シューティング・スター》という地元のタブロイド紙を発行している厚かましくて不愉快な人物だ。彼はまた、友だちだと言いながら腹のたつことばかりしてくるので、セオドシアにとっては頭痛の種でもある。

グラスはセオドシアとドレイトンが忙しくしているカウンターに近づいた。歳は四十代なかば、ややずんぐり体形で髪の色は黒、中古車販売のセールスマンかと思うほど、異様にテンションが高い。

ドレイトンは顔をあげ、グラスに気づいて言った。「どういうことだ？　ここはいつからグランド・セントラル駅になったんだ？」

セオドシアは苦笑いし、グラスのほうはそれを不満をぶちまける合図と受け取った。

「おれの縄張りを荒らし、しかもおれに敬意ってものをこれっぽちも払わない記者がこの街に来てる」グラスは屋内にはふさわしくない大きさの声で言った。

チャールストン市民であなたを尊敬している人はひとりもいないとグラスに教えてやる勇気は、セオドシアにはなかった。それに、グラスはボブ・バセットに奇妙なくらいよく似ているけれど、グラスが得意とするのは地元のゴシップとスキャンダルだけ、ということも、面と向かって言うのは無理だ。誰が誰と離婚するのか？　スニー・ファーム・カントリー・

クラブの理事会に入会を拒否されたにわか成金の野心家は誰か？　贅沢なパーティで散財したのは誰か？　地元の酒場で泥酔して醜態をさらした間抜けは誰か？　グラスが書くのはそんな記事ばかりだ。

「それはボブ・バセットさんのこと？」

「そう、バセットハウンドだよ。とんでもなく浅ましい野郎だぜ。けさ、警察署ですれちがったよ。あちこち突きまわっては、次から次へと息つく暇もなく質問を浴びせてたな。むかつくったらない」グラスはそこでセオドシアにほほえみかけた。「あんたはやつをどう思った？」

「あの人ならさっきまでここにいたわ。あれこれ訊いていった」

グラスはおもしろくなさそうに顔をゆがめてカウンターを強く叩き、磁器のティーポットの蓋が跳ねてカタカタいった。「やつにはなにも話さなかったんだろ？」

セオドシアは肩をすくめただけだった。グラスが相手だと、言葉が出なくなることがある。

「なんの話かわかってるだろうが！」グラスはわめいた。「おれの縄張りに勝手に入りこんだうえ、あっちこっち荒らすようなやつなんだぞ」

「それはどうかしら」セオドシアは冷ややかに言った。

「おいおい、ここはあんたの縄張りでもあるんだぜ。聞いた話じゃ、ゆうべ殺人事件を目撃したんだってな。あんたが死体を見つけたそうじゃないか」

「単なる偶然よ」

「で、バセットにはなにを話した？　その殺人事件のことなんだろ？」

「とくにこれといったことは話してないわ」セオドシアは言った。

「なら、いい。あんたはおれに義理立てしてくれると思ってたよ」グラスは着古したカメラマンベストのポケットからペンと紙を出した。「で、どんなネタを持ってるんだ？　特ダネを頼むぜ」

「なんのネタもないし、特ダネなんてとんでもない」

グラスは激しく落胆したらしい。「けど、あんたは現場にいたんだろ。最重要目撃者としてさ。街じゅうどこへ行っても、その話で持ちきりだぜ」

「たまたまあの路地を急ぎ足で歩いていただけだし、事件を阻止できたわけでもないわ。真っ暗だったし、雨が降っていたから、ほとんどなにも見えなかったの」

「犯人の顔も見えなかったのか？」

セオドシアはフードから雨をしたたらせていた顔のない男を思い浮かべた。だいたいの印象は覚えている。けれども、具体的な特徴となると？　まったく無理。彼女は首を横に振った。

「じゃあ、なにも見てないってのか？」グラスは訊いた。

「悪いが、彼女はこれ以上の情報は持ち合わせておらんようだ」ドレイトンが横から口を出した。「ということで、お持ち帰り用のお茶をどうぞ」彼はテイクアウトのカップをグラスのほうに滑らせた。

「持ち帰り？　出ていけってことか？」

ドレイトンはそれとわからぬほどにほほえんだ。

「よろしければそのように願います。いまは大変忙しいもので」

「がっくりきたよ」グラスは言った。「がっくりどころか、このところ、おれはうつ病じゃないかと心配だったんだ」

「落ちこんでいたの？」セオドシアは訊いた。彼は本当に救いの手を必要としているのかもしれない。

「そりゃそうさ。なにしろ、ろくなネタがないんだから。今度の殺人事件は――ひさしぶりの大事件なんだよ」

同情する気持ちが一気に失せた。「だから張り切っているのね」

「そういうこと」

ドレイトンがあからさまに鼻で笑った。

ようやくグラスがいなくなると、セオドシアとドレイトンは午後のお客の対応に戻った。少したってわずかながら時間に余裕ができると、セオドシアはふたつのハイボーイ型チェストの棚に缶入りのお茶、瓶入りのデュボス蜂蜜、そしてオリジナルブランドの〈T・バス〉というスキンケア商品を補充した。

「スペシャルなブレンド・ティーをあらたに開発しようと思う」カウンターに戻ったセオドシアにドレイトンがそう告げた。「うるわしい春の早い到来を祈念する意味で、ハロー・スプリングという名前にするつもりだ」

セオドシアは正面の窓の外に目を向け、あいかわらず降りつづいている雨を見やった。

「たしかになにかにすがりたくもなるわね。その魔法のブレンドはどんなものなの?」

「桃とショウガをきかせた緑茶のブレンドだ」

「おいしそう。でも、思い切って〝春よ急いで〟という名前にするのはどうかしら?」

ドレイトンはうなずいた。「それもいい。で、しばらく買ったまま使っていない、あのしゃれた黄色の缶にハロー・スプリングを詰めようかと考えているのだよ」

「そうしましょう」セオドシアは頭を横に倒して首の凝りをほぐそうとした。「あのね、けさ、あなたが教えてくれた、七年前のフォグヒール・ジャックのことがどうにも気になるの」

「本当かね?」

「いろいろな仮説をああでもない、こうでもないと考えてばかりで」

「それはいいことではないな」

「そうなんだけど、好奇心がうずいてしょうがないんだもの。あなたが店を見ててくれるなら、図書館までひとっ走りして、もう少し予備知識を集めてみたいの」

ドレイトンは唇をとがらせた。「この街をふたたび恐怖に陥れているのが、本当に同じ人物なのかをたしかめようというのだな」質問ではなく、事実を述べただけだった。

「そういうこと」

「わたしとしては、くれぐれも用心してくれたまえと言うしかないな」

セオドシアは肩をすくめた。「図書館に行くだけなのよ、ドレイトン。SWATチームに同行するわけじゃないわ」

ドレイトンはわかっているよという目を向けた。

「きみの場合、どっちも同じことだろうがね」

小さな子どもたちのためのお茶会

ええ、お子さまも、お孫さんも、あるいはご近所の子どもさんも、自分たちのためのお茶会なら絶対に楽しんでくれるはずです。人数は目が届くように3、4人程度で、内容もシンプルなものにしましょう。"お茶"はリンゴジュース、レモネード、あるいはブドウジュースを子ども用のティーカップに入れてあげて(かわいらしいピーター・ラビットの茶器セットもありますよ)。ティーサンドイッチの具はピーナツバターとジェリー、あるいはリンゴとチーズなどを。チキンサラダをナッツの入ったパンではさむのもいいですね。テーブルにはかわいいお皿とティーカップを並べて。でも、割れやすいから気をつけてね、とひとこと声をかけるのを忘れずに。ハリー・ポッターのお茶会、ライオン・キングのお茶会、あるいはスター・ウォーズのお茶会のような、テーマを決めたお茶会にするのもいいでしょう。

7

フォグヒール・ジャックに関する本は一冊もなく、図書館の蔵書リストを調べたところ、チャールストンおよびその周辺で起こった異様な殺人事件（いくつもあった！）について書かれた本のどれにも、フォグヒール・ジャックに関する記述はまったく見つからなかった。けれども、マイクロフィルムで閲覧可能な古い《チャールストン・ポスト&クーリア》紙にはいくつか見つかった。

ドレイトンが言ったように、七年前、異常気象現象が発生した。流れこんだ霧が空をほぼ覆いつくし、その状態が一週間近くつづいたのだ。そのとき二件の殺人事件が――いずれも絞殺だった――起こった。そして新聞の事件記者のひとりが、犯人を〝フォグヒール・ジャック〟と呼んだ。ふたつの事件は本質的によく似ていたため、警察は同一犯の仕業とにらんだ。何人もの容疑者が取り調べを受け、ひじょうに多くの情報が寄せられ、警察は何百という手がかりを追った。けれども、誰も逮捕されず、起訴されることもなかった。チャールストンの住民は第三の事件の発生を固唾《かたず》をのんで待ったが、それはついに起こらなかった。

でも、もう状況がちがう、とセオドシアは心のなかでつぶやいた。くだんの殺人鬼が復活

したかもしれないのだから。

彼女は残りの古い記事を調べた。

被害者のひとりはノース・チャールストンのパン屋に勤務していて、仕事を終えて帰る途中、裏通りで絞殺された。アーモンドクロワッサンが入った袋が地面に投げ出されていた。もうひとりの被害者は商業用物件専門の不動産仲介業者で、ヒューガー・ストリート沿いに立つ無人のビルで絞殺体となって発見された。遺体は数日間、放置されていた。

このふたりの女性は見張られていたのだろうか？　あとをつけられたのち、死へといざなわれたのだろうか？　今度の事件もそれと同じ？

そう考えたとたん、セオドシアの体に悪寒が走った。つまり、誰もが身の危険にさらされているということだ。犯人――おそらく七年前の犯人と同一人物――はチャールストンをあちこち好きなように歩きまわり、チャンスが来るのを虎視眈々とねらっているのだから。でも、同じ犯人――同じフォグヒール・ジャック――の仕業なら、なぜ七年前に犯行をやめてしまったのだろう？　いままでどこに雲隠れしていたの？　ただ忽然と姿を消してしまっただけ？　チャールストンを去って、べつの街で悪魔の所業のような趣味をおこなっていたの？　あるいは、べつの事件で服役し、最近、釈放されたのかもしれない。

とにかく、フォグヒール・ジャックが戻ってきたのはたしからしいと思いながら、セオドシアは図書館をあとにした。フォグヒール・ジャックは戻ってきて、すでに二度も事件を起こした。しかも、悔しいことに、この怪物はそうとう腕が立つ！

雨がぽつぽつ降りはじめ、セオドシアは急ぎ足になってミーティング・ストリートを進んだ。背中をまるめ、せかせかと歩いたものだから、〈スパイス・ビン〉という小さな店をあやうく見逃すところだった。足をとめ、ショーウィンドウのなかのスパイスとオリーブオイルを並べた魅力的なディスプレイに目をこらした。ちょっと寄って、挽きたてのシナモンをいくらか買っていこうかと考える。ヘイリーはスイートロールの生地にシナモンをたっぷり振りかけるのが好きだ。

そのときバリバリという不気味な音が響きわたり、鉛色の空に稲妻が走った。見あげると、ギザギザに光る稲妻のなかに、目の前の建物の二階に大きな白い看板がさがっているのが見えた。看板には渦巻きをたくさん使った凝ったデザインの〝O〟の文字が描かれ、〝スカイロフト　価格は六十万ドル〜　オーロック開発より近日発売予定〟と黒いブロック体の文字が並んでいた。

オーロック。たしか、ロイスの大家に圧力をかけつづけている開発業者の名前だ。おそらくは、ロイスが長期の賃貸借契約で守られているのをよく思っていない開発業者。

でも、このオーロックという開発業者が早くどうにかしたいと望んだとしたら？　迅速に話を進めることに前向きだとしたら？

ロイスの心を変えさせる方法としてどんなことが考えられるだろう？　書店をたたんで、賃貸借契約を終了させるためには？

家族の死？

セオドシアは〈スパイス・ビン〉のショーウィンドウに映る自分の姿をじっと見つめた。オーロックという人がかかわっている可能性は低い。だけど、ありえないわけじゃない。

「お帰り」セオドシアがティーショップに入っていくとドレイトンが声をかけた。「帰ってきたのだね。そろそろ戸締まりをしようと思っていたのだよ。探しものは図書館で見つかったかね？」

「おかげさまで」彼女は手に持った紙を振って見せた。「おもに七年前の殺人事件について調べたわ。見つかった古い記事を片っ端からプリントアウトしてきた」

ドレイトンは右手をそろそろと蝶ネクタイにのばした。「そいつはぞっとするな」

「そんなこと言わないで。ドレイトン……」セオドシアは昂奮のあまり、ほとんど息が切れていた。「わたしが思うに、事件はほぼ同じだわ」

「七年前の二件と最近の二件が？」

「そう！」

「ふむ、だとするとよろしくないな」ドレイトンは美術館の展示品を見るような目でセオドシアを見つめた。「なぜきみはおびえていないのだね？　なぜドアに錠をおろし、窓のブラインドをおろさないのだね？」

「おびえているわよ。戸締まりだってちゃんとする」

「いいや、きみはこの件にのめりこんでいる。そのくらいはわかる」

「もしかしたら、そうかも」

ドレイトンはため息をつく。「この件に〝もしかしたら〟はない」

セオドシアは店内をぐるっと見まわした。どのテーブルもきれいに拭かれ、床の掃除はすんでいるし、皿はすべて片づいている。セオドシアの仕事はひとつも残っていない。調査をつづけるしかない。ポイントとなる情報はいくつか手に入れたし、昨夜の事件では自分自身が目撃者だったわけだから……。

「ヘイリーはどこ？」セオドシアは訊いた。

ドレイトンは顎で示した。「二階だ。ティーケーキとこもっている。不安なのだろう」

「無理もないわ。警戒するのは当然のことよ。これだけ身近なところで大事件が起こったら、誰だって不安を覚えるもの。誰ひとり、真の意味で安全な人はいないというメッセージなんだから」

「まさか、そんなことを本気で思っているわけではあるまいね」ドレイトンは手をのばし、大きな呼び出し音が一回鳴ったところで電話を取った。しばらく神妙に相手の話に耳を傾けたのち、セオドシアに受話器を差し出した。「きみにだ《プール・ヴー》」とフランス語で言う。

「もしもし？」セオドシアは電話に出た。

かけてきたのはピート・ライリーだった。「やった。つかまえられてよかった」

「なにかあったの？　今夜はうちに夕食を食べに来る予定に変わりはないんでしょう？」セオドシアは彼からくわしい話を聞き出したくてうずうずしていた。

「申し訳ないが、予定が変更になってしまった。特別捜査本部の会議が招集されるから、きみの家の食卓につくことはかなわない」

「捜査本部ができたの？　フォグヒール・ジャックの事件で？」

「うん。その呼び方はできればやめてもらいたいけど」

捜査本部ができたのはいいことに思える。警察がフォグヒール・ジャックによる殺人事件にとても真摯に、そして熱心に対処していることの証しだからだ。もしかしたら、あくまで希望的観測だけれど、容疑者を特定してくれるかもしれない。

「特別な会議を開催するほどのなにかがあったの？　突破口がひらけたの？」

「どっちの質問も答えはノーだ」ライリーは言った。「いくつか手がかりを追っているけど、具体的なものはひとつもないから、当然ながら話してあげられることはひとつもない。夕食のことは本当にごめん」

「残念だわ。あなたの大好物のシークラブのスープを作ろうと思ってたのに」

「つけ合わせはコーンのマフィン？」

「それに、あなたのお気に入りのワインも用意してたの。ソノマ産のジンファンデル。ええ、そういうメニューにするつもりだった」

「うわあ、がっかりしすぎて言葉も出ないよ。次の機会《レイン・チェック》があるよね？」

「こんなお天気だもの、十中八九、あるわ」

「ありがたい。本当にきみは最高だ」

「お仕事がんばって。会議がいい結果を生むのを祈ってる」

「いつだって、うまくいくよう願ってるよ」ライリーは言った。

セオドシアは電話を切ろうとしたが、言うことを思い出した。

「ちょっと待って……ライリー。ちゃんと話してくれるわよね？　カーラ・チェンバレンの事件で新事実がわかったら」

「うん……場合によってはだけど。どうしてだい？」

「個人的に興味があるからよ」セオドシアは言った。「現場にいたから」

「だけど、たしかきみは、なにも見ていないんじゃなかったっけ。真っ暗で、犯人の顔は影になって見えなかったはずだろ」

そのとおりだが、ぼんやりとした印象は残っている。だから、もしもその人物をこの目で見ることがあれば……。

「たしかにそうね」セオドシアは物思いを断ち切って言った。「わたしはなにも見てなかった。また連絡して」

「うん、そうする」

ドレイトンが鼈甲《べっこう》縁の老眼鏡ごしにセオドシアを見つめた。

「大丈夫かね？」彼はきょうの売上げを確認していた。

「なんとも言えないわ」

「なにか深刻なことを考えているように見えるぞ」

「不動産開発業者のワイアット・オーロックさんのことを考えてたの。賃貸借契約を解約させようとしてロイスに圧力をかけていたんじゃないかって気がして」

「圧力」ドレイトンはその言葉を検証するような口ぶりで言った。「具体的にどういうことかね？」

「たとえば、身内に不幸があれば……」

ドレイトンは怖気をふるった。「それは人の道にはずれているぞ！　商業用物件の交渉を進めたいからといって、人の子どもを殺害する、あるいは殺害させるとは」彼はロバの糞について話すように〝商業用物件〟という単語を口にした。

「最低価格六十万ドルのスカイロフト」セオドシアは言った。「おそらく、二十戸は入るビルになるんでしょう。だとすると千二百万ドルにはなる。それよりぐんと少ない額のために殺された人はたくさんいるわ」

「たしかにきみの言うとおりかもしれん」

「ええ、そうよ」

ドレイトンはかぶりを振った。「その人物については新聞のビジネス面で名前をときどき見かける以外、なにも知らんな」

「ワイアット・オーロックさんはマーケット・ストリートにある〈スパークス〉という新しいクラブのオーナーでもあるの」

「クラブ？」ドレイトンの顔がさっとくもった。「クラブにはとんと足を運ばんな。うるさいし、わたしは最近の音楽にうといのでね」

「そういうクラブじゃないの」

「では、どんなクラブなのだね？」

「目立ちたがり屋のためのクラブね。いろんな飲み物が用意されていて、ときどき音楽イベントをやるビストロという感じ」

「それはそれで、ぞっとする」ドレイトンは言った。

「そうでしょうけど、オーロックという人に興味があるの。というか、彼についてもっと知りたいの。それで、ちょっと考えたんだけど……〈スパークス〉で一杯やらない？」

「いまから？　今夜？」

セオドシアはにっこりとほほえんだ。

「週に一度くらい、いつもとちがうことをしたっていいじゃない」

8

　ふたりは一杯飲もうと〈スパークス〉に立ち寄った。ドレイトンは少し渋ったが、家まで車で送るとセオドシアに言われて、ようやく同意した。なにしろ、まだ雨が降りつづいていたのだ。

〈スパークス〉はカリブ海のコテージのような雰囲気のある、活気に満ちたしゃれた店だった。ダイニングルームは明るくひろびろしていて、リネンのカバーをかけた椅子、ものすごい数の青々とした観葉植物、シーリングファン、そして白い鎧戸をそなえていた。対して、バーエリアはハバナの旧市街《オールド・ハバナ》の雰囲気をそなえたクラブのようだった。アンティークの煉瓦壁とハートパイン材の床が暗く陰鬱な感じを醸し出している。ラム酒のボトルが点々と置かれ、葉巻の箱が飾られ、壁には麦わらのフェドーラ帽とフラメンコギターがかかっていた。カクテルテーブルではなくハイテーブルが置かれ、まわりをスツールが囲んでいた。ひとりで来た客同士が気軽に話せるようにという配慮なのだろう。

　セオドシアとドレイトンがカウンターにつくと、二十代後半とおぼしき丸顔の陽気なバーテンダーがふたりの前にコースターを置いた。「いまはハッピーアワーですよ、お客さん。

つまり、格安カクテルはどれも四ドルぽっきりで、今夜のお勧めはドランクンモンキーでございます」

「なんだね、それは？」ドレイトンは尋ねた。

「中身はオレンジジュース、パイナップルジュース、二種類のラム酒、ライム……」

ドレイトンは片手をあげ、バーテンダーの快活なおしゃべりを制した。

「ひょっとして、ワインリストはあったりするかね？」

バーテンダーは手探りし、ラミネートされた小さなカードを出した。

「こちらです。あまり数はございませんが」

「少ないながらも、厳選されたものであることを祈るよ」ドレイトンは小さくつぶやいた。リストをざっとながめて顔をしかめ、その後ようやく口をひらいた。「このラインアップだと、バローロが妥当かもしれん」

そこで、ふたりはそのワインを注文した。

「悪くない」テイスティングをしたドレイトンは言った。「もう少し、空気に触れさせたほうがよさそうではあるが。今度の木曜くらいまでエアレーションするのが望ましい」

「ドレイトン」セオドシアはたしなめるように言った。

「なんだね？」

「あまり辛辣なことを言ってはだめ。ここに来たのは偵察のためなんだから」

「楽しむために来たのだとばかり思っていたのだが」

　ふたりは腰を落ち着け、バーテンダーが出してくれた無料の煎りピーナッツをもぐもぐやりながら、しばしおしゃべりした。やがて、仕事を終えたとおぼしき客でバーが混んでにぎやかになると、セオドシアは手をあげてバーテンダーを呼んだ。「すみません」

　バーテンダーは眉毛をあげた。「もう一杯召しあがりますか？」

「実は、こちらのオーナーにちょっとごあいさつしたくて」セオドシアは言った。「ワイアット・オーロックさんに」

　バーテンダーは店内を見まわしてうなずいた。「お客さまはついてますね。今夜はこちらに来ています。ええと……」彼はセオドシアの肩の向こうに目を向けた。「あそこにすわっております」

　セオドシアはうしろを向いた。

「若い女性ふたりを同席させている人物がそうです」バーテンダーはにやにや笑いながら言った。

「ありがとう」セオドシアはお礼を言った。

　セオドシアとドレイトンが数分ほど様子をうかがっていると、若いブロンド女性ふたりは首を振り、立ちあがっていなくなった。

「いまがチャンスかな？」ドレイトンが言った。

「ええ、絶好のチャンスよ」

　ふたりはワイングラスを手にオーロックのテーブルに向かった。オーロックは電話中で、乾式壁の設置の現場監督をしているはずなのにしていなかったオリーなる人物に向かってなにやらまくしたてていた。オーロックはさらに数分ほど説教したのち、ようやく電話を切った。

「すみません」セオドシアはにこやかに声をかけた。そのうしろでドレイトンが会釈をした。オーロックは誰だろうかと思い出そうとするようにセオドシアを見つめた。年齢は五十代なかばでひょろりとした体形、黒髪を軽くなでつけた根の暗そうなタイプだった。着ているスーツはイタリアのブランド、カナーリのシャークスキン素材で、左腕には目覚まし時計ほども大きなロレックスのゴールドウォッチを巻いていた。

「どうも」オーロックはようやく口をひらいた。親しみはこもっていないが、無愛想でもない。警戒している様子だった。

セオドシアはさっきまでブロンド女性のひとりがすわっていたスツールに腰をおろした。「こちらにいる友人とわたしは……」彼女は、立ったままのドレイトンを示した。「あなたの新しいクラブをぞんぶんに満喫したことを、直接、お伝えしようと思いまして」

「それはありがたい」オーロックは言った。彼はマティーニをストレートアップで飲んでいた。オリーブが二個、瓶に入った標本のように浮かんでいる。

「それと、いま、この界隈で分譲マンションの開発を計画していらっしゃるとか」ドレイトンが気をきかせて口をはさんだ。

「例のスカイロフトだね、ええ」オーロックは急に顔を輝かせた。「超がつくほど豪華な物件になる予定なんですよ。チャールストン港の眺望、駐車場に通じる車寄せ、ルーフデッキ、コンシェルジュのサービスもついている」

「で、そのスカイロフトはいつごろ完成するんでしょう？」セオドシアは訊いた。

「来週、販売センターをオープンさせる予定だ」オーロックは言った。

「入居可能日はもう決まっているのですか？」

「なぜかな？　興味がおありで？」

この絶好の機会を逃したらだめだわ。「あら、奇遇ですね。実は興味があるんです。あなたが考えているような意味ではありませんが」

オーロックは身を乗り出した。「というと？」

「チャーチ・ストリートにあるビルを購入しようとしているそうですね。不動産パッケージを完結するために」

「それがなにか？」

「友人のロイス・チェンバレンが経営する書店がそのビルに入っているんです」

「で？」少しつっかかるような口調に変わった。

「彼女が賃貸借契約を無理に解除されるような事態になるとは思いたくないんです」

「わたしがなにをして、なにをしなかろうが、そちらにはなんの関係もないと思いますがね」

「あら、関係あるわ」セオドシアは言った。「あなたが彼女に対して実力行使や脅しという手段に出るようならよけいに」

「見当違いもはなはだしい」オーロックの口調は無作法と言えるほど素っ気ないものに変わっていた。「そういう細々したことは会計士とか弁護士とかにまかせているんでね」彼はテーブルをつかんで立ちあがったが、急ぎすぎたせいで膝がポキッと鳴った。「わたしは金を出してプロジェクトを統括するだけだ。だからいちいち頭を悩ませることなどないんだよ……その友だちとやらはなんという名前だったかな？」

「ロイス・チェンバレン」

「いま言ったように、ミス・名もなき本屋がわたしの事業の邪魔をしてきたところで、わたしが頭を悩ませることはない」オーロックはそう言い残してバーを出ていった。

セオドシアとドレイトンはそのうしろ姿を呆然と見つめた。

「オーロックという男はクサリヘビも顔負けの魅力の持ち主だな」ドレイトンは言った。

「乾いているのにつかみにくいタイプ、とあなたなら言いそう」

「勘定を払って店を出るとしよう。オーロックにミネソタ多面人格目録《MMPI》テストを受けさせるのは無理だとしても、人物評価のために来たのなら、目的は充分果たしたのではないかね」

「たしかに。でも、さっきのバーテンダーに質問したいことがあるの」

セオドシアはカード支払いの伝票にサインしながら言った。「オーロックさんのもとで働くのはどんな感じ？」

バーテンダーは彼女をじっと見つめた。「本当に知りたいんですか？」

耳を傾けている。

「ぜひ聞かせて」

「あの方は……ちょっと待ってください。また戻ってきました」

目を向けると、オーロックが黒革のジャケットを着た背の高い細身の男性と話しているのが見えた。面長で頬骨が高いその男性は、オーロックが手振りを交えながら話すのに熱心に耳を傾けている。

「オーロックさんが話している相手は誰なの？」セオドシアは訊いた。

「当店の警備責任者のフランク・リンチです」

「この店に警備員なんか必要なの？」

バーテンダーは肩をすくめた。「オーロックさんは必要だと考えているようです。それはともかく、当店の労働環境についてお知りになりたいとのことですが……」

セオドシアは彼が言うことをひとことも聞き洩らすまいと身を乗り出した。

「まあ、楽でないのはたしかです。オーロックさんは従業員を怒鳴りつけるし、チップを横取りするし、女の接客係にはいやがらせをするし」バーテンダーは首を横に振った。「あの人は……あの人はとんでもなくいやな野郎ですよ」

セオドシアのジープはアーチデイル・ストリートを走っていた。フロントガラスのワイパーが雨に合わせるように動き、たまに水たまりを通るとタイヤが音を立てて水を跳ねあげた。

「暖房」セオドシアはそう言ってダイヤルをいじった。「暖房を入れなくちゃ」

「それにデフロスターも」ドレイトンが言った。「ウィンドウが曇ってきている」

「おしゃべりしているからよ」

「呼吸をしているせいでもあるぞ」

ドレイトンはフロントガラスの向こうに目をこらした。「寒いし雨が降っているものの、このあたりは夜になるとやはりきれいだ。そうは思わんか？　雨が降るとなにもかもがソフトフォーカスがかかったように見え、この世のものとは思えなくなる」

「たしかに、大きなお屋敷はどれも温かい感じになるわね」セオドシアはうなずいた。やわらかくぼけて見える窓から黄色い光が洩れ、品のあるダイニングルーム、書斎、フォーマルな応接間がのぞき、走る車のなかからでもつい目がいってしまう。

「オーロック」ドレイトンはダッシュボードを指で軽く叩いた。「どこでその名前を耳にしたのだったかな？　やけに聞き覚えのある名前なのだが。家に帰ったら調べてみないといかん」

「チャールストンの出身だからじゃないの？」

「いや、それとはべつのことだろう。だが、どうしても思い出せんのだ」

「さあ、着いた」セオドシアはドレイトンの自宅前の縁石に車を寄せた。セオドシアと同じで、彼も歴史地区に小さな家を持っている。築百六十年になる煉瓦造りのすてきな家で、南北戦争期の医師が所有していたこともあったという。それが改装され、フランスやイギリスのアンティークで完璧に飾られ、裏には彼の盆栽コレクションが置かれた日本庭園がある。

「まさにドアからドアまでのサービスだな」ドレイトンは言った。「親切にどうも」

「あら、見て。あなたの忠実な友が正面の窓からこっちを見てる」

「ハニー・ビー」ドレイトンは、ふっくらしたソファにすわって彼の帰りを待っているキャバリア・キング・チャールズ・スパニエル犬にほほえみかけた。

「あなたのワンちゃんは、あなたに助けてもらったおかげで黄金の切符を手に入れたことをわかってるのかしら？　野良犬として生き、ごみ箱をあさる生活をしなくてもよくなり、いまではスポードのお皿に盛りつけたコロ切りのテンダーロインをぱくついているんだってことを？」

ドレイトンは笑顔でドアをあけ、車を降りた。

「レディの生い立ちについてあれこれ言うのは無作法なのを知らないのかね？」

まだ夜も早いので——なにしろ八時半だ——セオドシアはカーラのアパートメントに寄って、ロイスが言っていたノートを取りにいくことにした。

住所を確認すると、簡単に見つかりそうなのがわかり、アシュリー・アヴェニュー目指してウェントワース・ストリートを進んだ。右か左か迷って左だと見当をつけ、オリーブ委託販売店、武道場、さらには〈キー・フィットネス〉でサイクリングマシンを必死に漕いでいる人たちを横目で見ながら車を走らせた。

セオドシアの勘は当たった。カーラの自宅がある区画はチャールストン風のシングルハウスと小さなプランテーションハウスが立ち並んでいる。街灯が少なく、明かりがついている家が少ないため、木炭画から抜け出てきたように見える。

カーラのアパートメントの前で車をとめると、そこは大きめのシングルハウスで、それがいくつかの小さな部屋にわかれていた。

さてと、カーラの部屋はどこかしら？

部屋番号を調べてうろうろした結果、建物沿いに設置された煉瓦敷きの通路をたどり、いちばん奥の小さなスクリーンつきのポーチにあがればいいとわかった。

さあ、行くわよ。

セオドシアはドアに鍵を挿してあけ、電気のスイッチはどこかと手探りした。

部屋は小さいどころではなかった。ちっぽけと言ってよく、厳密に言えばワンルームのアパートメントといったところだった。ベッドはソファも兼ねているのだろう、青と緑の格子柄のベッドカバーで覆われ、四角いフラシ天のクッションが六つ置かれている。奥の壁は二口のコンロと小型冷蔵庫、小さな流しがついた簡易キッチンになっていた。あとは最小限の家具しかなく、小さなスチールデスクと、その隣に本がごちゃごちゃ詰まった書棚が押しこまれているだけだった。

セオドシアはなかに入ってドアを閉め、室内をざっと見てまわったが、見るべきものはろくになかった。お下がりの調度品、折りたたんで隅にしまわれた二脚のディレクターズチェア、簡易キッチンのわきにはバスルーム（シャワーだけで浴槽はなし）と、衣類でいっぱいの小さなクロゼット。いかにも学生向きの住まいだ。

セオドシアはデスクに近づき、ぐらつく灰色のワークチェアに腰をおろした。デスクにはノートパソコンが一台置かれ、まわりには未開封の郵便物が山をなし、テイクアウトのメニューが散乱し、ステート劇場で上演されるアマチュア劇団による『キャッツ』の宣伝チラシが一枚のっていた。

あちこちひっくり返したところ、散らかった紙類の下からカーラのノートが出てきた。

万事順調。

それから、好奇心旺盛なたちのセオドシアは、この場でノートをぱらぱらめくってみることにした。

ノートというよりはスクラップブックに近かった。切り抜き、雑誌の記事、写真、パソコンのプリントアウト、手書きのメモ、そしてノートカード。

カーラは独創性にあふれ、しかも想像力に富んでいた。売り込みたいテーマについて膨大なメモを取っていた。海岸浸食を防ぐのに役立つ計画的な人工魚礁。今年のスポレート祭での公演を予定している黒人の新劇団に関する記事。サウス・カロライナ州で合法化されると目されている医療用マリファナに関するもの。〈テイラーズ・ツイスト〉という名のあらたな地ビール醸造所に関するメモまであった。

最初にノートを手に取ったときに滑り落ちた二枚のカードに目をとおす。一枚はノース・カロライナ大学でルームメートだったメイジー・バーナードから、もう一枚はティム・ホルトという名の男性からで〝また近いうちに会おう!〟というメッセージと昔の『ファー・サイド』というコミックの絵が同封されていた。

ノートを十ページほど読み進んだところで当たりが出た。フォグヒール・ジャックに関するカーラのメモが見つかった。それに、セオドシアと同じで、カーラも七年前に発生した二件の殺人事件について調べていた。先週、大学の近くで起こった殺人事件をくわしく報じた新聞記事も集めていた。さらには自分の考えや思いつきも書きとめてあった。

地元の人? 独身? 被害女性たちとはバーで出会った?

つづいて、〝地元の出会い系サイトを調べること〟というメモが目を引いた。

カーラがそのメモどおりの行動をとらなかったことをセオドシアは切に願った。けれども、そのとおりのことをしていたとしたら? 次の被害者を熱心に探していた犯人と偶然をよそおって接触したのだとしたら?

セオドシアはノートを下に置いて両手で顔を覆い、目をこすった。だめよ、そんなおぞましい筋書きを考えてはだめ。絶対に。

ノートを閉じ、椅子をくるりと回転させる。そのとき、キッチンカウンターの黄色い水切りラックの隣に枯れかけた花があるのが目に入った。

それまでにも見えていたのに、なんとも思わなかった。このときは近づいていって、じっと見おろした。ワイン色に近い深紅のバラは花が下を向いて黒ずんでいた。趣味の悪いピンク色のフォーマイカのテーブルに置かれたガラスの花瓶は水が緑色のどろりとした液体に変わっていて、その隣に小さな白い封筒が置いてあった。封が少しあいていて、なかにはカードが入っていた。

セオドシアは息を殺し、カードを抜き出して読んだ。こう書いてあった。

〝ひそかにあなたに思いを寄せている者より〟

セオドシアの顔から血の気が引き、手からカードが落ちた。鳥肌が立ち、思わず背筋がのびる。

うそでしょ！

9

セオドシアの頭は遠心分離機のようにいきおいよくまわっていた。カーラはあろうことか、フォグヒール・ジャックに接触したの？　なんらかの方法を使ってオンライン上でつながりを持ち、そこでやりとりをしたとか？　そして、直接会ったの？　それに、ええと、どっちから接触したのかしら？　カーラ？　それともフォグヒール・ジャック？

これは重要な手がかりだ。警察に伝えなくてはいけないほど重要な手がかりだ。いますぐこのアパートメントに鑑識チームを派遣してもらわなくてはいけないほど重要な手がかりだ。セオドシアは携帯電話を出してライリーにかけた。彼ならやるべきことを、ロイスのなにげない頼みから生じた不穏で異様な状況に対処するすべを心得ている。

電話をかけようとしたそのとき、かすかな音が耳に届いた。セオドシアは番号を押す手をとめた。

なんなの？　窓のところになにかいるのかしら？　枝がこすれるようなカサカサという音みたいだけど。

それとも誰かがねじまわしで網戸をはずそうとしたとか？　なかに入ろうとして？

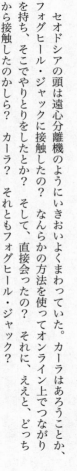

胸から飛び出しそうなほど心臓が高鳴るのを感じながら、セオドシアは取り乱した泣き妖精《バンシー》のごとく駆けまわり、室内の明かりという明かりのスイッチを入れた。それから、短距離走のオリンピック選手のタイムも上まわりそうないきおいで、外に走り出た。無事に愛車のジープにおさまり、ドアをロックしエンジンをかけたところで電話をかけた。

ありがたいことに、ライリーは呼び出し音が三回鳴ったところで電話に出てくれた。

「やあ、仕事中に電話をかけちゃだめだって言わなかったっけ？」

「ライリー！　大事な用なの！」

「冗談だって。ちょうど十五分の休憩に入ったから、廊下に出て署の激マズのコーヒーメーカーに二十五セント硬貨を投入してるところだ。夜のこの時間帯にどのくらいのレベルの胸焼けに耐えられるかわからないけどね」

「ライリー、見つけたものがあるの」セオドシアはいまにも震えそうな声で言った。

「なにを見つけたんだい？」彼は落ち着いた声で言った。「話してごらん」

そこでセオドシアは手短に説明した。ロイスから鍵を預かったこと、カーラのアパートメントに立ち寄ったこと、室内をざっと見まわしたこと、ノートの中身を読んだこと、花束とカードを見つけたこと。

「いまは自分の車のなかにいると言ったね。安全を確保できているかな？」

セオドシアはシートの上で身をよじり、暗い通りに目をこらした。誰もいない。走っている車もないし、歩道を歩く人も、さらに言うなら野良猫すら見当たらない。うっすらとした霧がただよっているだけだ。「できてると思う。車はロックしたし、人っ子ひとり見当たらない」

「それを聞いて安心した。不安を感じたらすぐ逃げられるよう、エンジンはかけっぱなしにしておくんだよ。でも、可能なら、そこでじっと待っていてほしい」

「来てくれるの？」

「こうして話してるいまも、廊下を走ってるよ、スイートハート。応援部隊も一緒だ」

「急いで、お願い」

ライリーは大急ぎで駆けつけてくれた。五分とかからないうちに、警察の精鋭を全員引き連れて現われた。セオドシアはその人たちにあらためて一部始終を語り、そのあとは、彼らが散開して室内に駆けこんでいくのを満足そうに見守った。ライリーだけがあとに残り、彼女が乗るジープのそばに立っていた。

「きみが言っていた日誌だけど」ライリーは言った。

「日誌というより、スクラップブックね」セオドシアは言った。

「家のなかにあるのかい？」

「見つけたデスクの上に。置いたままにしたわ」

「でも、手を触れたんだね？　きみの指紋がついてるんだね？」

「たぶん」

「それはしょうがない」ライリーは言った。「きみはよくやったよ」

「あなたに電話したことを言ってるの？」

「不安ななかでも冷静でいたからさ」

「つとめて冷静でいようとしたのはたしかだけど」

「この二日間はさんざんだったね」

「まったくだわ」

「このまま帰って、あとはぼくたちにまかせてくれ。家に帰って、愛する相棒とくつろぐといい。ぼくのかわりにあいつの耳をかいてやってくれ」ライリーはセオドシアの顔をうかがった。「本当にもう大丈夫？」

「大丈夫」セオドシアはまだ少し動揺していたが、このくらいならひとりでもどうにかなる。

「そうだわ、これを渡しておく」彼女はピンク色のリボンがついた鍵をライリーに渡した。

「終わったあと、戸締まりするのに必要だから」

「ありがとう」ライリーは運転席のウィンドウに顔を近づけ、セオドシアの唇に軽くキスをした。そしてさっきの言葉を繰り返した。「きみはよくやったよ」


自宅に帰れてこれほどうれしいと思ったことはかつてなかった。セオドシアは裏口からキッチンに入ると、いきおいよく駆けてくるアール・グレイに向かって腕を大きくひろげた。

愛犬はジャンプしてセオドシアを押し倒しそうになりながら、よだれまみれのキスを浴びせた。

今夜、二度めのキスだわ。なんてすてきなの。

アール・グレイのマズルをなでてやり、その手をさらに耳へとのばし、犬が床にずり落ちて仰向けになって四本の脚を上にのばすと、お腹をすばやくなでてやった。

「いい子ね。しかも番犬としても優秀だし」彼女は愛犬に向かって語りかけた。「あなたのおかげでわたしは安心していられるわ」

アール・グレイは仰向けのまま満足の笑みを浮かべると、くるりと半回転して四本脚で立った。ダルメシアンとラブラドール・レトリーバーとのミックス犬の彼はかなり大型で、すっと筋のとおったマズルに表情豊かな目、薄いぶち模様のある被毛、そして賢い犬らしいユーモアのセンスをそなえている。

「長い一日だったわね」セオドシアは言った。「ミセス・バリーが来てくれてよかった」ミセス・バリーはアール・グレイのシッターであり、散歩の代行をしてくれる女性だ。学校の先生として勤めあげた彼女は近所の犬の扱いに長け、一度に三、四匹を散歩させることもある。

「わたしのほうも大変な一日だったのよ」セオドシアは改装したキッチンを見まわした。カロライナマツの食器棚、セラミックタイルを張った床、そしてヘイリーが選ぶのに協力してくれたウルフ社のレンジでようやく完成したキッチンだ。

キッチン以外も幸せと居心地のよさを感じさせてくれる。数年前、セオドシアはヘーゼルハーストというかわいらしい名前のついた、小さいながらもくつろげるこの一軒家を購入した。両側をひとまわりもふたまわりも大きな家、というかお屋敷にはさまれ、ヘンゼルとグレーテルのお話に出てくるようなクイーン・アン様式で建てられている。つまり、外壁は煉瓦と漆喰からなり、左右非対称なデザインで、シーダー材の屋根板で茅葺き屋根風に仕上げてある。また、玄関のドアはアーチ形で、二階建ての小塔と交差切妻屋根をそなえていた。家の両側の壁を青々としたツタが覆っている。家のなかは、木釘でとめたフローリング、暖炉、鉛ガラスの窓、チンツのカバーがかかったソファなど、外見同様、魅力たっぷりだ。

「クゥーン」アール・グレイがしきりに尾を振りながら、セオドシアを見つめていた。

「ひとっ走りしに出かけたいの？」

「ワン！」アール・グレイは全身をぶるっと震わせ、そこからすべてが動きはじめた。

「わかった、わかった。出かけましょう」セオドシアは二階に駆けあがると、運動用の服に着替えてテニスシューズを履き、リードをつかんでアール・グレイと並んで裏口を出た。ひとりと一匹は自宅の裏庭を突っ切り、金魚が優雅に泳ぐ小さな池のそばを軽やかに通り過ぎ、裏門から外の通りに出た。

まだ動揺が少し残っていたが、一歩踏み出すたびに気持ちが落ち着いていき、元気がわいてくる。セオドシアは愛犬の大きな歩幅に合わせて二ブロックほどジョギングし、さらに二ブロック、同じように走ってロングティチュード・レーンに入り、色とりどりの建物が並ぶレインボー・ロウをぐるっとめぐって自宅があるほうに引き返しはじめた。

だからと言って、周囲に気を配っていなかったわけではない。これだけ暗いと、路地、暗がり、駐車中の車ですらフォグヒール・ジャックとして知られる殺人鬼が身を隠すにはもってこいだろう。それとも、彼が現われるのは霧の夜だけ？　うっすらもやあたりをきょろきょろ見まわしながら、足音をひそめるようにして走った。セオドシアはかなりのスピードで走っていたし、アール・グレイが一緒だから見知らぬ人がいたら追い払ってくれるはず。もちろん、暗い通りをジョギングしているのを知ったら、ライリーは頭から湯気をあげて怒るだろう。

やがてセオドシアとアール・グレイはペースを落とし、自宅前の路地に入った。すぐ前方、グランヴィル屋敷の裏にダークグリーンのジャガーXJがとまっていた。男性がひとり、その車の後部荷室からなにやら――書類箱？――おろしているところだった。

「ずいぶんかっこいい車だこと」セオドシアはつぶやきながら近づいた。

うしろから声がしてびっくりしたのだろう、男性が振り返った。それからセオドシアとアール・グレイに気づき、どちらもおそらく無害と識別したらしく、頰をゆるめてほっとしたようにほほえんだ。

「ご近所の方と推察しますが」男性は言った。かなりの長身で肩幅がひろく、ほっそりした腰つきをしていた。茶色の髪をやや長めにのばし、鼻がわずかに曲がっている。ブルージーンズに、マイアミ大学のフットボールチーム、マイアミ・ハリケーンズのロゴが入った色あせた緑色、車とほぼ同じ緑色のトレーナーを合わせていた。

「ええ、お隣のセオドシア・ブラウニングと言います。ロバート・スティールさんから家を借りている作家の方ですよね」

「そのとおり。ニコラス・プリンスです。友だちからはニックと呼ばれてます。ご近所の方からも。そして、あなたもその仲間入りということになりますね」

「ようやく会えてよかった」

プリンスはアール・グレイに目をやった。「で、このハンサムくんは……?」

「アール・グレイよ」セオドシアは言った。

「見るからに優秀な番犬という感じだ」

「ええ、頼りになることが多いわ。ところで、犯罪実話の本を書いていらっしゃるとかご近所でそう噂になっているのかな?」プリンスは訊いた。

「そのようです」

プリンスは自分の車のうしろをまわりこみ、セオドシアにほほえみかけた。

「たしかに、絶好のタイミングで引っ越してきましたからね」

「どういうことでしょう?」セオドシアは訊いたが、絶好のタイミングという言葉の意味がはっきりしたとたん、たちまち不快な気持ちに襲われた。

「例の殺人事件ですよ。二件の絞殺事件」プリンスは自分の首を指さした。「次の本の恰好のネタになります」

「わたしはゆうべ殺された若い女性を知っていたの」セオドシアの言葉はぶっきらぼうなものに変わり、いくらかすごみも帯びた。「親友の娘さんだった」

「書店を経営している女性だね？」

「ロイスをご存じなの？」

「いちおう、その人の書店に足を運びましたから。そうでしたか、申し訳ない」彼は後悔しているように腕を大きくひろげた。「知り合いだったとは知らなかった。さぞかしわたしを……無神経な男と思ったでしょう」

「たしかに、ちらっと頭をよぎったわ」

「どうか」プリンスの額に深いしわが寄り、顔の張りが失われた。「謝罪させてほしい。殺人、暴力行為、未解決事件を掘りさげる作家という仕事のせいで、つい調子に乗りすぎてしまうことがあるんですよ」

「そう……」

プリンスが片手を差し出すと、アール・グレイはそこに鼻をすり寄せ、においを嗅いだ。

「ほら、あなたの愛犬は許してくれた」

「じゃあ、いまの件はこれで終わりということにしましょう」

プリンスは笑顔になった。「近所の人に聞きましたが、あなたはチャーチ・ストリートですてきなティーショップを経営しているそうですね」

セオドシアはうなずいた。「ええ。いつか寄ってください」失礼のない対応を取ったものの、本当のところ、ニック・プリンスをあまりその気にさせたくはなかった。彼はどこかちょっと……あやしい感じがする。

プリンスはセオドシアを見つめた。「そうさせてもらいます。ところで、あなたと愛犬はジョギングからの帰りですか？」

「どうしてわかったの？」セオドシアは訊いた。ふいに予感がした。よくない予感だ。

「これまで二度ほど、あなたとそのワンちゃんがわが家の前を通り過ぎていくのを見かけたものだから。わが家ではなく、わが借家と言うべきかな。あなたたちが路地を走っていく姿をね」

「なるほど」セオドシアはその説明に納得し、もう少し愛想よくしようと決めた。「さてと、じゃあ、お休みなさい」

「お休みなさい」プリンスは言ったが、セオドシアはすでに向きを変え、自宅の裏門を駆け抜けていた。

家のなかに入ると、コンロにやかんをかけ、お湯がわくのを待ちながらぼんやり考え事をした。考えていたのは、街の新顔であるニック・プリンスのことだ。彼は若く、おそらくは三十代前半で、かなりハンサムだ。誰かと知り合いになる機会はまだないはずだから、つき合っている相手はいないだろう。だけど、彼は死んだ女性のほうに興味があるようだ。

気持ちのいい趣味じゃないわ。

セオドシアはティーポットを手に取り、オーガニックのカモミール・ティーの茶葉を二杯、すくい入れた。このお茶を飲むといつも緊張が解けて、心地よく眠れる。数分後、やかんから湯気が立ちのぼり、小さな笛の音が鳴りはじめた。お茶を淹れる頃合いだ。セオドシアにとっての憩いの場所である二階にあがり、塔の部屋の安楽椅子におさまってお茶を飲んだ。すぐに気が変わった。もうくたくただ。ベッドに入ろう。

四柱式ベッドは快適そのものだった。上等なマットレス、クリーム色のふかふかしたダウンの掛け布団、そしてちょっと数が多い枕。セオドシアは布団にもぐりこんで枕に背中を預け、ため息を洩らした。言うことなし。

ここに越してきてすぐ、セオドシアは二階の小さな部屋をひとつにまとめ、主寝室――寝室、ウォークイン・クロゼット、浴室、それに塔の読書部屋――にした。内装は、セオドシアが好んで言う〝南部風の魅力〟にあふれたものにした。つまり、ローラ アシュレイの壁紙、バロック調のフレームを使った鏡、そして母が使っていた古めかしい化粧台。抽斗《ひきだし》つきのデスクにクッションのきいたスツールをそなえた化粧台はひとつの壁全体を占めており、セオドシアがすわってメイクをしたり髪をとかすのにぴったりの場所になっている。台の上に点々と置かれているのはセオドシアのコレクションの数々だ――シャネルとディオールの香水、革装の日記帳、二匹のジャガーの飾りがついた陶器の箱には上等な真珠のイヤリングがおさまっているし、縁が波形になった白い大きなボウルにはブレスレット、バングル、真珠のネックレス、それにジョーマローンのキャンドルが集められている。

アール・グレイが犬用ベッドにおさまり、作りつけのクッションに頭をのせた。セオドシアはお茶を飲み、きょう一日を振り返った。だんだん眠くなってきた。

よしよし。カモミールがきいてきたわ。

ティーカップをナイトテーブルに置いて明かりを消し、目を閉じた。うとうとしはじめ、気持ちよくなりかけたところで、突然、頭にひらめくものがあり、一気に覚醒状態に引き戻された。セオドシアは目をぱっとあけ、ベッドから身を起こした。

カーラの謎のボーイフレンドの名前が、ロイスが存在だけは知っていて会ったことがないボーイフレンドの名前がわかった。ティム・ホルトだ。『ファー・サイド』の漫画入りのカードを送ってよこした人物だ。

10

「カナリアをのみこんだ猫のような顔をしているではないか」ドレイトンは福建省産の白茶を注いでやりながらセオドシアに言った。

水曜の朝を迎え、インディゴ・ティーショップではいつも以上に忙しい一日に向けて準備が進んでいた。正午からはラプソディ・イン・ブルーのお茶会、午後は三時からヘリテッジ教会でケータリングの仕事が待っている。

「秘密にしてることがあるからよ」セオドシアはそう言って、丈の長いパリのウェイター風エプロンを頭からかぶり、腰のところでひもを締めた。

ドレイトンは興味を引かれたようだった。「もったいぶらずに話してくれたまえ」

「実は秘密はふたつあるの」

ドレイトンはセオドシアをじっと見つめた。「なるほど」

「カーラ・チェンバレンは自分を殺害した犯人と事前に接触していた可能性があるとわかった」

「なんだって?」ドレイトンの目が飛び出しかけ、声が二オクターブも高くなった。

セオドシアは昨夜、ロイスに頼まれたノートを探しにカーラのアパートメントを訪ね、フォグヒール・ジャックに関する背景メモをたくさん見つけたことを説明した。さらには、カーラをひそかに賛美する者から贈られた花とカードがあったことも。

「そのひそかに賛美する者というのがフォグヒール・ジャックなのかね？」ドレイトンはあざやかな青い蝶ネクタイをいじりながら押し殺した声を出した。

「わたしはそう考えているし、警察も同じ考えよ」

「では、警察に知らせたのだね？」

「すぐにライリーに電話したわ。そうするしかなかったもの。彼と仲間が大挙してやってきて、あとを引き継いでくれた」

「では警察はカーラのノート、秘密の賛美者からのカード、その他、見つかったものを調べているわけだな」

「さっそくね」

「それを聞いて安心したよ。ならば、きみがかかわる必要はないわけだ」

「それでもかかわらなきゃ」

「いかん」

セオドシアはドレイトンをにらんだ。この先もかかわりつづけたいに決まっているじゃない。

「正直に答えてくれたまえ」ドレイトンは言った。「昨夜のきみの行動は賢明だったのかね？

カーラのアパートメントにたったひとりで忍びこむとは」

セオドシアは窓のそばで聞こえた引っかくような音はなんだったのかと考えをめぐらせた。枝が風に揺れる音？　それとも、何者かが侵入しようとしたの？　まあ、そんなことを考えたところでもう遅い。セオドシアはいちかばちかの勝負に出て、その甲斐があったのだ。カードや花の出所を調べれば、犯人が浮かびあがってくるかもしれない。

「あなたに同行を頼むべきだったんでしょうけど、帰りがけにカーラのアパートメントに寄ってもたいして時間はかからないと思っちゃったんだもの」

「ふむ、そうか」ドレイトンはしばらく何事か考えていた。「さっき、秘密はふたつあると言ったね。もうひとつはなんだね？」

「カーラのボーイフレンドが誰かわかった気がする。ティム・ホルトという名前の人よ」

「どうやって突きとめたのだね？　オリンポス山から神がおりてきて、耳もとでその男の名をささやいたとか？」

「カーラのノートにその人からのカードがはさんであったの」

「なるほど」ドレイトンは期待に満ちた顔になった。「そういうことか。で、そのボーイフレンドがカーラを殺害した犯人ときみは見ているのかね？　ホルトという男とフォグヒール・ジャックは同一人物であると？」

セオドシアはドレイトンの単刀直入な質問に意表を突かれた。

「ううん」そこでもう一度考えこんだ。「うん、それはないと思う。つまりね、ふたりがよく知った仲で、つき合っていたのなら、花を贈って、ひそかに賛美している者を名乗る必要なんかないじゃない」

「ふたりのあいだのゲームだったのかもしれんぞ」ドレイトンは言った。

「その可能性もある。だからなおさら、このホルトという男性から話を聞きたいの。その人となりをつかみ、カーラがしようとしていたことをその人が知っていたか突きとめたい」

「ホルトがきみと話をすると思っているのかね？　すでに警察が事情を聞いていると思うが」

セオドシアは鑑識がカーラのアパートメントを徹底的に調べているところを想像した。当然、警察もふたりの関係に気づいてティム・ホルトに事情聴取するに決まっている。だったら……それでよしとするべきなのかもしれない。

「ホルトという人が話をしてくれるかどうかはわからないわ、ドレイトン。でもやってみるしかないの。ロイスのために」

ドレイトンがお茶を淹れ、セオドシアは給仕をつとめ、ヘイリーがいつものすてきなクリーム・ティーのプレートをこしらえているうちに、午前中はあっという間に過ぎ去った。けさのおすすめはクロテッド・クリームを添えたあんずのスコーンだった。もちろんヘイリーはクランベリーのスコーンやジンジャーブレッドのマフィンも焼いていた。

十時半、ミス・ディンプルが不安そうな顔で玄関から飛びこんできた。ここ数年、この店の帳簿係として腕をふるっているミス・ディンプルだが、お茶会のイベントがあるときには応援を頼まれることも多い。きょうもそういう日だった。

「おはようございます、おはようございます」ミス・ディンプルは快活な声であいさつをしながら、チェリーレッドのレインコートを脱ぎ、入ってすぐのところの真鍮のコートラックにかけた。「外はあいかわらずの大雨《キャッツ・アンド・ドッグズ》ですよ。でも、わたしの大事なシャム猫の赤ちゃんたちは、自分たちが比喩に使われたのを喜んではいないでしょうね」

「おはよう、ミス・ディンプル」ドレイトンが声をかけた。

「助っ人に入ってもらえてありがたいわ」セオドシアはねぎらいの言葉をかけた。「きょうはめちゃくちゃ忙しくなりそうだから」

「そう言ってもらえるとうれしいですね」ミス・ディンプルは言った。リンゴのようなほっぺをした彼女は七十の坂を超え、もじゃもじゃの髪をピンクに染めていて、柔和なおばあちゃんのように気立てがいい。「最初になにをやりましょうか？」

「カウンターにあるインディアン・スパイス・ティーが入ったポットを四番テーブルに持っていって」セオドシアは言った。「そのあと、ヘイリーが焼いたあんずのスコーンとクランベリーのスコーンを出して、カウンターの上のパイケースに補充してほしいの。そのあとのことは手を動かしながら考えましょう」

「わかりました」

ミス・ディンプルが注文を取ったり、お茶を注いだりしはじめると、セオドシアのストレスレベルは二十ポイントもさがった。おかげでお客と語らったり、新しいブドウの蔓のリース（ピンクと緑色のティーカップを飾り、同色のリボンを結んである）を吊りさげたり、ドレイトンがあらたに考案したオリジナルブレンドのお茶の缶を棚に補充したりする時間がとれた。ドレイトンはそのブレンドのほか、青物市場のハイビスカスと名づけた、レモンとリンゴで風味をつけたハイビスカス・ティーや、スプリング・グローブ・グリーンと名づけたサクランボとバニラの風味の緑茶もブレンドしている。

セオドシアが入り口近くのカウンターに戻ると、ドレイトンは遠くを見るような目をセオドシアに向けた。

「なあに？」彼女は訊いた。「変なことでもあったの？」

ドレイトンは人差し指でこめかみに触れた。「さっきの名前だが、どこで耳にしたのかいま思い出したのだよ」

「どの名前？」

「オーロックだ」

「どこで聞いたの？」セオドシアはドレイトンの話をぼんやりと聞きながら、テイクアウト用の藍色の袋の束をきちんと整えた。

「『吸血鬼ノスフェラトゥ』という昔のモノクロ映画を覚えているかね？　その吸血鬼の名前がオルロック伯爵で、英語の発音ならばオーロックになるのだよ」

「うそみたい。なにか関係があるのかしら？」

ドレイトンはしばらくセオドシアを見つめていたが、その顔にじわじわと笑みがひろがった。「いまの話を滑稽《こっけい》だと思ったのだね？」

「ええ、ちょっとだけ」

「わたしは薄気味悪いと思ったのだが」

「ヘイリーみたいなことを言うのね。あの子はいつだって幽霊だとかお化けだとか騒ぐじゃない」

「この低地地方の幽霊に関する証言が文書としてたくさん残されているせいだろう」

「まじめな話、幽霊なんかこの世に存在しないわ。いわゆる幽霊ツアーとやらで、熱心な観光客にこの美しい街を案内してまわる商売っ気たっぷりのガイドがいるだけのこと」


セオドシアがオフィスでフォグヒール・ジャックに関するあらたな情報がないかインターネットを見ていると、モニカ・ガーバーがF5級の竜巻のごとく飛びこんできた。

「セ・オ・ド・シ・ア！」モニカはなにかいいネタはないかと嗅ぎまわるテレビレポーターではなく、長いこと音信不通だった友だちのような声で叫んだ。

セオドシアは顔をあげた。「いらっしゃい、モニカ」この日のモニカはキャラメル色の革のジャケットをはおり、下はシュレッドジーンズにとてつもなくヒールの高いヘビ革のピンヒールといういでたちだった。「ほかの怖いもの知らずのお仲間はどうしたの？」

「外にとめたバンのなかで、待ちに待った休憩を取ってるわ。フォグヒール・ジャックの手がかりを追って休む間もなく仕事をしてきたから、みんなもうくたくたなのよ」モニカはそこでひと呼吸おいた。「あなたは現時点で誰がいちばんあやしいと思ってる?」

セオドシアは目をしばたたいた。もしかしたらモニカは最初の印象よりもずっと野心的なのかもしれない。

「ボーイフレンドとか？」セオドシアはできるだけ淡々とした表情をたもちながら言った。

モニカはピンクのマニキュアを塗った人差し指をセオドシアに向け、そのとおりというようにうなずいた。

「さすが、鋭いわね。ええ、まったく」彼女は歯切れのいい早口で言った。「ティム・ホルトという男よ」

セオドシアはモニカがその情報をどこで仕入れたのか、ひどく気になった。

「たまたま耳にしたいくつかの噂から見当をつけただけ」とうそをついた。「だけど、あなたはどうやって突きとめたの？」

モニカは得意そうに言った。「これぞわたしの鋭い調査のたまものだと自慢したいところだけど、実を言うと、警察本部に内通者がいるの」彼女は声を落とし、ひそひそ声で告げた。「その人からこれだけのスクープが得られたってわけ」

「すごいのね」セオドシアはそう言いながら、漏洩したのは誰かが気になった。ティドウェル刑事の部下の誰か？　鑑識チームの一員？　そうでないといいけど。

「とにかく」とモニカはつづけた。「このティム・ホルトというのは新進気鋭のカメラマンなの。地元の不動産開発会社の広告写真を手がけ、企業のプロジェクトや結婚式などの仕事も受けてる。腕はそう悪くないわよ。それどころか、クイーン・ストリートにあるイマーゴ・ギャラリーで今度の金曜から展覧会が始まるんだけど、彼の写真が何枚か展示されるんですって」

「で、あなたはなにをねらっているの?」セオドシアは訊いた。「ティム・ホルトにインタビューすること? それとも彼を殺人犯だと非難すること?」

「あはは! 彼と並んでカメラにおさまることができれば――つまり即興でインタビューをするということだけど――その両方ができるかもしれないわね」モニカは高笑いした。

「かもね」セオドシアはそう言ったものの、二件の殺人、しかもひょっとしたら四件の殺人をおかすほどの人間が、モニカの評価をあげるためにテレビで自白するとは思えない。

モニカの昂奮はおさまるところを知らなかった。「正直言って、このフォグヒール・ジャックの件は、わたしがこれまで取材したなかでいちばんビッグな話題だわ。それがわたしにとってどんな意味を持つかわかる? 事件の真相に迫ることができれば――肉薄し、突破口をひらくのに協力できれば――全国的な知名度が一気にあがるのよ。そうなったら将来が描ける。『フォックス・ニュース』よりもずっとずっと高いところまで羽ばたける!」

大きく出たわねというのが、セオドシアの感想だった。

十一時十五分、午前中のお客が残り二組だけになると、セオドシアはイベントモードになって、ラプソディ・イン・ブルーのお茶会の準備を開始した。

「では、白いリネンのテーブルクロスを使いましょうか」ミス・ディンプルが訊いた。リネン類がしまってあるハイボーイ型チェストから、すでにひと束出してきていた。

「その上にあざやかなブルーのテーブルランナーを敷いてね」セオドシアは指示した。

ミス・ディンプルは隣の抽斗をあけた。「ありました」

「そのあと、青と白を使った食器をテーブルに並べましょう」

「アビランドのブルーガーランドにしますか？　それともロイヤル コペンハーゲンのブルーフルーテッドがいいですか？」ミス・ディンプルはしょっちゅう手伝いに入っているので、すべての柄が頭に入っているのだ。

「ブルーガーランドでいきましょう」セオドシアは言った。「それと、けさ〈フロラドーラ〉が届けてくれたデルフィニウムと青いアジサイがあるの。水の入ったバケツに入れてわたしのオフィスに置いてあるから、それをクリスタルの花瓶にいけてテーブルの真ん中に飾らないと」

「すてきですね。ほかにはなにを計画しているんです？」ミス・ディンプルがそう言ってにやりと笑ったのは、テーマのあるお茶会となるとセオドシアが独創性をいかんなく発揮するのを知っているからだ。

「ガーシュウィンの『ラプソディ・イン・ブルー』の楽譜をコピーして、ふちを金色の絵の具で塗ったものを筒状に巻き、青いビロードのリボンで結んでみたの」

ミス・ディンプルは拍手した。「完璧じゃありませんか。で、お客さまへの記念の品はどうなさるんですか？」

「ラベンダー・レディことスーザン・マンデーから枝つきのラベンダーを仕入れたわ。それをムギワラギクと一緒にラッピングして、椅子の背に結んだらどうかしら。青いネット素材の袋に入れた小さな白い石けんも用意してあるのよ」

ミス・ディンプルはセオドシアの食器のコレクションからさらに数点選び、じっと見つめた。

「コバルトブルーのディプレッショングラスのバター皿を使うのはどうでしょう？」

「やってみて」セオドシアは背中を押した。ふと見ると、ドレイトンが電話に出ていて、まじめくさった顔でしきりにうなずいている。さっきは鼻歌を歌いながらお茶を淹れていたはずなのに、急に様子が変わっていた。なにやら考えこんでいるらしい。

「どうかした？」セオドシアはそばに行って尋ねた。

「いまの電話だが……カーラの葬儀が今度の金曜日におこなわれるそうだ」

「いずれ葬儀があるのはわかっていたことでしょ。どこでおこなわれるの？」

ドレイトンは口をとがらせた。「奇遇と言うべきか、おぞましい偶然と言うべきか」

「なんの話？」

「カーラの葬儀はこのブロックの少し先、聖ピリポ教会でおこなわれるそうだ」

「カーラはその教会の裏の墓地で殺されたのに？」セオドシアは胸を押さえた。「それはちょっと変ね」

「そうだとも」ドレイトンは言った。ティールームに目を向け、頭をすっきりさせようと首を左右に振った。「きみのほうはすべて順調のようだな」

「そう思うわ」

「青《ブルー》」彼は言った。「なにからなにまで青。ブルーな気分を助長するようだ」

「元気を出して、ドレイトン」セオドシアは励ました。「カーラの事件を解明しましょう。犯人を追いつめ、その首に魔女の帽子をかけてやらなきゃ」

ドレイトンは彼女をじっと見つめた。

「いまのがどういう意味か、さっぱりわからんが、気に入ったよ」

11

ガーシュウィンの「ラプソディ・イン・ブルー」が魅惑するようにオーディオシステムから流れるなか、昼食会の最初のお客が入ってきた。セオドシアは温かく出迎え、濡れたレインコートと傘をかけ、ミス・ディンプルに席までの案内を引き継いだ。

お客が次々と到着し、あいさつの言葉と音だけのキスによる歓迎がつづいた。そしてとうとう、デレイン・ディッシュが姪のベッティーナを引き連れ、にぎにぎしくやってきた。

デレインはセオドシアの親友のひとりと自負しているが、機会さえあればその親友をたしなめ、あるいは優位に立とうとするところがある。長所としては、心の底から動物が好きで、〈ビッグ・ポウズ〉という介助犬団体（アール・グレイも正式なメンバーだ）や〈ラビング・ポウズ〉というアニマル・シェルターのために多額の資金を集めている点があげられる。気むずかしくて小悪魔的な外見の下には、やさしい心がひそんでいるのだ。

この日、彼女の外側の殻はショッキングピンクのシルクで覆われていた。〈コットン・ダック〉というチャールストンでも指折りの高級ブティックを経営するデレインは、どんなときでもファッションへの愛をいかんなく発揮する。ピンクのジャケットはなきにひとしいく

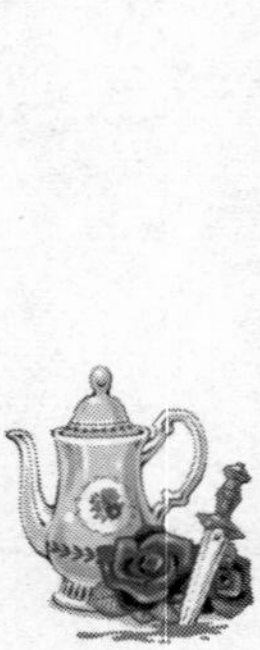

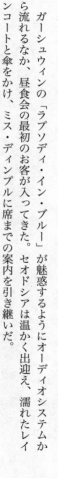

らい細いウエストのところで絞られているため、これまたなきにひとしいヒップが強調されていた。スカートは大胆なほど短かった。そしてピンクのシルクのハイヒール（おそらくは同じ色になるよう特注で染めたのだろう）を履き、ピンクのGの文字が散った流行のデザイナーズバッグを持っていた。

「このおニューの服、どう？」デレインは小さくくるりとまわった。「すっごくしゃれているでしょ？」デレインの黒い目がきらりと光り、ハート形の顔が急にくしゃっとなって笑みがひろがった。

「たしかにとてもしゃれてるわ」セオドシアはうなずいた。どんな場合でも、デレインの立場からものを見るほうが簡単だ。

「興味があるなら、まったく同じデザインで、目が覚めるようなエメラルドグリーンのスカートスーツもあるわよ。これよりもちょっとサイズが大きいけど」

セオドシアはその陰険な当てこすりに苦笑した。

「グリーンはあなたの鳶色の髪によく映えるわよ」デレインははずんだ声でそう言うと、芝居気たっぷりの自分の登場に誰か気づいていないか、店内を見まわした。

「そうでしょうね」セオドシアは言った。でも、その服はたぶん千ドルはくだらないはず。トラック一杯分のスコーンを売らなければ、とてもそんなお金は出せない。

「あ、そうだ」デレインはセオドシアの腕をつかんだ。「ひとつニュースがあるの。あたしの姉のナディーンを覚えてる？　ベッティーナの母親の？」

「もちろん」ナディーンを忘れるわけがないじゃない。他人の銀食器を自分のバッグに入れて立ち去ろうとした人なのよ。

「ナディーンが新しい事業を始めたの」デレインは言った。「〈レモン・スクイーズ・クチュール〉っていうアスレジャーウェアの自分のブランドを立ちあげたのね。それをあたしのお店で初披露することになったの！」

「実際には、ママは何人もいる共同経営者のひとりってだけです」ベッティーナが横から説明した。

「それでも、すばらしいニュースだわ」セオドシアはブロンドの髪に愛らしい顔立ち、ほっそりした腰つきのベッティーナにほほえんだ。

ベッティーナはつい最近、ニューヨークのファッション工科大学を卒業したのだが、デレインはその彼女を店で奴隷のようにこき使っている。

「あなたもその新しい事業に参加するの、ベッティーナ？」セオドシアは訊いた。

「できればそうしたいところです。でも、まだ小売業界の裏と表についてデレインおばさんから教わっているところなので」ベッティーナは答えた。

「ねえ、ベッティーナ」デレインは言った。「もう何度も言ったでしょ。おばさんと呼ばれるとよぼよぼのおばあさんみたいに感じるって」

デレインはセオドシアに向きなおった。「あなたも明日の晩、夜の追悼集会に行くの？」

「夜の追悼集会？」セオドシアは訊き返した。夜の追悼集会があるなんてはじめて聞いた。

「殺されたふたりの女性に追悼の祈りをささげる集会よ」デレインは説明した。「カーラと、それから——」彼女は首を振った。「——もうひとりの人。名前を思い出せないけど。とにかく、あたしも準備に力を貸したの」

ベッティーナが咳払いをして、デレインの脇腹を肘で突いた。

「えっと、あたしもほんのちょっとだけお手伝いしたの」デレインは言い直した。「うちの店にポスターを貼ったのよ。もっと力になれればよかったけど、春の服の入荷があったんだもの。そうなるとものすごく忙しくなるのはあなたも知ってるでしょ」彼女はそこで天井を仰いだ。「まったくもう、いつになったら春が来るのかしら」

お客が全員、席に着くと、セオドシアは大きく息を吸ってティールームの中央に進み出た。ここからは彼女が光り輝く瞬間であり、全員に向かってあいさつを……。

「インディゴ・ティーショップへようこそ」セオドシアは喜びにあふれた声で言った。「当店初の試みでありますラプソディ・イン・ブルーのお茶会に参加するため、お足元の悪いなかお越しいただき、とても感激しています。青というテーマにちなみ、最初のひと品として、クロテッド・クリームを添えたブルーベリーのスコーンを召しあがっていただきます」

あちこちから拍手があがり、セオドシアは説明をつづけた。

「また、本日のティーサンドイッチは三種類をご用意しました。三段のトレイに盛りつけて、みなさまのテーブルにお届けします。ひとつめのティーサンドイッチはフランスパンにブルーチーズとオーガニックの蜂蜜をのせたもの、ふたつめはブリオッシュに海老のサラダとタラゴンをのせたもの、そして三つめは素朴なペザントブレッドにカントリーマスタードをたっぷり塗ったハニーハムをのせたものになります。デザートには——まだお腹に余裕があればですが——ホイップクリームをのせたブルーベリーのクランブルケーキをご用意しています」

「お腹に余裕があるに決まってるでしょ！」ひとりの女性客が叫んだ。

「お茶のメニューはどうなってるの？」デレインが声を張りあげた。

「それについてはこれからご説明します」セオドシアは言った。「でもわたしよりも、当店のお茶のソムリエであるドレイトンに説明してもらうほうがいいでしょう」

紹介を受けたドレイトンがティールームの中央に進み出て、小粋に小さくお辞儀をした。全員が静かに聞き入るなか、彼は博識ぶることなくこの日のお茶について説明した。

「本日のスペシャルブレンドは当店オリジナルのアールブルーになります」ドレイトンは言った。「どんなものかと申しますと、しっかりした風味で知られる、とてもこくのあるアールグレイ・ティーに繊細なラベンダーの花でアクセントをつけております」

「説明を聞いてるだけでわくわくしてきちゃう！」お客のひとりが大声をあげた。

ドレイトンはちらりと笑みを浮かべた。「ほかのお茶をご希望でしたら、ぜひ、わたしどもにお知らせください。ごらんのように、当店はたくさんのお茶を取りそろえておりますので——」彼はお茶が並ぶ棚のほうに手を振った。「——どのようなご要望にも対応できること存じます」

セオドシアとドレイトンがお茶を注ぎ、ヘイリーとミス・ディンプルがクロテッド・クリームを添えたブルーベリーのスコーンを配った。

「スコーンはどのように切ればいいの？」ひとりの女性がセオドシアに小声で質問した。女性はバターナイフをスコーンに垂直にあてていた。

「水平方向にスライスすることをお勧めします」セオドシアはささやくように言った。「イギリスの伝統なので」

「そのあとは？　ジャムが先？　それともクロテッド・クリーム？」

「それは個人のお好みでいいんですよ」

香り高い湯気があがるとともに、会話がしだいにはずんでいった。やがて、カップにお茶のおかわりが注がれ、スコーンの皿がさげられると、セオドシア、ヘイリー、ミス・ディンプルの三人はティーサンドイッチが文字どおりあふれんばかりに盛りつけられたエレガントな三段のスタンドを手に、堂々と登場した。

残りのスタンドも配られ、大好評を博した。

「おいしい」ひとりのお客が大声を出した。「口にものが入ってるときにしゃべっちゃいけないのはわかってるけど、おいしいんだもの！」

「それにティーサンドイッチの種類が多くて迷っちゃう」べつのお客からも声があがった。

「お茶会って楽しいわね」べつの女性が会話にくわわる。

「大成功だな」ドレイトンはカウンターのところでセオドシアに耳打ちした。「みなさん、すべてお気に召したようだ」

「この雨ではお客さまにいらしてもらえないかと心配してたのにね」セオドシアは言った。「今回もまた、それは杞憂に終わったわけだ。ありがたいことに」

スコーンが絶賛され、ティーサンドイッチが大成功だとしたら、ブルーベリーのクランブルケーキはまさにハイライトと言ってよかった。しかも、ミス・ディンプルが各テーブルをまわり、まだ温かいクランブルケーキの上にホイップクリームをたっぷり落としたとあればなおさらだった。

「ヘイリー」セオドシアは厨房をのぞいて言った。「いったいどこで旬の新鮮なブルーベリーを仕入れたの?」

「それはもう大変だったんだから」ヘイリーはくすくす笑ってから、ひそめた声で言った。「そもそも、あれが旬のブルーベリーだなんて誰が言ったの?」

「冷凍ものなの?」

ヘイリーは人差し指を口の前に立てた。「シーッ」

一時半になる頃にはお茶会は自然の流れでおひらきとなった。お客の大半は急ぎ足で帰っていき、あとにはほんの数人が残り、ポットカバー、瓶入りのジャム、缶入りのお茶、それに〈T・バス〉製品を選んでいた。

セオドシアはスケジュールが押していると思いながら腕時計に目をやった。一時間後にはヘリテッジ協会に着いていなくてはいけない。それから三十分でテーブルの準備をし、海事歴史セミナーが午後の休憩に入るのにそなえる必要がある。おなかをすかせた学者たちがどっと押しよせてくるにちがいないのだから。

ヘイリーの様子をうかがうと、目がまわるような忙しさのワンオペ製造ラインのようにいろいろなパンにさまざまなトッピングをのせ、おいしいティーサンドイッチに仕立てていた。

「ミス・ディンプルに手伝ってもらいましょうか?」セオドシアは訊いた。

ヘイリーは顔をあげもしなかった。「ううん。どっちにしてもいまは必要ない。三十分後には持っていくものをまとめなきゃいけないし」

「そう、わかった」

セオドシアがティールームに出ていくと、ティドウェル刑事がのろのろと走る自動運搬車のように入ってくるところだった。

あらあら、いったいなんの用かしら?

セオドシアは出迎えようと急いだが、ティドウェル刑事はすでにすばやく曲がり、暖炉のそばのテーブルに向かっていた。もちろん、この店でいちばんいい席だ。

「まったくあなたときたら、ナンシー・ドルー顔負けの素人探偵ですな」ティドウェル刑事はセオドシアにぼやきながら、体の向きを変え、キャプテンズチェアにどっかりと腰をおろした。

古い椅子がぎしぎしときしみ、セオドシアは思わず息をのんだ。彼の体重に耐えられるかしら？　大丈夫そうだ。少なくともいまのところ、椅子は無事らしい。

「昨夜の一件のことかしら？」

「少なくとも、ライリー刑事に電話するだけの冷静さは持ち合わせていたようですな。ありがたいことに、ライリー刑事はライリー刑事であなたの魅力にぼうっとなりすぎることなく、鑑識チームを同行させるのを忘れなかった」

「あの……」セオドシアは口をはさんだ。「きょうはなぜこちらに？　いつものいやがらせなの？　それともスコーンが目当て？」

「その両方が少しずつといったところですな。それにきょうのゴシップを仕入れられるかと思いまして」刑事は店内に目をさまよわせた。「ティーショップを経営しているのですから、興味深い噂を聞きつけているでしょうし、大勢の人とおつき合いがあるでしょうから」

「でも、人を殺すような方とのつき合いはないわ」

ティドウェル刑事は椅子の背にもたれ、セオドシアをながめた。

「いくつかあったように記憶していますがね」

たしかに。「一本取られたわ。わたしのほうから、ひとつ質問があるの」

ティドウェル刑事は気乗りしない顔をした。「ふむ」

「昨夜の、秘密の賛美者からのカードが添えられた深紅のバラだけど、出所は突きとめられたの？」

「それはまだ捜査中です。花屋に電話をかけ、バラの花束の注文書のコピーを集めております」

「なにか特別なバラだったの?」

「その話をこれからしようと思っておりました。鑑識が残骸を分析したところ、ダークナイトと呼ばれる品種だろうとのことです。ハイブリッド・ティーという系統のバラで、そのために花びらの色が黒にひじょうに近い、暗い赤になるのです」

「そういう花なら、注文者を突きとめるのはむずかしくなさそうね」

「個人で育てたものでなければですが」ティドウェル刑事は言った。「あるいは、よそから持ちこまれたものでなければ。犯人は非常に計画的な人物なのを忘れないでいただきたい」

「それってフォグヒール・ジャックのことでしょ。彼がバラの贈り主かもしれないと考えているの?」

「可能性は低いでしょうが、ありえないわけではありません」

セオドシアはフォグヒール・ジャックがチャールストンの住人ではない可能性について考えをめぐらした。彼はちょっと立ち寄って事件を起こし、こっそりといなくなったのかもしれない。そうなると、正体を突きとめるのはさらにむずかしくなる。

「じゃあ……スコーンとお茶はいかが?」セオドシアは心ここにあらずで言った。

ティドウェル刑事はその申し出に気をよくし、ほほえんだ。「それはありがたいですな」

セオドシアは厨房に駆けこむと、ブルーベリーのスコーンをひとつとチャツネであえたチキンサラダのティーサンドイッチをひとつ手に取って皿に並べ、クロテッド・クリームが入った小さなボウルを添えた。

「ティーサンドイッチはあまり持っていかないで」ヘイリーが注意した。「ほとんどをヘリテッジ協会に持っていくんだから。そろそろスコーンとサンドイッチをバスケットに詰めて、ドレイトンとセオに持っていってもらおうと思ってたところ」

「サンドイッチはひとつしか取ってないわ。ティドウェル刑事に出そうと思って」

「あの人が来てるの？　まったく、もう。まるめこまれちゃだめだからね」

「ええ、わかってる」

セオドシアはスコーンとサンドイッチを持ってティールームに出ると、ドレイトンがタイミングよく淹れてくれたマドゥーリ茶園の紅茶が入ったポットを受け取り、それをすべてティドウェル刑事の前に置いた。

ティドウェル刑事は満足の笑みをどうにかこうにかこらえながら、身を乗り出した。食欲旺盛で、甘いものに目がないのだ。

「刑事さんは当店のスコーンがお好きなのよね」セオドシアは言った。「でも、どうしていらしたの——本当のところは？」ティドウェル刑事がふと思いついて店を訪れたとは思えない。思いつきで行動するような無計画な人ではないからだ。とても慎重な人だからだ。

「おとなしくしているよう、あなたに警告しようと思いましてね」ティドウェル刑事はスコーンを半分に切って、ジャムを塗った。

セオドシアは刑事の向かいにすわった。「なにを言ってるの？　おとなしくしているようにって、なんのこと？」

「このあとケータリングをなさいますね。ヘリテッジ協会で」

「ええ」セオドシアは猫がネズミをなぶるような、刑事のやり方にうんざりしはじめていた。「それがどうかしたの？」

「元ボーイフレンドがその場に現われることになっております」ティドウェル刑事のぎょろっとした目がまばたきもせずにセオドシアを見つめた。「奇遇ではありませんか？」

「ちょっと待って、いったいなんの話？」

「カーラ・チェンバレンが交際していたティム・ホルトが、今夜のイベントのカメラマンとして雇われておるのです」ティドウェル刑事はあいかわらず、まばたきひとつしない。

一方、セオドシアはその情報に大きな衝撃を受けた。「なぜ彼が？」舌をもつれさせながら言った。

「あまり深読みはなさらないように。ホルトは数週間前、広報写真を撮影するためにヘリテッジ協会に雇われたカメラマンというだけです」ティドウェル刑事の関心は食べるものに戻り、スコーンをひとくち食べ、つづいて大きな口をあけてかぶりついた。

「たいしたことじゃないのなら、なぜいらしたの？　わたしにどうしろというの？」セオドシアの頭のギアが入りはじめた。これはティム・ホルトに厳しい質問を浴びせる絶好の機会になりそうだ。そして、うまくいけば、なにがしかの答えが引き出せるかもしれない。

ティドウェル刑事は腹立たしくも半笑いを浮かべた。

「こちらにうかがったのは、その男に近づくなと言うためです。一切の手出しは無用で、質問はしないと約束していただくためです」ティドウェル刑事は口をいっぱいにし、おいしそうにもぐもぐさせながらしゃべっていた。

「よくわかったわ」セオドシアは笑みを浮かべ、従うふりをした。「刑事さんの言うとおりにする」

ティドウェル刑事は彼女の見えすいたうそをすぐに見抜いた。

「いや、わたしは本気で言っているのです。これは要請であり、命令であり、わたしからの個人的なお願いだと考えていただきたい」

「わかってるってば」セオドシアは言った。けれども、ティドウェル刑事に聞かされた知らせの意味を理解しようとしながら、実際にはこう考えていた。冗談はやめて。絶好の機会なのよ。ティム・ホルトを厚さ二インチのポーターハウス・ステーキみたいに質問攻め《グリル》にしてやる。

ファーマーズマーケットのお茶会

地元のファーマーズマーケットまで出かけ、アフタヌーン・ティーのために生産者直送のおいしい食材を選ぶのにまさる楽しみはありません。焼きたてのロールパン、スコーン、あるいはクランペットは自家製ジャムと一緒に出せばりっぱな最初のひと品になります。マーケットのべつの通路には、ティーサンドイッチの具になりそうな地元産のチーズ、肉、魚の燻製が揃っていることでしょう。野菜はいつ訪れても豊富にありますから、サンドイッチの具になるラディッシュ、キュウリ、地域特産のレタスをぜひ選んでください。ファーマーズマーケットではデザートも簡単に見つかりますよ──手作りのパイにクッキー、キャンディーやケーキなどなど。この手のマーケットでは、地元のティーブレンダーがオリジナルブレンドのお茶を売っていることもよくあります。

12

ヘリテッジ協会はドレイトンがとても大事にしている存在だ。この大切な組織の理事を、もう十年近くつとめている。そしてそんな彼――および理事長のティモシー・ネヴィル――の指導のもと、ヘリテッジ協会は膨大な数の歴史画、書物、家具、デッサン、アンティークのリネン、重要な書類、さらにはアンティークの武器や銃などのコレクションを収集してきている。

セオドシアもヘリテッジ協会に愛着を感じている。ドレイトンが理事をつとめているからというだけではなく、彼女のなかにあるロマンとファンタジーをかきたててくれるからだ。この大理石の建物のなかにおさまっている図書室には、革張りの椅子、革装の本が並ぶ床から天井まである書棚、それにエメラルドグリーンのシェードがついた真鍮のランプがところ狭しと置かれている。作品が作られた時代を再現したピリオドルームと呼ばれる展示室は、イギリス風あるいはフランス風の家具、とても高価なシルバー、色あせた（それでも見事であることに変わりはない）油彩画で飾られている。高い天井にマナーハウスのような内装、それに隠し部屋などの存在のせいか、ここはいつもお城を思わせる。つづれ織りが音を吸収

し、満足そうな猟犬が大きな暖炉の前に寝そべり、少女が体をまるめ、心ゆくまで読書を楽しめる、そんなお城を。

そのうえ、ここには厨房まであるのだ。すごすぎる。

「まずはティーサンドイッチとスコーンを並べるとしよう」ドレイトンが言った。「そのあと、わたしはお茶を淹れる」

ふたりはスコーンとティーサンドイッチを詰めたバスケットを手にし、パルメット・ルームに向かって廊下を突っ切った。セミナーが開催されている大会議室の隣の部屋だ。げんに講演者のひとりが、イギリスの軍艦の入港を阻止すべく沈没させられたアメリカの軍艦第一号となったクイーン・オブ・フランス号について話す声が聞こえてくる。

「時間はどのくらいありそう？」セオドシアは訊いた。

ドレイトンは肘を曲げ、年季の入ったパテックフィリップの腕時計に目をやった。

「この時計がいつも五分遅れているのを計算に入れると、あと三十分だな。うん、予定どおりだ」彼はバスケットをひとつあけた。「ふうむ、これはなにかな？」

「レモンのクリームスコーンよ」セオドシアは言った。「もうひとつのバスケットにはティーサンドイッチがたくさん詰まってる」

「何種類かあるのだろうね」

「ヘイリーがそれはもう大張り切りだったもの。クロスティーニにのせた具はチキンサラダとチャツネ、カニサラダとビブレタス、スモークサーモン、それとマンゴーとトマトのサルサ」

「うまそうだ」ドレイトンは言った。「たしか、ヘリテッジ協会が軽食を並べるのにしゃれたシルバーのトレイを貸してくれるのではなかったかな？　しかも、熱湯用のポットの隣に皿、それにカップとソーサーがすでに積みあげてあるではないか。手際がよくてありがたい。世の中の人はもっと手際がよくなるべきだ」

スコーンとティーサンドイッチを並べ終えると、セオドシアはこっそりと廊下に出て、学芸員の机のひとつに黄色と白のデイジーが飾ってあるのを見つけ、それをティーテーブルに添えた。

「きれいだ」ドレイトンは少しうしろにさがり、自分たちの仕事ぶりにしみじみと見入った。「その花はどこから持ってきたのだね？」

「ちょっと借りたの。水平移動させただけ」

「なるほど」

「けっきょく、お茶はなににするか決めたの？」熱湯用のポットを抱えたドレイトンとともに廊下を引き返しながら、セオドシアは訊いた。

「シンプソン＆ヴェイルの中国産の紅烏龍茶を淹れるつもりだ。きみも知ってのとおり、黒っぽいねじれた茶葉が醸す、香ばしくて森のような香りの甘露な液体ならば、必ずや喜んでいただけると思う」

「てっきりインターンの人をひとり、お手伝いにつけてくれるものと思っていたんだけど」

セオドシアは言った。「月曜日に関係者と会ったときには、できると思うと言われたのに」

ドレイトンは小さなボウルに茶葉を量り入れ、湯をわかしはじめた。

「手伝ってくれそうな人がいるように見えるかね？」

「ううん」

「ならば、きみとわたしだけでなんとかするしかあるまい」


二十分後、大会議室のドアがあき、セミナーの参加者が一斉に出てきた。ティモシーの有能すぎる秘書、ジューン・ウィンスロップが参加者をてきぱきとパルメット・ルームに案内し、午後のティータイム――と言うには少々ささやかだけれど――が本格的に始まった。

セオドシアはトングを使ってスコーンとティーサンドイッチを提供するほうがずっと便利だと判断し、テーブルの反対の端ではドレイトンがお茶をカップに注いでいた。

当然のことながら、最初はなにかお腹に入れようという人で混雑したが、十五分ほどたつと落ち着きはじめた。そのとき、ティモシー・ネヴィルがセオドシアたちがいるテーブルにゆったりした足取りでやってきた。

「ティモシー！」ドレイトンは友人の顔が見られてうれしそうだった。「セミナーはどうだったのだね？」

「すばらしいのひとことだ。大成功だった」ティモシーは答えた。「百二十人以上の参加があった」八十の坂を越えたいまもヘリテッジ協会の理事長をつとめるティモシーは小柄ながらとても精力的で、いつも一分の隙もない服装で決め、身だしなみもきちんとしている。この日はキャメル色のブレザーに灰色のスラックスを合わせ、糊《のり》のきいたワイシャツに畝《うね》織りのネクタイという恰好で、サルのような顔立ちとシルバーグレーの髪がいっそう際立っている。

「セミナーがうまく行って本当によかった」セオドシアはティモシーの皿にスコーンをひとつのせようとしながら言った。

けれどもティモシーは片手をあげて言った。「いや、けっこう。サンドイッチをふたつ、頼む。チキンサラダのサンドイッチがあるなら、それを」それから彼は隣に立っている男性に言った。「軽食のテーブルも撮影してもらいたい」ティモシーはセオドシアに視線を戻し、ゆっくりとウインクした。「寄付を検討している方には、おいしいものがたらふく食べられると伝えるのが効果的だからな」

あの人がティム・ホルトなんだわ。セオドシアはすぐに気づいた。絶対に話しかけないようにと、ティドウェル刑事から釘を刺されたカメラマンだ。

だからもちろん、すぐに話しかけた。

「ホルトさん？　軽食をいかが？」

ティム・ホルトは三十代前半で中背、穏やかな琥珀《こはく》色の目に豊かなダークブロンドの髪の持ち主だった。ひげというほどではないがブロンドの産毛がうっすら生えているのは、雑誌《GQ》に登場するモデルのような粋な感じをねらってのことだろう。残念ながら、むさくるしく見えるだけだった。両手でニコンのカメラを持ち、茶色い革の大きなカメラバッグを肩からさげていた。

ホルトはセオドシアをうかがった。「どこかで会いましたっけ？」セオドシアがなぜ自分の名前を知っているのか、いぶかっているのだろう。

「例のボーイフレンドの方よね」セオドシアは言った。

ホルトは少し目をまるくして彼女を見つめた。すぐに茫然自失状態から立ち直って言った。

「ボーイフレンドだった、と過去形だけど。でも……どうして知ってるんです？ いや、どこまで知っているのかと訊くべきかな」

「わたしはセオドシア・ブラウニング」

ホルトの顔に理解の色がひろがった。「つまりあなたは……」

「カーラの遺体の発見者」セオドシアは言った。

「じゃあ、警察はおれの名前もあなたに告げたわけだ」ホルトは言った。

「そんなところ」

「カーラのお母さんも？」

「ええ、遠回しな言い方だったけど」

「そう聞いても驚かないな。カーラのノートにおれの名前が書いてあるのを警察が発見してからというもの、誰もかれもが質問を浴びせ、非難してきてるから」彼はため息をついた。

「いちおう言っておくけど、おれとカーラはとっくにわかれてたんです」

「じゃあ、彼女とはつき合ってなかったの？」

「一週間前の土曜日の夜以降は」

「一週間前の土曜日になにがあったの？」セオドシアは訊いた。「気にさわらないなら教えて」

「気にさわるに決まってるじゃないですか」ホルトは彼女をにらみつけていたが、やがて自制心のたががはずれたらしい。「あのですね、誰もかれもがおれを苦しませようとしてきてるんですよ。あなたがそうじゃないとどうして言い切れるんです？」

「警察はあなたの供述を信じなかったのね？」

「そうなんでしょう。日曜日のことをあれやこれや訊いてきたから。本当のところは、カーラと〈プーガンズ・ポーチ〉で飲んでいて、いまになって思えばばかなことをしたと思うけど、とにかくもののはずみで、彼女と腹を割った話をしなきゃいけないと思ってしまった。彼女の手を握って、きみともっと一緒に過ごしたいと伝えた。言っておきますが、ものすごく真剣に伝えたつもりです。カーラはしばらく言葉を濁してたけど、ようやく口をひらいて、それは無理って言った。いまは仕事にすごく打ちこんでいるからって。実際には打ちこんでるじゃなく〝情熱を注いでる〟って言葉を使ってました」

「チャンネル8での研修に情熱を注いでいるという意味？」

ホルトは肩をすくめた。「おれにじゃなく、無給の研修にね」

「そう言われて、あなたはどうしたの？」

「口汚くののしり合ったのかと訊いてるなら、それはちがう」ホルトはセオドシアをうかがった。「話をそっちに持っていきたいんですか？」

「その方向に向かっていたのはたしかね」

ホルトはすっかりまいっているようだった。「カーラとおれはもう少し話し合った――というか、実際にはしゃべるのはおもに彼女で、そこにときおり、短い謝罪の言葉を差しはさんでた。最後におれがもう一度、熱をこめて訴えた。そのあとおれたちは握手し、たがいに〝いい人生を〟と言い合った。彼女は店を出ていき、おれが勘定を払った」ホルトは長々と息を吐いた。「けど、警察にはこの件で、異常なほどしつこく質問攻めにされたんです。本当に、ごく普通のことだったのに」

「好意を抱いている女性からもう会いたくないと言われるのが、ごく普通のことと言えるかしら」セオドシアは言った。「あなたのほうは傷ついたはずよ」

「そりゃあ、少しは傷つきましたよ。けど、普通と言ったのは、〝そうか、幸運を祈るよ。元気でな〟くらいの感じだったって意味です」

「友だちとしてわかれたわけね」

「あの状況ではそういうことになるかな。それに……」ホルトはなにか思い出したようだが、すぐに口をつぐんだ。そのまま黙りこんでしまった。

セオドシアは彼の様子をうかがった。「まだなにか言おうとしたでしょう？」

「いいえ、べつに」

「ううん、言おうとしてた。ねえ、なにを言おうとしたの？」

「なんとなく思ったことがあるんです。わかれのことで」

「というと？」

「カーラはほかにつき合ってる男がいるんじゃないかと」

「ちょっと荒唐無稽《むけい》な質問に聞こえると思うけど」セオドシアは言った。「でも、カーラがなんらかの手段でフォグヒール・ジャックに関する情報を得た可能性はある？」

ホルトはその質問に顔をしかめたが、答えるまでに長い時間がかかった。

「興味深い質問ですね。そこまで突っこんだ質問をされたのははじめてだから、じっくり考えないと」彼はしばらく思案顔になり、言葉を選んでいた。「おそらく……そうだったんじゃないかな」

「くわしく話して。知ってることを全部話して」

「第一に、カーラはフォグヒール・ジャックに関するありとあらゆる話に完全にのめりこんでいました。一週間前に最初の事件が起こる前から、膨大な調査をしてたんです」

「それって、その前の二件の殺人事件を調べていたということ？　七年前の事件を？」

「ええ。コールドケースをテーマにした番組として売りこもうと躍起だった。コールドケースというのは未解決事件のことです。報道すれば、なにかあぶり出されるかもしれないと思ってたみたいで」

「そういうことはあるわね」極端に凶悪な事件の周年日がめぐってくると、警察がマスコミにあらためて情報を流すことがあるのはセオドシアもよく知っている。文字どおり……なにかをあぶり出すために。あらためて事件を一般市民の目にさらし、目撃者あるいはあらたな情報を掘り出そうとするのだ。

「ほかには？」セオドシアは訊いた。

「カーラはそれまで以上に秘密めかした行動が多くなった」

「それがフォグヒール・ジャックと関係あると考えているのね？」

「おれが思うに……」彼は唐突に言葉を切った。「よくわからないな。警察にも同じことを言ったけど、本当にわかりません」ホルトはあたりを見まわし、仕事があるのを思い出した。「こんな形でここにいるのは気味が悪いな。カーラが殺された直後だっていうのに。けど、この仕事の打診があったのは一カ月以上前なんですよ」彼はカメラを持ちあげた。「誰も思わないでしょう、こんなことになるなんて……」

ドレイトンは廊下の、展示されている海図や絵画のコレクションの前にいた。チャールストン港の地図をとても熱心にながめていた。

彼はセオドシアに気づくと言った。「これを見てごらん。なんとも信じられんよ。チャールストン港にはいまも十隻近くの難破船があるのを知っていたかね？　もちろん、港の底にだ。しかも、なかには独立戦争の頃にまでさかのぼるものもあるそうだ」

「まるで海底のテーマパークね」セオドシアは言った。「商魂たくましいダイブショップがツアーを組んでいないのが意外だわ」

「そのアイデアをおおっぴらに触れまわってはならんぞ」ドレイトンは注意した。「さもないと、本当にやる者が出かねない」

セオドシアは廊下をぶらぶら歩きながら、飾られた美術品をながめ、忙しく動きまわって参加者の写真を撮っているティム・ホルトの様子をこっそり観察した。彼は無駄な動きをほとんど、あるいはまったくせずに仕事をこなす、かなり有能なカメラマンのようにセオドシアの目には映った。マーケティング業界にいた経験から、なかにはいろいろ指図しなくては仕事ができないカメラマンがいるのを知っている。そういう人は、どんな写真を、どのくらい、どんなアングルで撮ればいいのか、いちいち言われないと仕事ができない。それに対してホルトは、なにが大事で、宣伝として使うにはどんな写真がいいのかを本能的にわかっているようだ。

いっとき、ホルトはセオドシアにじっと目を向けられているのを感じたらしく、彼女のほうを振り返った。彼はなにをしてるんだよ、と言うように眉を吊りあげた。

セオドシアは心のなかでその問いに答えた。対象者を観察しているのよ。

ホルトは肩をすくめ、撮影の仕事に戻った。しかしそれも、招かれざる客に邪魔をされるまでのことだった。セオドシアはそれが誰かすぐにわかった。

ボブ・バセットだわ。ここでなにをしてるの？

どうやらバセットはセオドシアと同じで、ホルトに質問をしたいらしい。

「なあ、あんた、ティム・ホルトだろ？」バセットは薄っぺらい親しみのこもったよく響く声で言った。

ホルトはぎょっとしたようだった。

「いくつか質問してもかまわないか？」バセットはホルトが不快に思っているのも気にせず訊いた。

「遠慮してほしい」ホルトはそう言うと、船の模型にレンズを向けた。「忙しいので」

「つれないことを言うなよ」バセットは、ジャーナリスト仲間に話すときの、せがむような声で言った。「あんたはいやでもフォグヒール・ジャック事件で大きな役割を占めてるんだからさ」

ホルトは首を横に振った。「おれはいっさい関係ない」

「なに言ってんだ」とバセット。「あんたは被害者を知ってた。知ってたどころか、交際してた。だから、ちょっとくらいネタをくれたっていいじゃないか」

「申し訳ないけど」ホルトは言った。「本当におれはなにも知らないんだ」

バセットはさらにホルトにプレッシャーをかけつづけ、あまりに不快な質問を投げかけたので、セオドシアは不審に思いはじめた。

そもそもバセットがなぜこの場にいるの？　契約先である安っぽい報道機関のためにどんな記事を書こうとしているの？　薄幸な恋人に訪れた悲劇について？　どんな切り口でいくつもり？　連続殺人犯のふところに入りこもうとしているの？　それともすでになにか突き

とめているの?

セオドシアはバセットにいくつか質問しようと心に決めて、ふたりのほうに歩き出した。けれども彼女が近づくのに気づいたバセットは、うしろを向いて移動を開始し、廊下にひしめく人混みに姿を消した。

「あんな人を相手にしちゃだめよ」セオドシアはホルトに言った。

ホルトはおそるおそるセオドシアに目を向けた。「ボブ・バセットを知ってるんですか?」

「会ったことはあるわ」

「なら、あいつがとんでもなくいやな野郎なのは知ってますよね」

「ええ、気がついてた」

「ちなみに、あの野郎がおれに突っかかってきたのは、さっきのがはじめてってわけじゃない」

「あの人はきのうわたしの店に来て、やはり質問をたくさんしていったわ」セオドシアは言った。

ホルトはしばらくそこに突っ立っていた。「ねえ、このまともじゃない状況と、あなたがおれを容疑者と見なしてるという事実はさておき、おれは本当はまともな男なんです」

「それはどうかしら」

「まじめな話、ハエ一匹殺せない。だから、おれがカーラの死に関係してると非難するのは、お門違いなんだって」

「そう」セオドシアは言った。「わかった」

「ついでながら、おれは写真家としてもとても有能なんです」ホルトはカメラバッグから私製はがきを一枚出してセオドシアに差し出した。「ほら、ちゃんとしたギャラリーが代理人としてついています」

セオドシアはそのはがきに目をこらした。イマーゴ・ギャラリーのもので、表にはいくつかの写真を組み合わせたコラージュ——そのなかの二枚はホルトの手によるもので、わざと少しピンボケに撮った風景写真と、チャールストン港をとらえた鮮明なモノクロ写真だったが使われている。いちばん下にギャラリーの住所とイベントの日時が印刷されていた。

「金曜の夜のオープニング・パーティに来てくれませんか」ホルトは言った。「友だちも連れて、前菜と、お決まりの安物の白ワインを楽しんでほしい。そしたらおれの写真を見てもらえるし、おれのことをもっとよく知ってもらえると思います。ひょっとしたら信用できると思ってもらえるかもしれない」

セオドシアは関心なさそうにほほえんだ。「それはどうかしら」

13

「ヘリテッジ協会のケータリングはどうだった？」セオドシアとドレイトンが裏口からつづけざまに入っていくと、ヘイリーが訊いた。彼女はセオドシアのオフィスの外の廊下で腕を組み、高くそびえるようなコック帽姿で立っていた。小柄ながらあなどりがたい、料理界の重鎮そのものだ。

「アフタヌーンティーはとてもうまく運んだ」ドレイトンは言った。「きみのサンドイッチはみなさんに好評だったよ」

「でも、スコーンはちがったの？」ヘイリーは訊いた。

「それも好評だったわ」セオドシアは片方のバスケットを傾け、ヘイリーになかを見せた。「ね？　なにも残ってないでしょ。パンくずひとつもない」彼女は廊下の先にあるティールームのほうに目をやった。「ミス・ディンプルはまだいるの？」

「いまあとかたづけの真っ最中」ヘイリーは言った。「すべてをきちんとしてるところ」

「おかえりなさい」セオドシアとドレイトンがティールームに入っていくとミス・ディンプルが声をかけてきた。「いかがでしたか？」

「大成功だったとも」ドレイトンが答えた。「店の面倒を見てくれて、本当に助かったよ」

「あらあら、そんな。苦でもなんでもありませんよ」ミス・ディンプルは言った。

彼女はそういう古きよき時代の言いまわしを使う癖がある。あらあら、どうしましょ、なんということでしょう。そういう言いまわしと元気いっぱいなところが、彼女が持って生まれた魅力の一部を形成している。

「あ、そうそう、きょうは体を温かくしてくれて香りがいいお茶をご希望のお客さまがいらっしゃいましてね。最初はちょっと迷いましたけど、運がいいことに、トワイニングのプリンス・オブ・ウェールズは寒い日に体を温めるのにぴったりだと、あなたが言っていたのを思い出したんです。それでよかったでしょうか？」

「文句なしだ」ドレイトンは言った。「それどころか、名人級と言ってもいい」

「ありがとうございます」ミス・ディンプルは言った。「歳をとったこのわたしも、まだまだやれると言ってもらえてうれしいですよ」彼女はレインコートを着こむと、全員に手を振ってさよならを告げ、裏口に向かった。そのタイミングで入り口のドアをノックする音がした。ドレイトンは振り返って天井を仰ぎ、訪ねてきたのが誰であれ、きょうはもう閉店だと告げるかまえに入った。

やがてドアがあき、ニック・プリンスが入ってきた。髪の毛がぐっしょり濡れ、上着も雨でやや水気を含んでいた。

プリンスはまじめな顔でドレイトンを見つめた。「セオドシアはいる？」

ドレイトンは半眼鏡ごしに相手を見やった。「どちらさまでしょうか？」

「彼女の隣人のニック・プリンスという者だ」

「そして、当地に滞在中の作家さんでもいらっしゃる」セオドシアはのんびりとティールームに出ていった。彼女はプリンスに向かって中途半端にほほえんだ。「いらっしゃい。どんなご用件でしょう？」

「そっちが招待してくれたんじゃないか。忘れたのかな？」

「もう閉店するところでしてね」ドレイトンはじわりじわりと保護者モードに入りながら、一歩近づいた。

プリンスは期待のこもった目をセオドシアに向けた。

「頼む、ちょっとだけ話せないかな？」

セオドシアは店内をぐるっと見まわし、言い訳になりそうなものはないか、やらなくてはいけない仕事はないかと探した。なにひとつなかった。ミス・ディンプルはちょっとばかり有能すぎたようだ。

「いいですけど。えっと、奥のオフィスに行きましょう」セオドシアはドレイトンに肩をすくめてみせ、彼は返事の代わりに顎をこわばらせた。

プリンスを引き連れて廊下を進み、小さなオフィスに向かった。オフィスのなかはティーポット、鍋敷き、積み重ねた赤い帽子、ポットカバーが入っている箱、お茶の関係の雑誌、それにブドウの蔓で作ったリースであふれ、部屋をいっそう狭く見せていた。

「すてきな部屋だ」プリンスはきょろきょろ見まわしながら言った。

「おかけになって」セオドシアはデスクにつき、プリンスはこの店で〝お椅子さま〟と呼ばれている大きな張りぐるみの椅子に腰をおろした。彼は批判を展開するかのように、まじめくさった顔になった。実際、批判を展開したも同然だった。

「ある筋から聞いたが、カーラ・チェンバレンが殺された晩、あなたも現場の墓地にいたそうだね」プリンスは小言を言うふりをして指を左右に振った。「ゆうべはその点に触れなかったようだけど」

「どうして、そんな話を持ち出さなくてはいけないのかしら？」

「次に手がけるのは犯罪実話の本だと、わたしは正直に言ったからだ。それに、最近起こった二件の殺人事件も題材にするつもりでいるのだから、あなたがカーラの遺体の発見者だったのを教えてくれるのは、隣人として当然のことでしょう」

「わたしがカーラの遺体を見つけたことを誰に聞いたの？」

「それについてはお答えしかねる。取材源を守らなくてはならないので」

「その説明でわたしが納得すると思ってるの？」セオドシアは言葉をナイフの刃のようにとがらせながら言った。

プリンスは仏頂面になったが、すぐに安物のカードテーブルのようにあっさり折れた。

「わかった、わかった。答える。ビル・グラスという男だ。あなたとは大の仲良しだと言っていた」

セオドシアは歯ぎしりした。まったく、グラスさんときたら。おそらく警察無線を傍受して、わたしの名前をプリンスさんに教えたんだわ。今度会ったら、あの人のやせこけた首を絞めてやる。

「グラスさんは友だちでもなんでもないわ。というか、あの人は折り紙つきのゴシップ屋なの。わたしがあなたなら、彼には気をつけるわ。彼があなたと話をしたのは、記事を書くにあたっての視点について、知恵を借りようと思ってのことよ」

「ひどい言われようだな」プリンスは言った。

「本当に今度の事件のことを本にするつもりなの？」

「あたりまえじゃないか」プリンスは心外そうな顔をした。「フォグヒール・ジャックは重大事件になる可能性があるんだよ。六〇年代のゾディアック・キラーや、七〇年代に世間を騒がせたヒルサイドの絞殺魔と肩を並べるかもしれない」

セオドシアはプリンスの発言に嫌悪感を覚えると同時に、ばかばかしさも感じた。「連続殺人犯の殿堂入りをするということ？」

「まあ、そんなところだ」プリンスは言った。「なにしろ、この坊やはすでに実証済みの手口を発展させているんだから」

この坊や？　ずいぶんと妙な言い方をするのね。まるでプリンスさんは犯人の協力者みたいじゃない。

「手口というのは絞殺を指してのこと？」セオドシアは訊いた。その言葉を発するだけで、口のなかにいやな味がひろがった。

「それもあるが、多くの連続殺人犯と同じで、フォグヒール・ジャックもいわゆる署名というやつをおこなっていると考えられる」

「署名というのは？」彼がなんのことを言っているかはだいたい察しがつくが、本人の口から聞きたかった。

「うん、殺人犯のなかには被害者のアクセサリー、髪の毛、あるいは着ているものを持ち去る者がいる」

「興味深いわね」この人との話が終わったら、絶対にシャワーを浴びよう。

「また、それとは逆の場合もある」プリンスはつづけた。「犯人が自分自身のなにかを置いていくんだ。いわば名刺がわりに」

「メモとか？」

「たしかに、メモが残された事件もいくつかある。また、犯人が花、手紙、小さなアクセサリーなんかを残していく場合も知られている。ゾディアック・キラーは不気味なシンボルを書き残し、十三人を殺害したナイト・ストーカーことリチャード・ラミレスは五芒星を描いた。殺人犯のなかには被害者の死体にポーズをとらせることに取り憑かれている者もいる」

「くわしく教えて」そう言ったものの、セオドシアは死体にポーズを取らせる話はなんとなく知っている。おそらくテレビの連続殺人事件特集で知識を得たのだろう。

「ポーズを取らせるのはフェティシズムとしてはめずらしくない」プリンスは言った。「殺害がおこなわれると、多くの犯人は被害者と被害者の衣服を気の向くままに整える。切り裂きジャックもやっていた。カンザスで十人を殺害したBTK絞殺魔も」

デスクをはさんで向かい合うニック・プリンスをじっと見つめながら、セオドシアは自分たちがあまりにおそろしい会話をしていることにはたと気づき、いくらか心を奪われながらも、同時に嫌悪感も覚えた。

「いまのフォグヒール・ジャックが七年前の殺人事件にも関与したのかしら？」セオドシアは訊いた。

「可能性はある。ロサンゼルスの警官たちから〝グリム・スリーパー〟と呼ばれた連続殺人犯は、殺人に手を染めていた期間に十四年間の空白があった。けれども復活したときにはいっそう過激になって戻ってきた。おぞましいだろう？」

「十四年の空白期間は刑務所にいたの？」セオドシアは訊いた。

「それも考えられる。あるいは、単につづけられなくなっただけかもしれない。限界に達し、これ以上は無理となったのかもな。そして数年後、かつての欲求が首をもたげた。血への渇望が」

セオドシアは顔をそむけた。プリンスが〝血への渇望〟と言いながら笑みを浮かべたのを見てぞっとした。どうにもこうにも、この人のことは好きになれない。

「大丈夫かね？」プリンスが引きあげると、ドレイトンがセオドシアのオフィスのドアから顔を出した。彼女の物思いに沈んだような顔を目にしたとたん、彼は言った。「おやおや、なにか考え事をしているようだな」

「うん、ちょっと」セオドシアは言った。「あの人には好感が持てなかったでしょ？」

「きみの新しいお隣さんのクラウン・プリンス殿のことかね？　そんなにはっきり顔に出ていたかね？」

「四十歩離れたところからでもわかったわ。なにが気に入らなかったの？」

「あの男は厚かましすぎて好きになれん。しかも、笑い方が気持ち悪い。われわれが知らないいくつかの情報を自分は知っているんだぞと言わんばかりだ」ドレイトンはセオドシアをうかがった。「きみは気に入っているのかね？」

「そうとは言えない」

「そうか」

「さてと」セオドシアは立ちあがった。「ティーポットをすすいで片づけましょう。それが終わったら家まで車で送るわ」

「歩いて帰れるから、それにはおよばんよ」

「だめよ。こんな時間だもの。暗いし。それに……」

ドレイトンは肩をすくめた。「それに、なにがあるかわからないものな。わかった、ありがたく申し出を受けよう」

三十分後、チャーチ・ストリートを車で走りながらセオドシアは言った。

「ニック・プリンスさんから気味の悪い話を聞いたわ」

「なんだね？」

雨粒がジープの屋根をやさしく叩き、フロントガラスを滑り落ちていくなか、セオドシアはしばらくためらった。

「ポーズを取らせる話をしていったの。殺人犯が被害者に特定の姿勢をとらせることがあるんですって」

ドレイトンは小さく体を震わせた。

「信じられん。きみたちふたりはとんでもない会話をしていたのだな。考えただけで鳥肌が立ってくる」

車は走りつづけた。暗い車内にメーター類の照明だけが明るく光っていた。

「では、そのポーズを取らせる件でなにか気にかかることがあるのだね？」ドレイトンが訊いた。

セオドシアはハンドルを握る手にわずかに力をこめた。「まあね」

「どうしてだね？」

「思い返してみると、お墓の上に横たえられていたカーラの遺体がなにかのポーズを取らされているように見えたから」

「先をつづけて」ドレイトンはうながした。

「そうなるように遺体を置いたみたいだったの。人間の静物画とでもいうのかしら。芸術家とかカメラマンがやる演出という感じがした」

ドレイトンは咳きこみそうになった。「ティム・ホルトのようなカメラマンが？」

「そう考えるとおそろしくなっちゃって」

「すると、われわれはきょう、カーラを殺した犯人と交流したかもしれないわけだ。ティドウェル刑事にポーズの件を伝えるべきではないかな？　いや、それよりも、ティム・ホルトのことを話すべきでは？」

「ホルトさんはすでに、警察の重要容疑者のひとりになってる」

「ほう……それはよかった」

「ふたりとも、いつまでも事件のことばかり考えるのをやめなきゃね」セオドシアは言った。

「少なくとも、わたしはやめなきゃ」

「では、話題を変えるとしよう。そこにすてきな家があるだろう？」車は歴史地区のなかでもとても風情のある通りのひとつ、レガーレ・ストリートに入っていた。

セオドシアは助手席側のウィンドウの外に目をやった。「ええ」

「つい最近、国の歴史登録財として認定されたのだよ」

「チャールストンで認定を受けた住宅は何軒あるの？」歴史マニアを自称するドレイトンは、この手の情報を常に把握している。

「四十軒近くはあると思われる。もちろん、教会、記念碑、路地、灯台、プランテーション、それに公園などもそのリストに入っている。しかも、チャールストン近郊まで範囲をひろげれば……」

「うわっ！」突然、前方の角からパトカーが一台出てきて急ハンドルを切り、通りの中央をセオドシアのほうに猛スピードで向かってきた。サイレンが甲高く鳴り響き、ライトバーが赤と青に点滅する。

「危ない！」ドレイトンが叫んだ。

セオドシアはアドレナリンが白い稲妻のように体内に放出されるのを感じながら、急ハンドルを切って車を道路わきに寄せた。次の瞬間、パトカーがすぐそばを猛然と通り過ぎていった。

「ふう」セオドシアは息を整え、血圧を正常に戻そうとした。

だめだった。十秒後、べつのパトカーがサイレンを鳴らしながらわきを通り過ぎた。ウー、ウー、キキーッ！

つづいて三台めがサイレンを甲高く鳴らしながら猛スピードで通り過ぎていった。耳がどうにかなりそうな騒々しさだった。

「なにか大変なことが起こっているようだ」シートにすわったままふたりで身をくねらせ、パトカーが向かった先をたしかめながらドレイトンが言った。

「ねえ、まさか……」セオドシアは不安そうな顔をドレイトンに向けた。その表情はこう言っていた――また殺人事件があったんじゃない？

ドレイトンはすぐに彼女の言わんとすることを察し、顔をしかめた。

「また殺人事件が起こったかもしれないというのかね？　そうではないことを心から祈るよ」

「たしかめる方法はひとつしかないわ」セオドシアはすでにその区画の真ん中で大急ぎでUターンを始めていた。

「どうやって場所を……そうか、サイレンの音をたどればいいのだな」ドレイトンは言った。

セオドシアはアクセルを思いきり強く踏みこみ、猛スピードでレガーレ・ストリートを引き返し、ブロックが終わったところで左に曲がり、スピードをあげた。

イースト・バッテリーを三ブロックほど進むと、警察官の全国集会のようなありさまだった。照明、サイレン、黒と白のパトカー、さらにはシボレーの警察車両が数台（覆面だが市のナンバープレートがついている）までもが集まっていた。

「たまげたな」ドレイトンは言った。「また殺人事件が発生したにちがいない」

「しかもホワイト・ポイント庭園で。ちょっと様子を……」そこへ携帯電話のチリンという音が割りこんだ。セオドシアはバッグのなかをあさって電話を出した。「セオドシアです」

「いまいるところから動いちゃだめだ！」大きな声が耳に届いた。

「ライリーなの？」セオドシアはすぐに彼の声だとわかった。最初、彼がなぜ怒鳴っているのか、しかも、じっとしていろと言うのかわからなかった。「どうして……？」

数秒後、理由がわかった。本当にこのホワイト・ポイント庭園で事件があったのだ。だからライリーは近づいてはいけないと、必死に呼びかけているのだ。

おあいにくさま、それには従えないわ。

「よく聞こえないの」セオドシアは言った。「電波状況が悪いみたい」

「セオ！」

けれども彼女はすでに電話を切って、バッグにしまっていた。

14

ホワイト・ポイント庭園は普段ならば平穏そのものの場所だ。半島の先端に位置するひろびろとしたこの庭園はマグノリアの花が咲き誇り、噴水が軽やかな水音を奏で、絵はがきのように美しいチャールストン港とサムター要塞の景色が見られる。新婚夫婦は昔からここで記念写真を撮り、子どもたちは古い砲台に嬉々としてのぼり、観光客は無数にある歴史ある像や記念碑をカメラにおさめている。

今夜はちがう。

厚い雲に覆われた雨の水曜の夜、ホワイト・ポイント庭園は緊急対応者でごった返していた、警察車両、救急車、さらには消防署までもが通報を受け次々に駆けつけていた。

セオドシアとドレイトンはジープを降りて、道端に立ってその様子をながめた。警察関係者のほか、騒ぎを聞きつけたのだろう、野次馬が何十人も集まっていた。

「現場はどこ……？」ドレイトンが言いかけた。

けれどもセオドシアはすでにあたりをながめわたし、庭園のほぼ中央に位置するあずまやのような小さな白い屋外ステージに的を絞っていた。

「あそこよ」彼女は言った。「警察が屋外ステージの周辺に集まってる。ちょっと行って……」

「どうするのだね？　調べるつもりかね？」ドレイトンは言った。「屋外ステージの半径五十フィートより先に近づけるとは思えんぞ」

けれどもセオドシアは興味をそそられていた。「そんなこと言わないで」そう言ってドレイトンを肘で軽くつついた。「やるだけやってみましょうよ」

ふたりは古い砲台や記念碑をよけながら濡れた芝生を突っ切り、急ぎ足で屋外ステージに向かった。チャールストン港に目を向けると、ボートがコルクのようにゆらゆら揺れ、その揺らめく姿が荒れた水面に反射している。その向こうではパトリオット・ポイントに立つ灯台がいつもと変わらぬ光を放っている。上を見れば、空は膨張した雲に覆われていた。

屋外ステージまであと十フィートというところで、警官がふたりの行く手にすっと進み出て、片手をあげた。

「すみません、この一帯は立入禁止です。さがってください」

「そう」セオドシアはそう言って数フィートさがり、警官が〝捜査中につき立入禁止〟の文字が書かれた黄色と黒のテープを張りめぐらすのを黙って見ていた。テープが木と木のあいだに張られると、セオドシアはまたも歩を進め、ビニールテープで作られた境界線に体を押しつけるようにして立った。ドレイトンはそのすぐ隣にひかえた。

屋外ステージでは事態が緊迫化しつつあった。襟を立て、両手をポケットに深く突っこんだ刑事たちがけわしい顔で歩きまわっている。制服警官ふたりがあわただしく照明を設置し、携帯発電機がぶうんという音をたてはじめると、あたりが明るく照らされた。セオドシアは気の毒な被害者は誰かと、つま先立ちになって首をのばした。けれども距離がありすぎるうえ、霧がかかってよく見えない。

「遺体が見えるかね？」ドレイトンが押し殺した声で訊いた。「わたしにはさっぱり見えんのだ」

「わたしもがんばってはいるんだけど」セオドシアは言った。この頃には一部の野次馬がふたりのまわりに集まってきていた。「もっと近くに寄らないとだめだわ」

ふたりがさらに近づこうと黄色と黒のテープをしならせると、一分ごとに数が増えている野次馬もそれにならった。

セオドシアのうしろで、突然、男性の大声がした。「なんだ？　なにか見えるのか？」

振り返ると、ビル・グラスが見つめ返してきた。いつものだぶだぶのカーゴパンツに着古したカメラマンベストという恰好で、ベストのキャップスリーブが翼のように突き出ている。しわくちゃのスカーフと二台のカメラが無造作に首にかかっていた。

「それを一台、貸してくれない？」セオドシアは答えを待たずに手をのばし、一台のカメラをグラスの頭より高く持ちあげた。

「厚かましいな」グラスは愉快そうに笑った。「ほらよ、こいつがあればなにかの役に立つかもな」彼は〝報道〟と書かれた白いカードがぶらさがった茶色い化繊のストラップを差し出した。〝報道〟の下には小さな活字で〝シューティング・スター〟の文字がある。

「ありがとう」セオドシアはストラップを首からさげると立入禁止のテープをくぐり、屋外ステージに向かってゆっくりと歩いていった。最後の最後になって、写真を撮るふりをするため、カメラをかまえるのを思い出した。

「マスコミは入れないよ」屋外ステージにいた制服警官のひとりが彼女に気づいて注意した。けれどもおざなりな言い方で、実力行使に出ようとはしなかった。

セオドシアはそろそろと、さらに近づいた。

言葉では言い表わせないほど不気味な光景だった。まぶしすぎる移動式照明の光のなか、大勢の警察関係者がたがいにぼそぼそ言い合いながら、動きまわっている。

でも、問題は被害者よ。被害者はどうなってるの？

セオドシアは大きく息を吸い、目に入った雨をぬぐいながら横の暗がりに移動した。それでようやくよく見えるようになった。プロのカメラマンが〝金になる写真〟と呼ぶたぐいのものが。

その光景に愕然とした。黒い髪、革のジャケット、シュレッドジーンズ。

モニカ・ガーバー！

セオドシアの心臓は歯をむいた犬に追いかけられるウサギのように激しく鼓動した。

本当に彼女なの？　ええ、まちがいない！

セオドシアはくるりと向きを変えると、ドレイトンのもとに駆け戻った。彼の上着の袖をつかんで言った。「信じられないことが起こったの！」

「なんだね？　なにがあった？」ドレイトンは訊いた。「被害者をはっきり見たのかね？」

「わたし……ええ……モニカ・ガーバーだった！」

ドレイトンはひどい偏頭痛に襲われたかのように額に手をあてがった。

「テレビのレポーターの？」

「なんだって？」グラスが好奇心を丸出しにした。「テレビに出てる女か？　ならおれも近くで見ないと」

「モニカだった。まちがいない」ドレイトンとふたり、そろそろと前に進んでいくグラスを見ながら、セオドシアは言った。「けさ、ティーショップに立ち寄ったときの服だったから」

「しかしどうして彼女は……？」ドレイトンは胸を痛めながらも、モニカが殺害されたという事実を把握しようとしていた。「なぜ彼女はここにいたのだろうな？」

「それなのよ！」セオドシアは叫んだ。「モニカは彼と接触をはかったにちがいないわ！」

「彼？」

「フォグヒール・ジャック！」

するとドレイトンはがっくりと肩を落とした。「なんだってそんなことをしたのだろう？」

「さあ」

セオドシアは鼓膜のあいだで鉄床を叩かれたように感じていた。ドレイトンをじっと見つめながら、頭のなかでは、こんなおそろしい事態にいたったいきさつをどうにか理解しようとしていた。そしてついに、答えが漫画の吹き出しのようにひらめいた。ふたりの頭上に現われた吹き出しにおさまっているのはたったの一語。

「カーラ」

ドレイトンはきょとんとした。「なんだって？」

「モニカはカーラがフォグヒール・ジャックと接触したのを突きとめたんだと思う。それで、同じ手がかりを追って彼と接触し、そのせいで――」

「それがために殺されてしまった」

彼は視線をセオドシアの先、追加招集された警官とあらたに到着したマスコミ関係者が集まっている駐車場へと向けた。

「事態はますます複雑な様相を呈してきたぞ」

「どういうこと？」

「チャンネル8のバンがいま到着した」

セオドシアが庭園の向こうに目をやると、ぴかぴかの白いバンががたがた揺れながらとまるのが見えた。側面に〝チャンネル8〟および〝ニュースは眠らない〟の派手な文字が躍っている。

「うわあ、大変！」

カメラマンのボビーが転がるようにしてセオドシアたちに近づいた。目はうつろで黒髪が目にかかり、茶色の革のジャケットが片方の肩からはだけていた。

「おまわりたちから聞いたけど……」ボビーはセオドシアに言った。「彼女じゃないよな」

その言葉は哀願の叫びとなってほとばしり出た。

「残念だけどモニカだった」セオドシアは穏やかな声で言った。

ボビーは首を左右に振った。「うそだ。まさか」彼はビデオカメラを抱きかかえていた。カメラからのびた太くて黒いケーブルは、音響と照明担当のトレヴァーが運んでいる機器につながっていた。おそらく二十四歳くらいと思われるがティーンエイジャーのように見えるトレヴァーも、ボビーと同じで大きなショックを受けているようだ。その目は左に右にせわしなく動き、口をぱくぱくさせていた。

「本当に残念だわ」セオドシアは心からふたりに同情した。

「この現場の撮影なんておれにできるわけない！」ボビーはヒステリックに叫んだ。「おれたちはパートナーだったんだぞ！　モニカとトレヴァーとおれはチームだったんだ！」

「ぼくたちはチームだった」トレヴァーが蚊の鳴くような声で言った。

大きな悲しみに沈み、ショックに打ちのめされたふたりを見て、セオドシアは少し活を入れてあげることにした。

「できるに決まってるでしょ。だって、それがあなたたちの仕事なんだから」セオドシアは言った。「あなたたちがニュース素材を提供しなければテレビ局は成り立たない。チャールストンのためにも、あなたたちはこの事件をしっかりと取材して、情報を拡散する、つまりこの危険な殺人犯の存在を一般市民に知らせるのにひと役買わなきゃいけないの」

ボビーは顔色がひどく悪くなっていた。「なんてことだ」彼はふらふらとコードを引きずりながら数フィートほど遠ざかったかと思うと、すぐに戻ってきた。「行くなとさんざん言ったのに」

セオドシアはボビーに近づいて腕をつかみ、顔をのぞきこんだ。

「どこに行くなと言ったの？」

「モニカは耳よりな情報があると称するやつからおかしなメールを受け取ったんだ」

「フォグヒール・ジャックに関する情報ね？」

「そうだと思う」

セオドシアはさらに問い詰めた。「モニカにメールを送ったのはフォグヒール・ジャックかしら？」

「かもしれない」ボビーはいまにも泣きそうな顔になった。「でも、どうかな」彼は首を左右に振った。「彼女はおれには絶対に話そうとしなかった」

「なんでモニカをひとりで行かせたの？」セオドシアは訊いた。「あれだけの事件が起こったあとだというのに。彼女が罠にはまるかもしれないのはわかってたはずでしょ」

ボビーはゆっくりと首を振った。「モニカを知らないからそんなことが言えるんだ。彼女がいったんなにか思いついたら最後、とめようがないんだって」

「だが、何者かが彼女をとめてしまった」ドレイトンが言った。「永遠に」

「だよな」ボビーは持っていたビデオカメラをいじりながら言った。

「さあ、元気を出して」セオドシアは鼓舞するように言った。取材許可証をかかげ、ボビーに見せた。「わたしも一緒に行って、取材を手伝う」

「あんたが？」ボビーは半信半疑の様子だった。

「少なくともできるかぎりのことはする」セオドシアは言った。

ボビーとトレヴァーは機材を調整するとセオドシアにマイクを渡し、三人は揃って屋外ステージに向かってゆっくり歩いていった。

実際の犯行現場まであと五フィート足らずのところまでは、誰にも気づかれることなくたどり着けた。そして幸いにして、セオドシアに気づいたのが署の広報官のジェシー・トランブルだった。

トランブルは彼女の顔をしげしげと見た。「セオドシア？　ここでなにをしてるんです？」

「本気ですか？」トランブルは弱々しくほほえんだ。「つまり、ぼくの人生をみじめにして喜ぶ連中の仲間入りをしたんですね。マスコミってことですよ」

セオドシアは人差し指を唇に当てた。

「臨時雇いだということは誰にも言わないで、お願い。なにがあったのかわかるほど近づくには、こうするしかなかったんだもの」

「被害者はあなたのお友だちですか？」トランブルは訊いた。

セオドシアはうなずいた。「しかも、このふたりの同僚だった」

「なんとも痛ましい」トランブルの顔からは心からボビーとトレヴァーを気の毒に思っているのがうかがえた。

公園の向こうに目をやると、毛足の長い白黒の犬にリードを引っ張られている男性が見えた。ジーンズにダークグリーンのウィンドブレーカーをはおったその男性はうろたえた様子で、身振り手振りを交えて指揮官に話しかけている。

「あの人が発見者？」セオドシアは訊いた。

トランブルは犬を連れた男を見やって、うなずいた。「ええ、そこのファイドを散歩させていて彼女を見つけたんです。犬が吠えたりクンクン鳴いたりし始めたらしい。冷静に通報してくれてよかったですよ。それが七時十五分頃のことです。通報が入ったあとは大騒ぎで、事件の情報はティドウェル刑事の耳にも入り、集められるかぎりの人員をここに向かわせたというわけです」

「署にとっては悪夢よね」

「ええ、目も当てられません」

「で、モニカは絞殺だったの？」セオドシアは訊いた。

トランブルはうなずいた。「ええ。しかし、今回、犯人はナイフも使用しています」

セオドシアは嫌悪感を抑えながら、もう少し踏みこんだ質問をしようと決めた。

「で、あなたはフォグヒール・ジャックの仕業と考えているのね？」

「まわりを見てごらんなさい」トランブルは言った。「地霧が出てきているのがわかりますよね」

それが合図のように、巻きひげのような淡く白い霧が、セオドシアがいるほうに芝生の上を這い進んできた。まるで生きて呼吸をしているかのようだ。

「だからやつは現われたんです。霧が出たから」トランブルはセオドシアが手にしているマイクに視線を移した。「ところで、本当にインタビューをするつもりだったんですか？」

「あなたに？」突然、それはいい考えだとぴんときた。セオドシアはボビーをちらりと見た。「ボビー？」

ボビーは声を出さずにうなずいた。

「もちろんよ。受けてもらえるとありがたいわ」セオドシアは言った。

ボビーが撮影を開始しようと近くに寄り、トレヴァーは照明と音響を調整した。セオドシアはマイクをかまえて言った。「トランブルさん、チャールストン警察の広報官として、今夜、この場所でなにがあったかご説明願えますか？」

トランブルはしばらくカメラをじっと見つめたのち、口をひらいた。

「残念なお知らせですが、チャールストン警察は、フォグヒール・ジャックという名で知られる人物がここホワイト・ポイント庭園において、あらたな犯行をおこなったと考えています」

トランブルの話はさらに一分半ほどつづいたが、間隔を充分に取ってくれたので、局の編集者は好きなようにレポートを切ったり貼ったりできるはずだ。

「すばらしかったわ」トランブルの話が終わるとセオドシアは言った。「ありがとうございました」

「お疲れさん」ボビーが弱々しい笑みをセオドシアに、つづけてトランブルに向けた。「窮地を救ってくれたよ、ふたりとも。今回の仕事はおれにとってもトレヴァーにとってもむずかしいものだった」

セオドシアは報道関係者ふたりとわかれ、ドレイトンに合流しようと引き返した。するとあろうことか、彼はボブ・バセットと話しこんでいた。といっても、社交的な会話というわけではなさそうだ。ドレイトンは胸の前で腕をきつく組み、ノーというように首を左右に振っている。

「知らないって？」近づいていくとバセットの声が聞こえた。「本当にくわしいことを知らないのか？」

「残念だがね」ドレイトンは答えた。

バセットはセオドシアに気づいて声をかけた。「あなたはどうかな？　ミス・インフォメーション センターとお見受けするが。なにか教えてもらえないか？」

「とくにこれといったことはないわ」セオドシアは言ったが、心のなかではこう反論していた――自分の記事なんだから自分で調べなさいよ。

バセットは足音も荒くいなくなったが、そこにノートを片手に持ったニック・プリンスが現われた。

「やれやれ」ドレイトンはプリンスに気づくとうんざりした声を洩らした。「いっこうに終わらないではないか」

「本の取材?」セオドシアはプリンスに訊いた。「新しい章のネタがたくさんあるわね」彼女は冗談めかして言ったが、プリンスは文字どおりに受け取った。

「そうなんだよ! チャールストンに戻ったのはわたしの人生で最高に賢明な判断だった」

その言葉を耳にしたとたん、ドレイトンはプリンスに背を向けた。

プリンスは鉛筆を耳にはさみ、セオドシアに尋ねた。「そこのご友人はどうかしたのかな? わたしのことがお気に召さないようだが」

「ドレイトンはショックを受けてるの」セオドシアは言った。「それはみんなも同じ。あらたな殺人事件が起こっただけじゃなく、被害者が知っている人だったから」

「うん」プリンスは言った。「聞いた。テレビに出ている人で、ジャーナリスト志望だったそうだね」

セオドシアは目を細くした。「どうしてここがわかったの?」

「うん?」プリンスはせわしなくメモを書き殴っていた。

「だから、なぜここでまた殺人事件があったのを知ったの?」

プリンスの目の瞳孔が小さくなったように見えた。「さあ。たまたまじゃないかな」

セオドシアはプリンスの顔をのぞきこんだ。この人はいつもちょっと落ち着きがないように見えるけど、リタリンでも服用しているのかしら？

ドレイトンがセオドシアの肩を叩いた。「そろそろ引きあげよう」

「そうね」

ふたりが踵《きびす》を返すと、うしろからプリンスに呼びとめられた。「わたしがなにか言ったせいなのか？」

たっぷり十ヤード歩いたところでドレイトンが言った。「下司野郎」

「ドレイトンたら！」セオドシアはびっくりした。いつものドレイトンは落ち着いていて、怒りをあらわにすることなどない。

「実際、そうなのだからしかたあるまい。きみのチャーミングでないプリンス氏は」

「聞いてくれる？　あなたの言うとおりよ」セオドシアは言った。振り返って黒いバンを目で追った。鑑識の人たちだ。彼らを乗せたバンが芝生を突っ切り、屋外ステージの横でとまるのを見て、思わず体に震えが走った。あの人たちはこれから、鑑識としてありとあらゆる科学捜査をおこなうのだろう。モニカの爪の下から皮膚片を採取し、髪の毛、あるいは繊維のような微細証拠を求めて周辺を捜索し、血痕がないかと捜すのだ。

ドレイトンはセオドシアをじっと見つめていたが、すぐにその目は彼女の左後方に向けられた。「おおっと、これはまずい」

「どうかした？」

「いまからきみは熱湯のなかに落ちることになるぞ。もちろん、いまのは比喩で、われわれがいつもお茶を淹れるのに使っている熱湯のことではないからな」
セオドシアはくるりと振り返った。「えっ？」

15

雨水でぐっしょり濡れたコードグラスの茂みの向こうに目を向けると、ピート・ライリーが鼻息も荒く、大股で向かってくるのが見えた。思いつめたように唇を真一文字に引き結び、ぐんぐん迫ってくる。ものすごいスピードだ。

「今夜はここに来てはいけないと言ったはずだ」ライリーは開口一番、そう言った。その声はけんか腰で、有無を言わさぬ響きがあった。

「あら、そうだった？」セオドシアは無邪気そのものの反応をした。ドレイトンはただ決まり悪そうな顔をしただけだった。

「さっき電話したじゃないか、忘れたのかい？」ライリーは前身頃にチャールストン警察《CPD》の文字が入った紺色のウィンドブレーカー姿で金色の警察バッジを首からさげていた。

「電話の調子がよくなかったのよ。あるいは、契約している携帯電話会社の落ち度かもしれないわね。この頃、通話がしょっちゅう途中で切れちゃって」

「ふうん、そうなんだ」ライリーはそんな言い訳はどうにも信じられないという口ぶりで言った。彼は両手をジャケットのポケットに深く突っこみ、あたりを見まわした。「ところで、モニカ・ガーバーが今度の被害者だ。でも、きみはくわしい話を知ってるんじゃないかな」

「ある程度はね」セオドシアは言った。「どうして？　ほかにわたしが知っておくべき情報があるの？」

「ないと思う。一連の事件を理解しようと、誰もかれもが頭を絞っているけど」

「一連の事件というのはフォグヒール・ジャックによる殺人のことかね？」ドレイトンが訊いた。

ライリーはけわしい顔でうなずいた。

「じゃあ、警察はモニカ・ガーバー殺害はフォグヒール・ジャックの仕業と断定しているの？」セオドシアは訊いた。

「その呼び名を使わないでほしい」ライリーは言った。「やつにいらぬ箔《はく》をつけてしまう」

「アンサブという呼び方ならいい？」セオドシアは訊いた。「身元不詳の容疑者のことを、テレビの警察ものの番組ではよくそう呼んでるけど」

ライリーは肩をすくめた。「なんでもいいよ」それからセオドシアを探るような目でうかがった。「セオ、きみこそなにか知っているんだろう？」

「うーん、たぶん……知っていると言えるのかな。気味の悪い話だし、なんの関係もないかもしれないけど、モニカは誰かに内部情報を流してもらっているというようなことを聞いたわ」セオドシアは言った。

「本当かい？」ライリーは顔をしかめた。「その話を聞いたのはいつ？」

「きょう。きょうの昼前」

「彼女の情報提供者とは誰なんだ？　本人は言ってたかい？」

セオドシアは首を横に振った。

「モニカはどうしても教えてくれなかった。でも、捜査に関係している人物という印象を受けた」

「うそだろ。ぼくの同僚じゃなければいいが」ライリーは言った。「ただでさえ、情報流出を阻止するのは大変だっていうのに」

「その後、モニカは奇妙なメールを受け取って……」

ライリーははっとしてセオドシアに目を向けた。「メールというのはなんだ？　なんの話をしてるんだ？」

「モニカと一緒に取材しているカメラマンのボビーによれば、彼女のもとにメールが届いて、それが――」

ライリーは最後まで言わせなかった。「フォグヒール・ジャックからのメールだね？」

「その呼び名を使ってはいけないのではなかったかね？」ドレイトンが口をはさんだ。

ライリーはそれには取り合わず、セオドシアを見つめた。

「どうなんだい？」

「ボビーはそう思ってるみたいだった」セオドシアはためらうように言った。

「ちくしょう、そのボビーという男から話を聞く必要がある」ライリーは言った。「だって、チャンネル８で働く女性がふたりも殺されたんだ。そんな偶然があるわけない。事件はテレビ局に関係あるとしか思えない、だろ？」

「たしかにそう見えるわね」セオドシアは言い、かたわらでドレイトンがそうだというようにうなずいた。

「よし」ライリーは言った。「ティドウェル刑事と話し合わないといけないな。いまのメールの話は新情報で、そこから突破口がひらける可能性があるからね。となると、鑑識の連中にモニカのパソコンの中身を調べてもらう必要がある。おそらくは、カーラ・チェンバレンのパソコンも調べることになるだろう」

「ドレイトンとわたしはしばらくこのへんをうろうろしてるわ。邪魔にならないようにするけど、もしも——」

ライリーはセオドシアの肩をつかみ、ただならぬ感じの低い声で言った。

「なにをばかなことを言ってるんだ。フォグヒール・ジャックがいまもこのあたりにいたらどうする？」

セオドシアはいくらかおびえ、少なからず困惑したようにライリーを見つめた。こんなに怒ったライリーを見るのははじめてだ。

「どういうこと？」

「人があんなにたくさん集まってるのが見えないのか？　大きなイベントでも見物しているつもりの野次馬連中が？　あのなかに犯人がいたらどうする？　現場に残って、いまもぼくたちの様子をながめているかもしれないんだよ。自分がおかした事件を満足そうにながめ、いっときの半セレブ気分を味わっているかもしれないじゃないか」

「そんなこと、ありえない――」

「スイートハート、この事件の犯人は最強の殺人鬼だ。人を殺すことで快楽を得ているんだ。それがわからないのか?」

「わかるけど」セオドシアは言った。しだいに不安が高まってきた。ライリーが言ったように、フォグヒール・ジャックがホワイト・ポイント庭園を人知れず歩きまわっているとしたら? もしかしてわたしも彼と接点があったりした? 彼に声をかけたり、横をすり抜けたりした? そう考えると背筋が寒くなった。

ドレイトンが割って入った。

「われわれはもう帰ろうとしていたところだ。だから、いますぐ引きあげるよ。そうだろう、セオドシア?」

セオドシアは人混みにもう一度目を向けたが、どの顔もぼやけて見える。そのとき、人混みが動いて、どことなく見覚えのある顔があるのに気づいた。

ううん、見覚えがあるのは顔じゃない。着ているジャケットだ。黒い革のジャケット。

ワイアット・オーロックの警備責任者であるフランク・リンチが人混みをたくみにすり抜けていくのを、セオドシアはじっと見守った。そして疑問に思った――なぜあの人がここにいるの? たまたま通りかかっただけ? それともべつの理由があるの? セオドシアはもう一度リンチの姿を探したが、もう見えなくなっていた。黒々とした波の下にすばやくもぐりこむサメのように消えてしまった。

ドレイトンがまた声をかけてきて、帰ろうというようなことを言っている。チャールストン港のほうに目を向けると、警察のヘリコプターが暗い夜空をホタルのようにせわしなく飛びまわっている。誰かを探しているの？ モニカを殺した犯人がボートで逃げたと考えているの？ そこで彼女は首を横に振り、ドレイトンのほうを向いて言った。

「いま、なんて言ったの？」

「もう帰ろうと言ったのだよ」ドレイトンとライリーは正しい答えを待ちかねるように、セオドシアをじっと見つめた。

「そうしましょう」彼女はしばらくしてそう言った。

自宅に帰り着いたときにも、セオドシアはまだ頭がくらくらしていた。あまりに多くの女性が殺され、あまりに多くの偶然が重なり、あまりの多くの疑問が浮かぶのに、確たる答えはひとつもない。そう考えると、とても果たせそうにない約束をロイスとしてしまったようだ。チャールストン警察にこの連続殺人事件の犯人が突きとめられないなら、自分になどとても無理だ。

そういうわけで、セオドシアはランニングウェアに着替え、アール・グレイとひとっ走りすることにした。とにかく頭のなかをすっきりさせたかった。

霧が出ていたが、雨は降っておらず、セオドシアとアール・グレイはゆっくりしたスピードで走りはじめた。歴史地区を三ブロックほどウォーミングアップのペースで楽々と走った。驚くべきことに、歩道を歩く人はひとりも見かけなかった。フォグヒール・ジャックに死ぬほどおびえているのか、さもなければ、今夜発生した殺人事件を告げるテレビのニュース速報を見て家にこもっているのだろう。あるいは、その両方が理由かもしれない。ラドソン・ストリートに出るとスピードをあげ、筋肉に負荷がかかるほどの全力疾走にまで加速したところ、六ブロック走ったところでセオドシアもアール・グレイも息が切れ、はあはあ言いはじめた。それでも、体を動かすこと――そしてそれによって分泌されるエンドルフィン――のおかげでとても気分がよくなった。炭水化物が燃やされ、思考力が再起動した。

自宅のある路地に入りながら、セオドシアは明日の朝いちばんに、カメラマンのボビーに連絡を取ろうと決めた。もしかしたら彼がなにかヒントを――

ゴボゴボという音と大きなドシンという音が聞こえ、セオドシアは立ちどまった。アール・グレイの脚もとまった。

奇妙な音はニック・プリンスが借りている屋敷に付属しているキャリッジハウスでしているようだ。

それにしても、なんの音だろう？　車でないのはたしかだけど。

セオドシアは忍び足でガレージの引き戸に近づき、隙間に指を差し入れた。ゆっくりと、慎重に、引き戸を金属のレールに沿ってスライドさせた。それからなかをのぞくと、ほの暗いなかに……洗濯機が見えた。そして……なかでパシャパシャいう音がしている。それを見て疑問がわいた……。

夜のこんな時間にニック・プリンスはなにを洗濯しているの？

その疑問が数秒間、頭のなかを駆けめぐった。やがて答えが暴走貨物列車のように襲いかかった。

血のついた服？

そう考えただけでセオドシアは心臓がとまりそうなほど震えあがった。自宅に駆けこんでドアを乱暴に閉め、デッドボルト錠をかけた。アール・グレイの首輪からリードをはずした。

「わたしの勘違いならいいけど」

キッチンに立ちつくし、考えを整理しようとした。ドレイトンはニック・プリンスを気味が悪いと思っているようだが、セオドシアは不愉快という印象のほうが強い。けれどもその第一印象は、彼女の直感への軽い刺激であり、プリンスは完全に信用できる人物ではないことを告げる、いわゆる早期警戒システムなのかもしれない。つまり、実際の彼は邪悪な人間であり、用心しなくてはいけないのでは？

だとしたら、この情報をどこに伝えればいいのだろう？　ライリーに電話して、心の奥に秘めたこの黒い疑念を伝える？　だめだわ。確固とした証拠がないと言われ、頭がどうかしたのではないかと決めつけられるだけだ。ひょっとしたら、ぼくにふさわしい女性ではないとまで言われるかもしれない。だったら、ほかになにか打てる手はある？　セオドシアはキッチンに突っ立ったまま、あれこれ考えた。

うん、まず第一に、インターネットの普及にともない、あらゆる人の私生活が完全には守られなくなっている。だったら、そこから始めるのがいちばんかもしれない。

セオドシアはオーキッドプラム・ティーを淹れ、アール・グレイにあげるピーナッツバターの犬用クッキーも持って二階にあがった。ノートパソコンを手に取り、塔の部屋の安楽椅子におさまった。

雨がゴボゴボと音をたてながら雨樋を流れ落ちていき、アール・グレイがクッキーのくずをカーペットに落とすなか、セオドシアはアマゾンでニック・プリンスの本を検索した。見つかった二冊はどちらもピークスキル・プレスというなじみのない出版社から出ていた。

じゃあ、自費出版なのかしら？

一冊の題名は『メリーランド州の切りつけ魔』で、もう一冊は『ソロリティ・ロウの絞殺魔の秘密』だった。

プリンスの著書の題名に使われている切りつけ魔、絞殺魔、そして秘密という不吉な言葉にセオドシアは衝撃を受けた。

なるほど、あの人は人殺しに興味があるのね。少なくとも女性を殺す男に。

どちらの本にもレビューはふたつしかついていないが、どちらも熱がこもっていて絶賛していた。高評価だが、こういうものは友だちや身内でも簡単に投稿できるのをセオドシアは知っている。

つづいてセオドシアはプリンスのウェブサイトを見たが、とくにこれといったものは得られなかった。五年前に撮影したとおぼしき写真を使ったプラグ・アンド・プレイのテンプレート、簡素にして、悲しくなるほど内容のない経歴、そして自著の購入先へのリンク。

このくらいでめげてはだめ。もっと調べなきゃ。

セオドシアはあくびをしながら、ニック・プリンスのリンクトインのプロフィールをクリックした。

ありがたいことに、こっちのサイトはいくらか参考になるものが多かった。それに年月の記述も興味深かった。

七年前に二件の殺人事件が起こったとき、プリンスはノース・チャールストンにある大型書店、バーンズ&ノーブルで働いていた。その後、アトランタに引っ越し、スローン&アソシエイツ広告にライター兼プロデューサーとして勤めた。その後の四年間で二冊の本を執筆したと記載されている。そしていまはチャールストンに戻って三冊めの著書の執筆中で、殺人がまた始まった。

単なる偶然だろうか？　セオドシアの心臓が小さく高鳴った。それともニック・プリンスがフォグヒール・ジャックなの？　時間的にはたしかに合致している。そして、ここ最近の殺人事件が次作のネタとしておこなわれているのだとしたら？

その考えにセオドシアは唖然とし、お茶を口に運んだ。けれども、考えれば考えるほど、もっともらしく思えてくる。

そうよ、もしも、彼が自分のための脚本を書いているのだとしたら？べつの考えが頭にいきおいよく飛びこんだ。プリンスが本当に殺人犯なら、その罪をほかの誰かになすりつけようとするんじゃないかしら？　けっきょくのところ、どんな本でも、たとえどれだけ気味の悪い犯罪実録本でも、結末が必要なのだから。必ずしもハッピーエンドでなくてもいいけれど、それでもやはり、わくわくするような、きちんとけりのつく結末が欠かせない。

ニック・プリンスがフォグヒール・ジャックなら、身代わりとして誰を選ぶだろう？　どの無実の人に、フォグヒール・ジャックによる殺人の罪をなすりつけるだろう？

カーラのわかれたボーイフレンド、ティム・ホルトをはめようとしているとは考えられるだろうか？　もしかしたら、カーラに花を贈ったのはプリンスかもしれない。そうすれば警察がホルトを追うと考えたのかもしれない。

でなければ、プリンスはワイアット・オーロックがロイスの書店が入っているビルに興味を持っていることを知り、絶好の容疑者に仕立てあげられると思ったのだろうか？　それに、オーロックの警備責任者、フランク・リンチの存在もある。といっても、プリンスがどうやってリンチに疑いがかかるよう仕向けるのかまではわからない。

その一方、プリンスはバセットが異常とも言えるほど殺人に興味を示していて、しかもちょっとばかり間が抜けているのを――だから、犯人として警察に差し出すのはむずかしいことではない——知っている可能性もある。

セオドシアは立ちあがってのびをし、浴室に入って熱いシャワーを浴びた。

シャワーから出るといくらかくつろいだ気分でベッドにもぐりこみ、小さいテレビをつけた。古い映画——『幽霊と未亡人』——の最後のほうをやっていて、夢のようにすてきな結末をあらためて見ることになった。それが終わると最新ニュースを見ようとチャンネルを変えた。赤と青を使った〝チャンネル8——ニュースは眠らない〟のマークとロゴが画面いっぱいにひろがった。男女ひとりずつのキャスターはふたりとも、クリームチーズから削り出したみたいに見える。完璧に整えた髪、輝くような笑み、しわひとつない濃紺のポリエステルのジャケット。女性のキャスターが真剣なまなざしでカメラに向かい、最新ニュースを伝えた。

画面がホワイト・ポイント庭園の映像に切り替わった。あずまやにひしめく警官たち、ぎらぎらとした光のなかに浮かびあがる現場、そして、状況を説明するジェシー・トランブル。見ているうちに、あの惨状がよみがえり、心臓が激しく鼓動しはじめた。セオドシアは枕に背中を沈め、残りのニュースを見るともなく見ていた。天気予報のコーナーになって、趣味の悪い大きな格子柄のスーツを着た陽気な気象予報士が今後もにわか雨と暴風がつづくと告げたところでテレビを消した。

またも、セオドシアの頭のなかがいくつもの考えと容疑者で騒がしくなった。ニック・プリンス、ボブ・バセット、ワイアット・オーロック、フランク・リンチ、それともティム・

ホルト？　このなかの誰が犯人でもおかしくない。あるいは、このなかにはいないのかもしれない。

考えなくてはいけないことは山のようにある。でも、いまはやめておこう。上掛けの下にもぐりこんで、少し眠らなくてはいけない。

少なくとも、眠ろうとしなくては。

インドを感じるお茶

インドといえば、あざやかな色、心地よい香り、そしてすばらしいお茶の国。ですから、それを再現したお茶会にしましょう。リネンはオレンジ、黄色、赤のほか、あざやかな青もいいですよ。インドの布やインドのタペストリーがあれば、ぐんとよくなります。お皿とティーカップも色とりどりのものを選びましょう──いろいろな柄を取り合わせると効果的です。そこにお香、陶器でできた象、ブーケを足せば、雰囲気は抜群。インドのお茶と言えば、ダージリン、アッサム、そしてニルギリが有名ですから、それらをお勧めリストのトップに持ってきましょう。最初にデーツのスコーンにレモンカードを添えたものを出し、つづくメインディッシュはナッツ入りのパンにマンゴーのチャツネとクリームチーズをのせ、ミニサイズのサモサを添えます。カルダモンが香るカスタードは最高のデザートになることまちがいなしです。

16

セオドシアはドレイトンとふたりだけになるタイミングを待っていた。ミス・ディンプルがあわただしく木曜の朝のテーブルセッティングに取りかかり、ヘイリーがスコーン、ごま入りの薄焼きクッキー、バナナケーキの焼け具合を見に厨房に急ぎ足で引っこむタイミングを。

ようやくふたりだけになるとセオドシアは言った。

「お隣の人が殺人犯かもしれない」

ドレイトンは黄色いティーポットに普洱《プーアール》茶の茶葉を慎重な手つきで量り入れていた。セオドシアの話が聞こえたとたん、彼はすぐに手をとめ、茶さじをすばやく下に置いた。それから彼女に向きなおった。

「お隣の人というと、犯罪実話作家のことかね？　きのうの夕方、この店を訪ねてきて、夜は夜で大声で叫びながら近づいてきて、膨大な量のメモを取っていった、あの人物かね？」

「ええ、その人」

「なるほど」ドレイトンはいくらか震えのおさまった手で、ふたたび茶葉を量りはじめた。

「では、罰当たりな殺人犯がきみの隣に住んでいて、作家を自称していると考える理由を話してくれたまえ」

「彼のリンクトインのページを見にいったら……リンクトインがなにかは知ってるわよね？」

「だいたいのところはな。つづけてくれたまえ」

「とにかく、ニック・プリンスがチャールストンに住んで仕事をしていた時期を調べたの」

「それで？」

「七年前に二件の殺人事件が起こったとき、プリンスはここチャールストンに住んでいた。その後、数年間、この街を離れ、その間に二冊の本の執筆し、そしてまた戻ってきた。彼の動向は殺人事件が発生したタイミングと完璧に重なっているの」

ドレイトンは興味を引かれたらしい。「七年前の殺人事件と、ここ最近の殺人事件の両方と？」

「そう。ただ、問題は確固とした証拠がひとつもないこと。プリンスさんを最近の事件、あるいは被害者の女性と結びつける証拠が」

「つまり、壮大なる仮説でしかないということか」

「第六感と言ってくれてもいいわ」

ドレイトンは小さくほほえんだ。「こう言ってはなんだが、きみはしばしば、すぐれた第六感の恩恵を受けているではないか」

「理由はほかにもあるの、ドレイトン。きのうの夜、アール・グレイとジョギングに出かけた帰り、家の前の路地を歩いていて、プリンスさんのガレージをちょっとのぞいたの」セオドシアは少しためらった。「あんな時間なのに洗濯機が動いてた」

「血のついた服を洗っていたのかも？」

「なんのためだろう？」

「なんと！　彼のガレージをのぞき見までするということは、本当にあの男を重要容疑者と見なしているのだな」

「それがあいにく、ボブ・バセットさんの線も捨てられなくて。だってあの人はいわゆる、頭のおかしなよそ者だから。カーラとつき合っていたティム・ホルトさん、ロイスの店が入っているビルに目をつけている大物不動産開発業者のワイアット・オーロックさんも。あ、そうだ、ゆうべもうひとり、見かけた人がいるんだけど誰だかわかる？」

「誰だね？」

「フランク・リンチさん」

「フランク・リンチとは何者だったかな？」

「ワイアット・オーロックさんのもとで働いている人。警備だかなにかの責任者」

「オーロックは警備の者を必要としているのかね？」

「そうみたい」

「で、そのリンチという男を昨夜、ホワイト・ポイント庭園で見かけたのだね？」

「ほんの一瞬だけど」

「興味深い」

「なんとも言えないけど」

「なぜオーロックを疑っているのか、理由をもう一度、言ってくれないか？　彼がナイトクラブのオーナーであるという事実以外の理由を」

「莫大なお金がからんでいるから」

「不動産開発の関係かね？　マンションの販売の？」ドレイトンは訊いた。

「そう。オーロックさんがロイスが借りてるビルの購入を強く望んでいるのは知っているでしょ。でも、ロイスは長期の賃貸借契約を結んでいる。だから、彼女に耐えがたい苦痛をあたえるには、娘を殺害するのがいちばんと考えたんじゃない？」

「うむ、前にもきみはそう言っていたな。精神的に揺さぶって、ロイスに抵抗をやめさせ、書店を閉めさせるつもりだろうと」

「いまのところ、わたしはそう見てる」

「ロイスに危害をくわえるなど言語道断だ」ドレイトンは言いながらやかんを持ちあげ、ティーポットに熱湯を注いだ。「しかし、きみの言い分にはそもそも根拠がない」

「でも、筋は通る。ただ……」

「ただ、なんだね？」

「ゆうべ姿を見せた不気味なふたり組が頭を離れなくて」セオドシアは言った。

「というと？」

「モニカの遺体が見つかった直後に、ボブ・バセットさんとニック・プリンスさんの両方が現場に現われたでしょ。プリンスさんは本の取材、バセットさんはゴシップ紙にのせる特別記事のための取材で。なにが言いたいかというと、ふたりはどうして事件を知ったのかってこと。ふたりのうちどちらかが関与してたとは考えられない？」

「また、あやふやな主張をしているな」ドレイトンが言った。

「これについても、犯罪の具体的な証拠がひとつもないのが問題なのよね」セオドシアも認めた。「警察に興味を持ってもらうには、ちゃんとした証拠が必要なのに」

「ならば、われわれはもっと努力しなくてはならんということだ」

「これからも調査を手伝ってもらえる？」セオドシアはいったん言葉を切った。「と言っても、陰の調査に近いけど。ライリーはうすうす感づいてるようだけど、全部までは知らないはず」

「陰の調査でもなんでも好きに呼んでくれていいが、これまでもわたしはきみの力になってきたのではなかったかな？」

「たしかに。犯罪仲間になってくれて感謝してる。ううん、犯罪解決につとめる仲間というべきね」セオドシアはひとりで立ち向かわなくていいとわかってうれしかった。

それから一時間、インディゴ・ティーショップは目がまわるほど忙しかった。少なくとも二十人のお客が訪れ、あいかわらずこのあたりにしつこく降りつづけている雨をほんのいっとき忘れ、熱々のおいしいお茶とそれに合わせたスコーンを味わっている。セオドシアとミス・ディンプルは協力しあって注文を取ったり運んだりしていたが、十一時十五分ごろ、ようやくあわただしさがおさまった。

「ふう、やれやれ」セオドシアはひと息つくと、ドレイトンにまた話しかけた。「けさは大忙しだったわ」

「いま誰から電話があったと思う?」ドレイトンは上機嫌でティーポットを一列に並べながら言った。

「警察からだと言って。フォグヒール・ジャックの身柄を押さえたと知らせてきたんでしょ?」

「はずれだ」ドレイトンは蝶ネクタイ――きょうは黄色い水玉模様だ――を直した。「《サザン・グルメ・マガジン》という雑誌の編集者からうれしい問い合わせがあったのだよ。ほら、来月、うちの店でプリマベーラのお茶会と銘打ったしゃれた会を開催するだろう?」

「ええ、その雑誌の〝今後予定されているお茶会〟のコーナーにのせてもらったのよね」

「《サザン・グルメ》がその取材で料理評論家をひとり寄越すそうだ」

「本当? 記事を書いてもらえるの?」

「というよりもレビューだ」ドレイトンは言った。

「わたしたちのお茶会だけを取りあげるの?」

「そうではないらしい。編集者によれば、料理評論家の人はチャールストンに新しくできたレストランも何軒かレビューするとのことだ」

「取材先のリストにはどんなお店があがっているか訊いた？」

「訊いたとも。きみの好奇心の遺伝子がうずいてうずいてしょうがなくなるのはわかっていたからね」

「そのなかに〈スパークス〉は入っていた？　ワイアット・オーロックさんがオーナーのお店」

「あいにくと、その店も取材先のひとつだ」ドレイトンは言った。

「〈スパークス〉のお料理がレビューに値するほどのものかは疑問だけど」

ドレイトンは肩をすくめた。「最近は、それなりにバズって腕のいいバーテンダーがいれば、料理はさほど重要ではないのだろう」

「バズる？」セオドシアはにやりとした。いつもの堅苦しいドレイトンとはずいぶんちがう。「バズるなんて言葉をどこで覚えたの？」

ドレイトンはほほえんだ。「ヘイリーだ。ほかに誰がいるというのだね？」

「じゃあ、若い彼女の元気いっぱいなところがうつったのね？」

「ほんの少しだけだ」

セオドシアはティールームをざっとながめまわしてから、オフィスに駆けこんだ。携帯電話を手に取ってチャンネル8にかけ、カメラマンのボビー（ラストネームはわからなかった）につないでくれるよう頼んだ。

どうやら、カメラマンのボビーで充分通じたらしく、二分後、彼と電話がつながった。

「はい」彼は言った。

「ボビー？　セオドシアよ。覚えてる？　ゆうべ、ジェシー・トランブルさんとのインタビューのお手伝いをしたティーショップ経営者」

「もちろん、覚えてるさ」ボビーは言った。「やあ。きのうのこと、あらためて礼を言うよ」

「調子はどう？　あなたもトレヴァーも」

「なんとかがんばってる」ボビーは言った。「容易なことじゃないけどな。モニカは優秀なチームリーダーだったし、おれたち三人はすごく息が合ってたから」彼は一瞬声を詰まらせたが、すぐにつづけた。「彼女の後任を見つけるのは容易じゃないだろう」

「そう思うわ。ところで、警察はモニカのメールを調べにスタジオに現われた？」

「ああ、朝いちばんに鑑識の連中が訪ねてきた」

「なにか見つかった？」

「まだなんとも言えないんじゃないかな。パソコン、メールアカウント、プロバイダ、ネットワーク、サーバー、ルーター……そういうものを全部調べるには令状だか召喚状だかなんだかわからないが、そういうものを大量に取る必要があるらしい。わかるだろ？」

正直言って、わからないわ、とセオドシアは心のなかでつぶやいた。素人探偵が楽なのはそういうところだ。七面倒な手続きにわずらわされずにすむんだもの。

「そうね」セオドシアは言った。「しかも、そういうのって簡単にはいかないでしょうし」

「ん？」ボビーが言った。

「だから、そういうのって簡単には……」

「申し訳ない」ボビーは言った。「いまのは緊急速報を見て言ったんだ。ラヴェネル橋で車のスリップ事故があったと連絡が入った。十八輪トレーラーらしい。取材しないといけない。出かけなきゃ」

そこで電話が切れた。


ランチタイムが近くなるにつれ、インディゴ・ティーショップは急激に忙しくなった。そこへ、さらなるお客がなだれこんだ。そのなかにはティム・ホルトの姿もあった。

「どうも」ホルトはセオドシアに声をかけた。「ちょっと話せないかな？」

そんな時間はまったくないながら、セオドシアはどうにかこうにか時間をひねり出した。だって、もしかしてということもあるじゃない、と彼女は心のなかで言い訳した。新情報が得られるかもしれないんだから。

「こちらのお客さまを席にご案内したら、すぐに戻ってくるわ」セオドシアは言った。

ふた組のお客をそれぞれのテーブルに案内し、メニューを手短に説明し、ドレイトンがあらたに考案したオリジナルブレンドのハロー・スプリングについて説明を始めると、ホルトの相手をするため急ぎ足で戻った。

「どうかしたの？」セオドシアは訊いた。

「ゆうべ、事件があったと聞いた」彼は言った。「気味が悪いな」

「ぞっとしたわ」

「まさか、おれが関与してると思ってないですよね」

「だから立ち寄ったの？　自分は無関係だとわたしを説得するために？」

「ちがう。でも、いいじゃないか。いまもあなたはおれを信じてないようだし」

「そう見えるのは、実際、信じてないからだと思うわ。いまのわたしはナポレオン法典を固く信じてるの。無実が証明されるまでは有罪ということ」

「ちょっと勘弁してくれ」ホルトは言った。「この三日間、警察に痛くもない腹をさんざん探られたけど――けっきょく、なにも出てこなかったんだ」彼は自分を弁護するように両腕を大きくひろげた。「おれは善良な男だ。やましいところなんかひとつもない」

「でも、あなたは一連の殺人事件を熱心に追っているじゃない」セオドシアは言った。

「それはあなたも同じでしょう」

「わたしの場合はカーラのお母さんが大事な友だちだからよ」

「あのさ」ホルトは顔をぐっと近づけ、あらたまった口調になった。「おれは本当にカーラが好きだった。特別な存在だったんだ。たしかに、彼女に振られておれは傷ついた。けど、信じてほしい。彼女の身にあんなことが起こったせいで、頭のおかしな野郎に殺されたせいで、おれの心はまたも深く傷ついてるってことを。あなたが調査しているのなら、というか、絶対にしていると思ってるけど、警察では調べられないところをしっかり調べてほしい」彼の目がぎらぎらと光った。「おれで役にたてることがあるなら――どんなことでも連絡してほしい。いいかな？」

「いいわ」

ドアから出ていくティム・ホルトのうしろ姿を見ながら、セオドシアはなぜか胸のつかえがおりたように感じていた。どうやら彼は、罪のない第三者なのかもしれない。

あるいは、そうじゃないかもしれない。

奇妙な考えがセオドシアの頭をよぎった。フォグヒール・ジャックは被害者とデートしてから殺すのだろうか？

そこで、カーラのアパートメントに深紅のバラがあったのを思い出した。誰かが贈ったバラが。

バラを贈ったのはカーラに近づくのが目的？　それとも、その人物はすでに彼女と接触したの？　そして聖ピリポ教会の墓地で会おうと言葉巧みに誘い出して殺したの？

背筋に寒いものが走った。だめ、もう考えるのはやめよう。あまりにゆがんでいて言葉にならない。

残っている席があとひとつとなった頃、デレインが女大公のように店にしゃなりしゃなりと入ってくるのに気がついた。そしてそのうしろから入ってくるのは誰あろう、ロイス・チエンバレンだった。

セオドシアは急ぎ足でふたりを迎えに出た。デレインは消防車のような真っ赤なスカートスーツにゴールドのアクセサリーをこれでもかと——ネックレス、ブローチ、ブレスレット

——つけ、ロイスのほうは紺色のクルーネックセーターにチノパン、履きやすい靴という恰好でくすんだオリーブ色のレインコートをはおっていた。

デレインはいかにもデレインらしく、さっそく大きくてえらそうな声で話しはじめた。「彼女を連れてきたわよ」デレインは手首にはめたチャームブレスレット三つを揺らしながらロイスをしめした。「ちょうどあたしの店に来てて——」

「お葬式にふさわしい服を探してたの」ロイスが消え入るような声を出した。「明日のお式のために」

「まあ、そうだったの」セオドシアは言った。なぜだか、ロイスのそのひとことに胸を締めつけられる思いがした。

「よけいなことは考えなくていいって言ったでしょ」デレインが割って入った。「あたしが家まで何着か持っていくから、人目のないところで選びなさいってロイスに言ってあげたの。選ばなかった服はあとで返してくれればいいからって」

「まあ、デレインたらやさしいのね」セオドシアは言った。

「なに言ってんの」デレインは言った。「あたしがいつだってベストをつくすのを、あなただって知ってるでしょ」

デレインが意地が悪くて、気まぐれで、自己中心的で、デレインという小さなバブルのなかでのみ存在していることは前からよく知っている。けれども、きょうの彼女は人間らしいやさしさにあふれていた。おかしいわ。きっとなにか下心があるにちがいない。

「とにかく」デレインは言った。「あたしたちの大切なロイスをランチに誘うって決めたの。というより、無理やり引っ張ってきたっていうほうが正解だけど。だって、ロイスったら形ばかりの異議をとなえるんだもの。でも、とにかく、そういうわけでふたりしてお邪魔したというわけ」デレインはセオドシアにまばゆい笑みを向け、それからそのうしろのティールームを見やった。「で、あたしたちのテーブルはあるかしら？　できればいいお席がいいけど」

「もちろんあるわ」セオドシアはデレインとロイスを連れ、ミス・ディンプルが大急ぎでセッティングしてくれた窓際の小さなテーブルに案内した。キャンドルが灯り、ティーカップがきらきらと輝くその席は、居心地がよさそうで魅力にあふれていた。

デレインはグッチのバッグを仰々しい仕種でテーブルに置くと、声をひそめて言った。

「ゆうべ、また殺人事件があったなんて信じられる？」

「悲しいわよね」セオドシアはそう言いながらも、その話題を長々と引っ張らないでほしいと思った。

けれども、そういうわけにはいかなかった。

「犯人はカーラを殺したのと同じ、頭のおかしなやつに決まってるわ」デレインは言った。

「この街の絞殺魔の仕業よ」

ロイスの顔から血の気が失せ、両手がこぶしに握られた。その瞬間、いまにも立ちあがってティーショップから出ていってしまいそうに見えた。幸いにも、ロイスがそれを行動に移すことはなかった。

「そんなふうにあれこれ憶測をめぐらすのは捜査当局にまかせましょうよ、ね？」セオドシアはなだめた。「それはそれとして、ふたりがランチに寄ってくれてうれしいわ。だって、きょうはアスパラガスのグリルを添えたヘイリー特製ロブスター・ベネディクトがあるんだもの」

気が散りやすいデレインが言った。「まああ、とてもおいしそう」彼女は真向かいにすわるロイスにほほえみかけた。「あなたもそう思うでしょ？」

ロイスはぼんやりとした様子でうなずいた。「ええ」

デレインはふたたびセオドシアに目を向けた。「今夜は夜の追悼集会があるのを忘れたりしてないわよね？　あなたも来るんでしょ？」

「そのつもりよ」セオドシアは言った。「でも……」

デレインは好奇心旺盛なカササギのように首をかしげた。「ん？」

「その集会はやっぱりホワイト・ポイント庭園で開催されるの？」

「あたりまえじゃない」デレインはフレンチネイルをほどこした指をしみじみとながめた。

「ポスターにもそう書いてあるんだから、そこで開催されるに決まってるでしょ」

「昨夜、殺人事件があったのに？」

「昨夜、殺人事件があったからよけいによ」デレインはきっぱりと言った。「当然、あの気の毒な女性レポーターにも思いを寄せるつもりでいるわ」彼女はそれを心にとめるようにうなずいた。「とにかく、キャンドルに点火して祈りを捧げたあと、聖歌隊による合唱がおこなわれることになってるの。あたしの大好きな曲のうち二曲――『愛は翼に乗って』と『ティアーズ・イン・ヘヴン』を歌うんですって」

ロイスはわずかに伏せた目でセオドシアを見つめた。「見てのとおり、デレインは嬉々として仕切り役をやってくれてるの。わたしの服のことも、今夜の集会のことも……」

「彼女のそういうところは前からわかっていたわ」セオドシアは同情するような声で言った。

「だって、あたしはそういうのが得意なんだもの」デレインが言い返した。「それに正直言って、誰かが少しくらいやる気と根性を見せるしかないじゃない」セオドシアとロイスが首をすくめているのに気づくと、こう言い添えた。「あなたたちが自分の役目を果たしてないというんじゃなくて、あたしはいつだって旗振り役をつとめるのをいとわないってこと。物事をまとめるためなら力を貸すわ」

「わかってる」セオドシアは言った。こういう面倒くさい話題はさっさと切りあげるにかぎる。放置して、落ち着くのを願うしかない。

セオドシアはふたりの注文――ふたりともロブスター・ベネディクトを選んだ――を取り、それをヘイリーに伝えた。厨房でできあがったばかりのランチを四人分持ち、それを四番テーブルと六番テーブルに運んだ。デレインとロイスのランチができあがったので、急いで持っていったところ、デレインがロイスに容疑者のことをしつこく訊いていた。

「その彼氏があやしいわよ、絶対」デレインが言った。「なんて名前だっけ？ ティムなんとか？」

「ええ、わたしもあやしいとは思っているけど、一度も直接会ったことがないの」ロイスが言った。

「それって、変じゃない？」

ロイスは首を横に振った。「それほど長くつき合っていたわけじゃないし、あなたはカーラを知らないから。あの子は……秘密主義なところがあったの」

デレインは顔をしかめた。「それは困ったことだわね」

セオドシアは仰々しいくらいの動きでふたりの前に皿を置き、ロブスターはフィルの鮮魚店で仕入れた新鮮なもので、ヘイリー特製のソースはおいしいモルネイソースだと説明した。

「このランチ、見るからにおいしそう」デレインが言った。次の瞬間、星と一角獣でいっぱいの魔法の稲妻に打たれたかのように、彼女の顔に笑みがはじけた。「ねえ、おふたりさん」デレインは両手をひらひらさせた。「あたし、いま、ものすごいいことを思いついちゃった」

「なあに？」セオドシアは訊いた。

「またなの？」とロイス。

「明日、お葬式のあとでお食事会をひらくのはどうかしら？」デレインはうわずった声で提案した。「会場は、ここ、インディゴ・ティーショップ。それでね、親しいお友だちと親類を何人か呼ぶの」

「本気で言ってるの？　こんなぎりぎりになって」ふと見ると、ロイスはデレインの提案にひどく気まずそうな顔をしている。

「あたしは、終止符を打つ方法としてすばらしいと思うんだけど」セオドシアもロイスもわけがわからないという顔をしているのを見て、デレインはつけくわえた。「だから、お式そのものに終止符を打つってこと」彼女はまぶしい笑顔をセオドシアに向けた。「あなたのところで、こぢんまりとしたお食事会をやってくれるわよね、セオ？」

「それはもう喜んで。ロイスさえその気ならば」

「ええ、そうね」ロイスはデレインの思いつきをじっくり考えているようだったが、やがて口をひらいた。「たしかに、すてきなアイデアだわ。カーラも喜んでくれるでしょう」

セオドシアはうなずいた。「それだけ聞ければ充分よ」

17

デレインはちびちびと食べながら、ひたすらしゃべりつづけ、やがてテーブルにわしづかみにしたお金を置くと、大事なお得意さんの試着に立ち会うので大急ぎで店に戻らなくてはいけないからと言い訳した。

ロイスはドレイトンにおかわりを注いでもらったり、なぐさめの言葉をかけてもらったりしながら、二杯め——さらに三杯め——のお茶を飲んでいた。一時半近くになると、ミス・ディンプルひとりで残ったお客の相手が楽々できるくらいにまでなっていた。そこでロイスが帰ろうと立ちあがると、セオドシアもレインコートをはおり、店に戻る友人に付き添った。

雨のなかを歩きながらロイスは言った。「カーラのアパートメントに行ってくれたときのことだけど、とくに変わったことはなかったんでしょう?」

「いま警察が捜査している謎の花束をべつにすれば、問題はなにもなさそうだったわ」セオドシアは言った。正直なところ、あそこはわびしい感じがした。住人が戻ってこないとわかっているときには、どんな家でもそうなる。

「それが、けさ寄ってみたら、ひどく荒らされているようだったの。本が床に散らばっていたし、机の抽斗は全部引き出され、クロゼットのなかの服は片側に寄せられていた」

「それはわたしじゃないわ」セオドシアは言った。「きっと警察ね。バラの花を引き取りに来たときに、ほかに手がかりはないか徹底的に捜索していたもの」

ロイスはため息をついた。「そう」

セオドシアはあそこにいたときに引っかくような音がしたのを思い出した。

「あるいは、何者かが侵入してカーラの私物を調べたということも充分に考えられるわね。あるいは、次に賃貸に出す前に修理が必要か確認するため、管理人さんが家具をあちこち移動させたのかもしれない。そうでなければ、わかれたボーイフレンドが忍びこんだのかも」

ロイスは首を横に振った。「なんとも言えないわ」

自分の店の正面入り口まで来ると、ロイスはキーリングを出した。

「いつまでお店を閉めておく予定なの？」セオドシアは訊いた。

ロイスは鍵穴に挿した鍵をまわし、ドアを押しあけると、セオドシアとともに雨降る外から店に入った。なかは奥のオフィスがほのかに明るいだけで全体的に薄暗く、古い革と紙のにおいがした。けれども不快ではなかった。

「あまり考えてないの」ロイスは言った。「一週間くらいかしら？」

「つまり、今後も書店をつづけていくのね？」

「言ったわよね？」ロイスは皮肉交じりの声で言った。「わたしは長期の賃貸借契約を結んでるのよ」

インディゴ・ティーショップに戻ったセオドシアは、ドレイトンとともに入り口近くのカウンターでひそひそ話をしていた。来る土曜日にチリンガム屋敷で起こる殺人の謎をテーマにしたお茶会を開催予定で、セオドシアは計画に目をとおしておきたかったのだ。

「じゃあ、俳優の人をふたり、雇ったのね？」彼女は訊いた。

「わが街のドック・ストリート劇場の舞台をおりた直後にふたりに声をかけたのだよ」ドレイトンは言いながら、螺旋とじのノートをひらいた。「女性のほうはマリアといってレノックス公爵夫人を演じ、男性のジョンはラグリー子爵を演じる」

「ふたりにはあなたが書いた台本を渡してあるのね？」

「そのとおり。しかし、われわれもこのミステリ劇の登場人物であることを忘れないでもらいたい」

「忘れてなんかいないわ。ただ、自分の科白を覚える時間がなかなかないけど」セオドシアは言った。

「カンペを用意したほうがいいかもしれん」

「てのひらに自分の科白を書いたほうがいいかも」

「いかん」ドレイトンがたしなめた。「それはだめだ。だが、イベントのお茶会の話題のついでと言ってはなんだが、アイデアのいくつかを見直して、しっかりしたものにしておく必要があるのではないかな」彼は何枚かのカレンダーをひろげた。「いいかね、春はわれわれがもっとも忙しくなる季節だ。スポレート祭に店のイベントであるイースターのお茶会、それにガーデン・パーティのお茶会。ブライダルシャワーのお茶会と母の日のお茶会は言うまでもない」

「わかってる」セオドシアはカレンダーに目をこらしながら言った。「それに、お試しということでプリマベーラのお茶会、レモンのお茶会、グレート・ギャッビーのお茶会の予定も組んであるし」

「もっと数を増やしてもいいな。鳥のお茶会かチョウチョのお茶会をくわえようではないか」

「どっちも楽しそう」

「ブライダルシャワーのお茶会……」ドレイトンはノートを鉛筆で軽く叩きながら言った。「これは季節に関係なく、いつも需要がある。結婚する女性がいなくなることはないし、花嫁はお茶会が大好きだ」

「ずっと考えていたんだけどね、レモンのお茶会を開催するなら、場所をレモン畑にしたらすてきじゃないかしら」

ドレイトンは感心したように驚いた。「わたしは各テーブルに生のレモンを山盛りにしたガラスのボウルを置こうかと考えていたのだが、きみときたら本物のレモン畑にティーテーブルを設置しようと思いつくとはね。そのような場所に心当たりはあるのかね？」

「チャールストン近郊にある繁盛しているレモン畑に関する記事が、最近《ポスト&クーリア》紙に出ていたの。どちらかというと、生計のためでなく、趣味として柑橘類を栽培している農園だけど。この街のすぐ南にあるブリトルバンク荘園という名前のついた場所にあるわ」

「では、そこにお茶会の設営をするのだね？」

「先方が了承してくれればね。いいと思わない？」

「いいどころか、最高の名案ではないか。創造性の翼をひろげるチャンスになる。しかもわれわれは——」電話が鳴って会話がさえぎられた。ドレイトンは電話に出ると無言でうなずき、受話器をセオドシアに差し出した。

「もしもし？」彼女は言った。

「セオ」かけてきたのはライリーで、とても疲れた声をしていた。

「きょうの調子はどう？」セオドシアは事件の突破口がひらけていますようにと祈りながら訊いた。「新しい情報があるの？」

「ひとつもない」

「本当に？　なにひとつないの？」

「チャンネル8にあったパソコンと局のサーバー上のメールに関する報告が鑑識からあがってくるのを、いまも待っている状態だ。残念ながら、こういうのは時間がかかるんだ」

「わかった。でも、声が聞けてよかった」

「ぼくもだよ、スイートハート」

「今夜、このあいだ延期になった約束を果たすつもりはない？」セオドシアは訊いた。すでに頭が先走りしてシークラブのスープ、ビスケット、それに……。

そこで思い出した。

「あ、そうだ。今夜はドレイトンと夕食を一緒にしようという話が出ていたような気が……」ドレイトンを見やると、そのとおりだというようにうなずくのが見えた。「そうみたい。そのあと、キャンドルを灯しての夜の追悼集会に参加する予定もあるし」

「まさか、その集会が開催されるのはホワイト・ポイント庭園じゃないだろうね」ライリーは言った。

「それが、ホワイト・ポイント庭園なの」

「おいおい、うそだろ。つまり、大勢の女性があそこに集まるってことじゃないか。犠牲者になりうる女性たちが」

「数が多ければ安全でしょう？」

「その原則が適用されるのは、イベントの終了までだ。その後は、みんなひとりひとりになってしまう」

「なんだか、みんな家から出るなと言ってるみたいに聞こえるわ」

「ぼくのやりたいようにやれるなら、そう言うだろうね。このいかれた犯人が捕まって、確実に収監されるまでは」ライリーは言った。「悪かった、セオ。こんな愚痴を言うつもりはなかったんだ」

「いいのよ、そんなこと。たくさんのプレッシャーにさらされてるのはわかってる」

「今夜、ちょっと立ち寄ろうかと思っていたけど、運に見放されてしまってね。まだ会議がある」

「そのうちにね」セオドシアは約束した。「もうちょっとの辛抱よ」

「なにかあったのかね？」電話を切ると、ドレイトンが訊いてきた。

「いつものこと。正義という車輪はゆっくりとしかまわらない」

「なるほど。わたしはゆっくりなのはいいことであると、称賛すべきものととらえているがね」

「なにがいいことなの？」ヘイリーがふらりとカウンターにやってきた。

「きみの料理のスキルだ」ドレイトンは言った。「いまにもどこかへひとっ走りしそうに見えるが。ちがうかね？」

「マーケット・ストリートのペリー厨房機器販売まで急いで行ってこようと思って。新しいガーリックプレスとざるをふたつ買いたいの」ヘイリーはセオドシアを見つめた。「セオさえかまわなければ」

「もちろんいいわよ」セオドシアは言った。「うちの勘定につけてもらってね」

「まだ外は小雨が降っているぞ」ドレイトンは正面の窓にさっと目を向けた。「しかも、暗くなってきた」

ヘイリーは肩をすくめた。「うん、そうだね」

「レインコートはあるかね？　傘は？」ドレイトンは訊いた。

「二階に行けばあるはず」

「わたしのレインコートを使って」セオドシアは言った。「オフィスのコート掛けにかかってる」

「セオは使わないの？」ヘイリーは訊いた。

「いまのところはね。まだしばらく店に残って、ドレイトンとイベントの計画を練りたいから。あなたが戻る頃にもまだいると思うわ」

「わかった、ありがとう。じゃあ、またね」ヘイリーはそう言って裏口に向かった。

「さてと、さっき話に出た夢のレモン畑だが」ドレイトンは言った。「土曜の午後も予約できると思うかね？」

「明日、電話して、イベント開催が可能かたしかめるわ」

「すばらしい。それと、ジェイン・オースティンのお茶会をやろうという話もしたっけな」

「すごくいいアイデアだわ。たしか、チャールストンにはジェイン・オースティン協会があったはず。そこと提携できるかもしれないわね——朗読か講演会をやってもらうとか」

ドレイトンはメモを取った。「そいつはいい」

ふたりはさらに十分ほど、アイデアを検討し、イギリスをテーマにしたお茶会もなんとか予定に入れようと決めた。

「コッツウォルズのお茶会とでも名づけよう」ドレイトンは言った。

「あるいは、チャールズ・ディケンズのお茶会でもいいわ」セオドシアは言った。「でも、それはクリスマスのほうが向いているかも」

「そうだな」ドレイトンはそう言い切ると、持っていたペンを置いた。「さすがに脳みそが油で揚げられたみたいな状態になってきたよ。少なくとも軽くソテーされた気分だ」

「疲れているなら、夕食の約束はべつの日にしましょうか？」

ドレイトンは手を振りながら立ちあがり、のびをした。「とんでもない。今夜、きみに来てもらいたい気持ちに変わりはない。いいね？　手早くなにかこしらえるつもりだ。なに、たいしたことはない。材料はもう買ってあるのだから」

「わかった。だったらいいの」セオドシアは腕時計に目をやった。「三十分くらいしたら出ましょうか」

「うむ」ドレイトンはカウンターに戻り、棚にお茶の缶を並べはじめた。

セオドシアはノートを閉じ、メールを確認したくなってオフィスに向かった。あらたになにかわかったかもしれないじゃない？　新着一覧を手早くクリックしていった。大半は次のお茶会の予約に関するものだったから、確認のメールを返信した。しかし、文字を打っていると、妙な音が聞こえた気がした。

キーボードから目をあげ、「なあに？」と誰にともなく呼びかけた。数秒待って返事がないので、ふたたびメールを打ちはじめた。

すると今度は……ゴツン。

さっきよりも大きな音がした。外で誰かが金属のごみ入れを叩いているような音だった。筋向かいの庭つきアパートメントの住人かしら？　それとも野良猫？　だとしたら、そうとう大きな野良猫ね。

セオドシアはため息をつくと、オフィスに山と積まれた箱を縫うように進み、裏口のドアをあけて、薄暗がりに目をこらした。

数秒ほどそうしていると、十五フィートほど先の地面にヘイリーが大の字に倒れているのに気がついた。

「助けて！」ヘイリーは裏口に立っているセオドシアに気づくと、か細い声を張りあげた。

セオドシアは心臓が口から飛び出そうになりながら、倒れているヘイリーに駆け寄り、両手両膝をついた。

「ヘイリー、なにがあったの？」濡れた玉石に足を滑らせて転んだにちがいない。セオドシアはそう見当をつけた。雨や水たまりを気にしている余裕などなかった。だけど、じゃあ、なんでそのまま寝転がっているの？　かれこれ……十分間も？

「あたし……」ヘイリーはうめき声をあげながら体の向きを変え、起きあがろうともがいた。

「ヘイリー、あなた、怪我をしてるじゃない！」セオドシアの頭のなかでおそろしいシナリオが突如として飛びまわりはじめた。

ヘイリーは目の焦点を合わせようとまばたきをし、またもうめき声をあげた。

「いったいなにがあったの、ヘイリー？」これは単にぶざまに転んだというだけのことではなさそうだ。ヘイリーは押されたか、刺されたか、撃たれたかしたのだろうか？　セオドシアは手早くヘイリーの全身をあらためた。どこからも血は出ていない。骨が折れている様子はなさそうだ。それでも、やはりお医者さまに診てもらわなくてはだめだろう。

「頭」ヘイリーはかすれた声で哀れっぽく訴えた。「頭になにかぶつかったの」彼女は手を顔に持っていき、右耳のすぐ上に触れた。「生温かくて濡れたものが伝い落ちてきてる。たぶん……血が出てるみたい」その声には動揺の色がかすかににじんでいた。

するとと突然、裏口のドアが大きくあき、黒い長方形から黄色い光が洩れ出した。ドレイトンが出てきて叫んだ。「セオ、いったいどこに……？」彼は路地の左右に目を向け、それから地面にふたりの姿を見つけて二度見した。「ふたりともそこでなにをしているのだね？」

「ヘイリーが怪我をしているの！」セオドシアは叫んだ。「頭を殴られて、押し倒されたみたい。救急車を呼ばなくちゃ」

「やめて」ヘイリーは頭をあげ、ふたりに向かって眉をひそめた。「べつに死にそうなわけじゃないんだから。でも、よかったら、立ちあがるのを手伝ってくれる？」

セオドシアとドレイトンはヘイリーをはさむようにしてかがみ、そろそろと立ちあがらせた。彼女は羽根のように軽かった。

「あせらなくていいぞ」ふらつく脚でまっすぐに立ったヘイリーに、ドレイトンは注意した。「頭を怪我したときは、いくら注意してもし足りないものだ」

「脳震盪《コンカス》を起こしてるんじゃない？」セオドシアは訊いた。

「大声で《カ》わめきたい《ス》気分に決まってるでしょ！」ヘイリーは思わず大声をあげた。「だって、死ぬほど痛いんだもん！」

セオドシアとドレイトンは顔を見合わせた。ヘイリーはいちおう自分の足で立ってはいるが、まだ意識が少し朦朧としているようだ。

「ヘイリー、なにがあったの？」セオドシアは訊いた。

「え？」ヘイリーはうつろな目をしていた。会話をつづけるのに苦労しているようだ。

「なにがあったのだね？」ドレイトンが訊いた。「何者かが暗がりに身をひそめていて、きみが出てきたときに——」

「車に襲われたみたい」ヘイリーは両腕を激しく振り動かしはじめた。

「どういうこと？」そう訊いたのはセオドシアだった。

「裏口から出たとたん、車が路地を猛スピードで走ってきたの」

「あなたを待ち伏せしていた感じだった？」

「そう言われてみると、そうかも。そんな気がする」

「で、どうなったの？」セオドシアは訊いた。

「その車がうなりをあげて走ってきて、あたしのほうにハンドルを切ったの。あたしを轢こうとするみたいに」

「実際に轢かれたのかね？」ドレイトンが訊いた。

「あたしはうまいこと跳びのいたけど、車がすれすれのところを走っていったから、サイドミラーが頭にぶつかっちゃって。それで体がくるっとまわって、ばったり倒れちゃった」ヘイリーは下唇を震わせた。「それで切ったみたい」

「なかに入って、傷を調べましょう」

セオドシアとドレイトンはヘイリーがなかに入るのを手伝い、セオドシアのデスクの椅子にすわらせた。セオドシアがヘイリーの髪をかきあげ、ドレイトンが頭皮にできた傷の状態をたしかめた。

「ふうむ。これは縫ったほうがよさそうだぞ、ヘイリー」ドレイトンは言った。

「絆創膏でも貼っておけばいいんじゃないの？」

「そんなことをしたら髪の毛がくっついてしまうではないか」

「とにかく、傷はけっこう深いみたいよ」セオドシアは言った。

テンソルランプをヘイリーの頭の近くに移動させ、ギザギザした傷からいまも血がにじんでいるのを確認した。

「ああ、やっぱり。これは縫わなければだめだわ」セオドシアは言った。

「病院はいや」ヘイリーは言った。

「病院には行かなくていい」ドレイトンは言った。「救急治療室に行くだけだ」

「ドレイトンの言うとおりよ」セオドシアは言った。「救急治療室に連れていく。縫合が終わったら、すぐにここに戻る」

「約束できる？」ヘイリーはセオドシアの手に手をのばし、ぎゅっと握った。

「約束する」セオドシアは言った。

ヘイリーは運がよかった。その木曜日の夜、救急治療室はさして忙しくなく、トニー・ウィークスという名の若き研修医がすぐに診察してくれた。

「これはまた、ずいぶんとひどく切りましたね」ウィークス医師はヘイリーに言った。「なぜこんなことに？」

「転んだの」ヘイリーは答えた。

「何者かに押し倒されたのです」ドレイトンが言った。彼は救急治療室にいることに、ヘイリー以上に緊張しているようだった。

「診てもらってるのはあたし？　それともドレイトン？」ヘイリーはむすっとした顔で言った。

「声の調子からすると、ずいぶん具合がよくなったようだな」ドレイトンは言った。「元気いっぱいではないか」

「すぐに元気になりますよ」ウィークス医師は言った。彼は穴があくほどヘイリーを見つめた。「五針も縫えば大丈夫でしょう。しかし、先に麻酔をかけますね」

ヘイリーは不満の声を洩らした。「注射器を使うの？」

「ちがう」ドレイトンが言った。「タイヤレンチで頭をぶん殴るのだよ」

「あの」ウィークス医師がおかしそうに笑った。「みなさんは一緒にお仕事をされているんですよね？」

「そう考えてもらってけっこうだ」とドレイトン。

「今週はめちゃくちゃ大変だったのよね」ヘイリーがそう言うのを聞きながら、ウィークス医師は注射器を手に取り、傷口にリドカインを注入した。

「あいたっ！」ヘイリーは大声を出した。「押し倒されたときよりも痛いじゃない」

ヘイリーがドレイトンの手をきつく握りながら縫合されているあいだ、セオドシアは廊下に出てライリーに電話をかけた。

「セオ？　たしか今夜は――」

「ついさっき、ヘイリーが襲われたの」セオドシアは言った。

「なんだって！」

「裏口を出てすぐのところで」

「ティーショップの裏口かい？　なにがあった？　彼女は無事なのか？」

「いま、救急治療室にいる。側頭部を何針か縫わなきゃならなかった」

「驚いたな」

「ええ」セオドシアは言った。「路地を走ってきた車に撥《は》ねられそうになったんですって。ぞっとするわ」

「ぞっとするなんてものじゃないよ」

「パトカーを一台差し向けて、チャーチ・ストリート一帯に目を光らせてもらうことはできる？　ヘイリーを襲った犯人はもうよそに行ったと思うけど、なにがあるかわからないから」

「いますぐパトカーを向かわせよう」ライリーは言った。「絶対に……まさかきみは現場に戻ったりしないだろうね？」

「ヘイリーは店の二階にあるアパートメントに帰るつもりみたい」

「きみがひと晩つき添うことは可能かな？」

「無理」セオドシアは言った。「ヘイリーのことはよくわかってる。大事な飼い猫とベッドにもぐりこんで、熱々のココアを飲みながらテレビを見たいと言うに決まってるもの。自分を襲ってきた犯人のことなど忘れて」

「じゃあ、やはりドレイトンの家で夕食をともにする予定に変わりはないわけだ」

セオドシアは廊下の先に目を向けた。ドレイトンが看護師のひとりと雑談中だ。

「そのつもり」

「じゃあ、ヘイリーはもう大丈夫だとして、きみはどうなんだい？」

「あら、わたしのことはよくわかってるでしょ。ロープの先端に達してにっちもさっちも行かなくなったら、結び目を作ってしがみつくわ」

それを聞いたとたん、ライリーの口から忍び笑いが洩れた。

そこでセオドシアは口調をあらためた。「あなたに話しておかなきゃいけないことがあるの」

「なんだい？」

「たいしたことじゃないかもしれないけど、それでも……」

「言ってごらん」

「ヘイリーはわたしのレインコートを着ていた。だから、もしかしたら……」

「彼女を襲った人物のねらいはきみだったかもしれないと？」

「ちょっと頭に浮かんだものだから」

「だったら、まっすぐ自宅に帰ったほうがいい」ライリーは言った。

「ううん、予定を変えるつもりはないわ。ドレイトンの家で夕食をごちそうになって、そのあと夜の追悼集会に行く」

「ひとりで出かけちゃだめだ。絶対にひとりにならないでくれ」

「わかってる」

「約束してくれるね？」

「約束する」


ヘイリーが帰宅を許可されると、セオドシアたちは彼女を車で自宅まで送り、二階の部屋まで付き添った。

「ティーケーキ」ヘイリーはオレンジと茶色の子猫を目ざとく見つけ、うれしそうに声をかけた。

子猫はすぐさまヘイリーの腕に飛びこんで体をこすりつけ、喉をゴロゴロ鳴らした。

「もう大丈夫」ヘイリーは言った。ティーケーキはもこもこの小さな体に電気モーターが埋まっているみたいに、ずっとゴロゴロ言っている。

「本当に大丈夫？」セオドシアは訊いた。「いつでも身のまわりのものを持って、わたしの家に来てもいいのよ」ティーケーキを見つめると、猫もセオドシアを見つめ、前肢をのばした。「あなたも一緒にね」

ヘイリーは首を横に振った。「ううん、セオたちはもう帰って、夕食を食べてちょうだい。あたしたちなら大丈夫。このぼくちゃんとテレビの前に陣取って、早めにベッドに入るつもり」

「われわれが帰ったらドアに鍵をかけるのだぞ」ドレイトンが言った。「下のドアは両方とも、われわれのほうで鍵がちゃんとかかっているのを確認しよう。そして、もしもなにか必要なものがあったら……」

「電話する」ヘイリーはうなずいた。「ちゃんとわかってるって」

「だといいが」ドレイトンはつぶやくと、セオドシアとふたり、裏の階段をおりた。

「ヘイリーはすぐに元気になるわ」セオドシアはそう言うと、正面と裏、両方のドアを二度確認した。「あなたのほうだけど、そういう気分でないなら……」

「心配はいらんよ」ドレイトンは南部ふうのアクセントで言った。「わたしはどんなときでも、おいしい料理を食べたいのだから。きみも同じ気持ちならいいのだが」

18

ドレイトンが放し飼いの鶏肉を六枚焼くジュージューという音を聞くうち、セオドシアはすっかり気分があがっていた。ドレイトンの自宅でのディナーはいつも一大イベントで、それは彼がすばらしいシェフ――ジョンソン&ウェールズ大学の調理学部で何年か教鞭を執っていた――というだけでなく、すべてを特別に見せてくれるからだ。料理、ワイン、テーブルセッティング、会話。いま彼は刻んだタマネギとにんにくをフライパンに入れているところだった。白ワインが一本、そばに置いてある。

「ねえ、いまはなにを作っているの？」セオドシアは訊いた。

「酔っぱらい南部チキンと呼んでいる」ドレイトンは言った。「古い家庭料理のレシピだ」

「ふうん」

「あるいは、雑誌で見かけたのかもしれんが、よく覚えていないのだよ。とにかく……」彼は両手をあげて材料を見せた。「これで、下ごしらえ《ミーザンプラス》は完了だ。いや、この場合は混乱状態《メス・イン・プレイス》が整ったと言うべきだな」

セオドシアは笑った。

「わたしがふざけているると思っているのだね？」ドレイトンは片方の眉をあげたところで振り返り、ハニー・ビーが食事を終えたのを見てとった。「そこの小さなお姫さまを遊びに連れ出してやってもらえないかね？」

「喜んで」

犬と遊ぶのはどんなときでも楽しいけれど、入念に設計されたドレイトンの裏庭でとなればなおさらだ。煉瓦のパティオと手入れの行き届いた芝生がひろがっているだけではく、小さな日本風のあずまやがあり、太湖石を配した湾曲した金魚池、高くのびた竹林、うねうねとした砂利の通路、それにそこかしこに置かれたいろいろな長椅子や台には、彼が大事にしている盆栽が並べられている。

セオドシアがようやくハニー・ビーを連れて家のなかに引きあげてきたときには、キッチンに立ちこめる料理のにおいはいっそう強くなっていた。

「とてもいいにおい」セオドシアは言った。こってりと金色に輝くソースのなかで煮えている鶏肉はふっくらとしていて食欲をそそり、彼女は急に空腹を覚えた。きょうは大変な一日だった――というか、この一週間は本当に大変だった。

「あと少しで完成だ。鶏肉はおいしくできたし、米もそろそろ炊きあがる」

「お米はカロライナ・ゴールド？」

「それ以外にないではないか」

「ああ、もう待ちきれない」セオドシアはそう言うと、ドレイトンのしゃれたキッチンを見まわした。彼が前にしているコンロはウルフ社の六口タイプで、流しは銅板を打ち出して作った一点物、食器棚はカロライナマツ製で前面がガラスになっている。ドレイトンが集めたアンティークのティーポットや中国の白地に青の柄の花瓶を飾るのにぴったりだ。

「そこにあるティーポットははじめて見るわね」セオドシアは食器棚のひとつにおさまった青と金色の派手なティーポットを指さした。「たしか、『これ以上、しまう場所がない、もうティーポットは一個たりとも買わない』と宣言したんじゃなかった？」

「そんなことを言ったかね？」ドレイトンはとぼけたように答えた。

「ええ。なのに……」

「どうしてもがまんできなかったのだよ。オークションのカタログに、それがフルカラーで掲載されていてね。わたしをじっと見つめてきたのだ。アンティークのゴーディ・ウェルシュとなれば、買わないという選択肢は考えられなかった」

「それで、値をつけて競り落としたのね」セオドシアは言った。「確実に高い値になるようにしたんでしょ」

「わたしがイギリスの軟質磁器に目がないのを知っているではないか」ドレイトンは言いながら食器棚の扉をひらき、ティーポットを出してセオドシアに渡した。「どうだね？　いいと思わんか？」

「冗談を言ってるの？」セオドシアはティーポットをまわして向きを変え、つづいて逆向きにまわして、その重さと手描きの模様を楽しんだ。「目が覚めるほどすてきだわ」

「ティーショップに持っていって使ってもいいと思ってね。ところで、ミス・セオドシア、きみが個人的に所有しているティーポットがいくつあるか、数えたことはあるかね？」

「いいの、そんなことを気にしなくても」

ドレイトンは唇をとがらせた。「そうだな」

セオドシアは話題を変えることにした。「なにかお手伝いすることはある？」

「もちろん、あるとも。あと少しで出せるから、スプーンを出して、カウンターに置いた白地に青い柄の中国のボウルに、そこの鍋からライスをよそってくれたまえ。わたしは一秒で味見をしてソースを仕上げる」彼はスプーンを入れた。「あと少しパプリカをくわえると完璧だな」

セオドシアは持っていたティーポットをおろし、手を動かしはじめた。洗ってあるスプーンを持ち、湯気をあげるライスをすくい、ふたつのボウルによそった。

「次はなにをすればいい？」

「きみの仕事ぶりは見事だが、ここからはわたしが引き継ぐ」ドレイトンは言った。「きみはホワイトとダーク、どちらのプーレットソースがお好みかな？」

「ダークでお願い」

ドレイトンは盛りつけたライスの上にふっくらした鶏肉をのせ、その上からクリームソースをたっぷりかけた。自分の分も同様にし、ふたりはできあがった料理をトレイにのせ、隣のダイニングルームまで運んだ。キャンドルの炎が揺らめき、銀器が輝きを放ち、シャブリのボトルがワインクーラーのなかで冷やされ、皮がぱりぱりのポピーシードロールが昔ながらのスイートグラスのバスケットにおさまっている。

「あなたの家のダイニングルームはとてもきちんとしていて、そこがすてきだわ」セオドシアは椅子を引いて腰をおろした。

「テレビの前で人目を気にせず、夕食をぱくつくのとは対照的ということかね？」

セオドシアはくすっと笑った。「この家にテレビなんかあるの？」

「あるとも」ドレイトンは言った。「現代生活に適応するためと、必要に応じてニュースを見るため、小さいのを持っている。だが、実際のところ、セオ、きちんとした食事をとるのはいいことだ。現代人の多くはくだけすぎだ。みんなしきたりというものを忘れている。とくに夜の食事に関しては」

「みんながインディゴ・ティーショップを訪れるのはそれが理由ね。優雅で、セミフォーマルな時間を体験できるから」

ドレイトンの顔に満足の表情が浮かんだ。「儀式と言ってもいいかもしれんな。茶葉を湯にひたすこと、テーブルに並べられた赤々と燃えるキャンドル、白いリネンのテーブルクロス、磨きあげた銀器、本物のボーンチャイナのティーカップ……」

「当店自慢のフードは言うにおよばず」セオドシアはヘイリーのことに、彼女がシェフとしてどれだけすぐれているかに思いを馳せた。

「それにお茶も」ドレイトンはつけくわえた。「新鮮なホールリーフのお茶の品揃えに関しては、チャールストンにあるどのコーヒーショップもティーショップもわれわれにはかなうまい」

「あなたが監修をつとめるオリジナルブレンドもあるわよ。チャイナ・ブラック・オーキッド、スイート・レディ・グレイ、それにカモミール・クラッシュはいつも人気だもの」

ドレイトンがグラスにワインを注ぎ、ふたりはチキンとライスの食事を楽しみ、気軽なおしゃべりに終始し、友人のこと、計画を立て始めた今後のお茶会のことなどを語り合った。首を絞められて死んだ女性たちのことは話題にのぼらなかったし、容疑者として誰が考えられるかという話もしなかった。いまは、ビロードの座面にボタン留めをほどこした椅子にすわり、クリスタルのシャンデリア、ダマスク織のカーテン、シェラトン様式のサイドボードのあるドレイトンの南部風ダイニングルームでおいしい食事とワインを楽しむだけでいい。

「ちょっとお行儀が悪いけど」セオドシアは言った。「この酔っぱらいのチキンがおいしすぎて、ボウルの底をこそげたくなっちゃう」

「今夜は大目に見ることにしよう」ドレイトンは言った。

「ヘイリーに電話して様子を確認したほうがいいかしら？」

「脳震盪を起こしたあとの合併症で気を失っていないか確認するのだね？　電話をするのは賢明なことだ」

「まだお食事が終わってないけど、かけてもかまわない？」

「やむをえない状況だからな、作法は無視していいだろう」

三度めの呼び出し音で出たヘイリーは、声が少し眠そうだった。

「具合はどう？」セオドシアは訊いた。

「ちょっと疲れた。それにずきずきする。倒れたときに打った左の肩が痛くて」

「早く寝るように言ってやりたまえ」ドレイトンが横から言った。

「いまの聞こえた？」セオドシアはヘイリーに言った。「ドレイトンが早く寝なきゃだめだって言ってる」

「うん、そうする。ふたりともありがとう。セオたちが出てきて、車に撥ねられた動物みたいになったあたしを助け起こしてくれなかったら、あたしはいまもあそこに倒れたままだったかもしれないんだね」

「そのためにわたしたちはいるの」セオドシアは口もとに笑みを浮かべて言った。「必要なときには互いに助け合わなきゃ」

「うん、わざわざ電話で様子を確認してくれてありがとう。ドレイトンにも、あたしがありがとうって言ってたって伝えて」

「ええ、伝える」セオドシアは電話を切り、ドレイトンに向きなおった。「ヘイリーは大丈夫そう。かなり疲れている声だったけど、深刻な症状は出てないみたい」

「そうか、よかった。で、きみは誰が……？」

「誰がヘイリーをねらったと思うかってこと？　それは正直言って、わからない」

「ヘイリーがきみのレインコートを着ていたのはわかっているね。つまり、きみが本来の標的だった可能性もある」

「人違いだったかもしれないってことね。その線は考えた」

「この件についてはふたりで真剣に考えたほうがよさそうだ」ドレイトンは言った。

「ふたりで検討してみようと言っているのね」そこで突然、この四日間の出来事が一気によみがえり、セオドシアは疲労を感じ、少し頭がくらくらしてきた。「いい考えだわ」

「このところひどい出来事が立てつづけに起こっているが、チャールストンが大規模な発作を起こしているように思えてならん」

「言いたいことはわかるわ」

「まずはテーブルの上を片づけるとしよう」ドレイトンは言った。「図書室でクッキーとデザートのお茶をいただこうではないか」


セオドシアは夜の追悼集会に遅れて到着した。ドレイトンとふたり、一時間近くも話しこんでしまったのだ。容疑者リストを検討し、それぞれが犯人である理由をひとつひとつ書き出した。セオドシアが事件を調べているのに気づいた何者かが彼女に危害をくわえようとしたものの、誤ってヘイリーを襲ってしまったのだろうという結論に達した。けれども、さんざん議論をつくしても、けっきょく答えは得られないままだった。

駐車スペースが見つけられず、ぼやきながらホワイト・ポイント庭園をぐるっとまわったところ、ようやくとめられる場所を見つけた。車のなかにすわったまま、エンジンが冷えていく音を聞きながら、会場の芝地をじっと見つめた。少なくとも百人の女性が集まっている。ちょうどキャンドルの点灯が終わったところで、光のカーペットがうねっているように見えた。

セオドシアは人がいるほうに大股で近づいた。霧がうっすらと出ていたが、そのくらいで参加を思いとどまる女性はいなかったようだ。友人の顔がいくつか見えたので手を振り、小さな声であいさつをした。ようやくデレインとロイスの姿を見つけたときには、一同は聖スティーヴンズ教会の女性助祭の導きで祈りを捧げていた。

デレインがすぐさまセオドシアに気づき、湿った芝生に黒いピンヒールのかかとを取られつつもどうにかこうにかバランスをたもちながら、よちよちと歩いてきた。

「セ・オ・ド・シ・ア！」デレインは押し殺した声で呼びかけた。「どこにいたのよ？」彼女は黒いウールのジャケットに黒い革のスラックスを合わせ、〝シスターフッド〟の文字が入った大きなバッジをつけていた。

「ごめんなさい、手が離せなかったの」セオドシアが言うと、女性たちの大集団は突然、いくつかの小さなグループにわかれた。頭を垂れて祈る人もいれば、歌う人、あるいは小声で内緒話をする人もいる。「でも、あなたが呼びかけた夜の追悼集会は大成功のようね」

デレインはとたんに上機嫌になった。「そうなの。こんなにたくさんの人が追悼のために集まってくれたの」彼女はセオドシアの手をつかんで強く握った。「ちょうど聖歌隊の合唱が始まるところよ」彼女は白いローブに身を包んだ二十五人ほどの女性たちを指さした。

「ほら、見て。いま、ウォーミングアップしてる」

「よかったわ」セオドシアが言うと同時に、聖歌隊のリーダーが前に進み出て両手をさっとあげ、すぐにおろした。それを合図にメンバーが「愛は翼に乗って」の力強いバージョンを歌い始めた。

「鳥肌が立っちゃいそう」デレインは小声で言ったが、どちらかと言えば彼女は情味に欠けているし、とりたてて信心深いわけでもない。

セオドシアは園内を見まわした。彼女も鳥肌が立っていたが、デレインとはべつの種類の鳥肌だった。ここから見える景色はすべてがとても厳粛ですばらしい。女性の連帯と決意がひしひしと伝わってくる。けれども周囲は闇に包まれていた。人影、風にあおられた木々、チャールストン港から流れこむ霧。妙な感じがあたりにただよい、なにがあってもおかしくないと訴えている。殺人犯がすぐ近くにひそんでいるかもしれない。いつでも弱い個体に飛びかかってしとめられるよう、無警戒の群れの周囲でにおいを嗅いでいる狼のように。

夜の追悼集会はそのあと十五分ほどつづいた。聖歌隊は「ティアーズ・イン・ヘヴン」を歌い、女性に対する暴力の根絶を訴える〝夜を取り戻せ〟運動の女性が短いスピーチをおこない、デレインが全員に向けて集まってくれたお礼を述べた。

セオドシアが九時にようやく帰宅すると、アール・グレイがマズルを突き出し、澄んだ茶色の目で訴えてきた。

「わかった、ミセス・バリーが立ち寄ってごはんを食べさせてくれて、外に出してくれたけど、走りには連れていってもらえなかったんでしょ」

「クゥーン」

「しょうがないわよ、お歳を召してきているんだもの」

もう遅い時間だが、セオドシアは落ち着かなくてじっとしていられなかった。頭はいまも休むことなく働きつづけ、ひたすら考えをめぐらせていた。

「もう頭のなかがぐっちゃぐちゃ」セオドシアはアール・グレイに言った。「いま着替えてくるから、そしたら近くをぐるっと走りましょう。それでいい？」

「ワン、ワン」

十分後、アール・グレイはセオドシアと並んで裏口から飛び出して、路地に向かった。頭をつんとあげ、大好きな飼い主とのお出かけにはしゃぎ、運動できる喜びにひたっている。セオドシアもいい気分だった。ようやく雨がおさまったばかりで、夜の空気は水分をたっぷり含んでいた。つかんだら、スポンジのように搾れそうなほどだ。もっとも、まとわりつくほど湿度が高いとはいえ、夜はやはりさわやかでひんやりしていて、頭上にはタキシードブラックの空がひろがり、ジャスミンの淡い香りが風に乗って漂ってきていた。

セオドシアとアール・グレイはアトランティック・ストリートをゆっくり流し、それからチャーチ・ストリートに入ってインディゴ・ティーショップ、白ウサギ児童書店、〈キャベッジ・パッチ・ギフトショップ〉、ロイスの古書店、ビル・ボイエットのカメラ店の前を通り過ぎた。ウォーター・ストリートを突っ切って右折したところで、近道をしてストールズ・アリーを通ろうと決めた。

あまり知られていないこの路地は、チャールストンの建築遺産のひとつだ。煉瓦敷きの細い通路は幅がなさすぎて、小型車一台も通れない。片側はできて何世紀にもなる煉瓦の壁が連なり、反対側はコロニアル様式の屋敷が肩を寄せ合うように何軒も立っている。その大半は格子窓と真鍮のドアノッカーをそなえ、玄関灯が淡く灯っていた。ストールズ・アリーは由緒ある住宅、苔に覆われた煉瓦、生い茂る草花が見事に交じり合った場所だと言える。しかも、チャールストンによほどくわしくないと、人目につきにくいこの入り口を見つけるのはむずかしい。

ストールズ・アリーのなかほど、すっかり闇に包まれたなか、バイオリンを持った悪魔をモチーフにした、あまり評判のよくない像の前を通り過ぎた。そのときだった。突然うしろからペタペタという音が聞こえた。

セオドシアは自分以外に誰が夜のジョギングに出てきたのかと振り返ったが、ほとんど見えなかった。

不安を覚え、漠然とした危険にぞわぞわしたものを感じたセオドシアはスピードをあげた。

ペタペタペタ。うしろのランナーもやはりスピードをあげた。

セオドシアは首だけうしろに向けたが、ひとつだけぼんやり灯っている錬鉄のランプ型の街灯が路地を照らし、複雑な影を投げかけているせいで、うしろの人物を見るのはむずかしかった。

わたしのうしろにたまたまいるのではなく、わたしをつけているのだとしたら？　ヘイリーを襲ったのと同じ人かもしれない。

その考えが頭のなかで爆発し、もっと速く走る以外、選択肢がなくなった。

セオドシアは猛スピードで路地を走り、ベイ・ストリートに出て右に折れた。チャーチ・ストリートに引き返す方向に走れば、うしろの人をまけるかもしれない。

だめだ。まだついてくる。

「おいで」セオドシアはアール・グレイのリードを短くすると、チャーチ・ストリートをしゃかりきになって走り、ランボール・ストリートに入って自宅を目指した。

うしろを振り返る必要などなかった。うしろのランナーの足音も荒い息づかいも、まだはっきり聞こえてくる。

路地に入り、ぐんぐん自宅に近づいていく。セオドシアは下を向き、持てる力すべてを出して走った。息が切れ、脚の筋肉が痛くなったが、ようやくうしろとの距離が少しあいてきたようだ。

しかし、そこで状況が一変した。目の前に人影が現われたのだ。

えっ？

セオドシアはブレーキをかけようとしたが、遅すぎた！　たたらを踏みながらいきおいよく飛びこんで……。

「どいて！」セオドシアはひと声叫び、最後の最後まで向きを変えようと、必死に衝突を避けようとこころみた。

けれども、ニック・プリンスはすでに両腕を大きくひろげ、猛スピードで近づくセオドシアを抱きとめようとかまえていた。

「放して！」セオドシアは叫んだ。彼女の体はプリンスに激しくぶつかり、歯がカタカタ鳴るほどの衝撃を受けた。ふたりは不気味なダンスを踊りながらもつれ、よろけ、足をふらつかせ、あやうく一緒に倒れこみそうになったものの、どうにかこうにかバランスをたもった。

「なら放してやるよ！」プリンスは大声で言って手を放し、彼女を振りほどいた。「おい」彼は腹をたてると同時に困惑していた。「ぶつかってきたのはそっちじゃないか。あなたと、そのできそこないの犬のほうだ」

セオドシアはあとずさりすると体をふたつに折り、息を整えようとした。アール・グレイが無事なのを確認し、プリンスに言った。「ごめんなさい。わざと正面衝突したわけじゃないの」

「ま、いいけどね」

「それと、わたしの犬はできそこないなんかじゃないわ」

「わかった。それについては謝る。さてと、どうしてあんなに必死に走っていたんだ？　トライアスロンか長距離耐久レースに出るトレーニングでもしてるのかい？」

セオドシアは首を横に振った。「追われていたの」

プリンスは警戒するような目をセオドシアに向け、それから暗い路地を見やった。

「誰もいないじゃないか。本当に追われてたのか？」

「まちがいないわ。たしかにうしろを走ってくる人がいたんだから」

「ただ、ジョギングしていただけとは思わなかったのか？　あなたがほぼ毎晩やってるのと同じことを」

「そういう感じはしなかった」

プリンスは興味をそそられたらしく、一歩近づいた。「じゃあ、どんな感じがしたのかな？」

セオドシアは一歩あとずさり、アール・グレイをわきに引き寄せて言った。

「危険な感じじよ」

19

無事に自宅のキッチンに戻ると、セオドシアは冷蔵庫からフィジーウォーターのボトルを出し、むさぼるように飲んだ。アール・グレイは自分の水飲み皿のところに行って、同じことをした。

もう大丈夫と自分に言い聞かせるものの、いましがたの出来事が繰り返し頭に浮かんでしまう。

ちょっと走りに出かけたら、何者かにあとをつけられた。それも、ヘイリーが襲撃された五時間ほどあとに。つまり……わたしが標的なの？

そう考えたとたん、落ち着かなくなった。というのも、その可能性は充分に高いからだ。セオドシアは調査をし、質問をし、その結果……なんだろう？　真相に近づきすぎた？　そのせいで、不安に駆られた人がいるの？

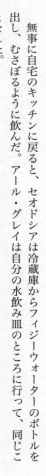

それは誰？　フォグヒール・ジャック？

たちまち身震いがした。おそらくわたしは一線を越えて、みずからを危険にさらしてしまったのだろう——少なくともヘイリーの身を危険にさらしたのはまちがいない。それに、このままあれこれ嗅ぎまわれば、ドレイトンの身も危ないかもしれない。ヨガのクラスで教わったように浄化の呼吸法で息を吸って吐き出し、それからアール・グレイをじっと見つめた。

「これからはもっと用心しないとだめよね、相棒？」

アール・グレイはまじめくさった顔でセオドシアをちらりと見た。その直後、彼は耳を前に傾けて警戒態勢を取り、裏口のドアをひたと見すえた。威嚇するような低いうなり声を喉の奥から絞り出す。

「どうかしたの？」セオドシアが尋ねたそのとき、パティオの煉瓦を強くこする足音が聞こえた。しかも、おそろしいことに真鍮のドアノブがまわり、ドアがギシギシいいながらゆっくりとあいた――施錠するのを忘れてた！　ホラー映画の一場面のようだった。『鮮血の美学』とかそんな映画の。

セオドシアはとっさにキッチンを見まわし、武器はないか、武器になりそうなものはないかと探した。最初に目に入ったものをつかんだ。銅のフライパン。それを頭上高くかかげ、侵入者を殴りつけようと、震えながらも身がまえた。

そこへ、ライリーがドアから顔をのぞかせた。

「こんばんは。誰かいる？」

ダッグアウトから出てきたばかりのメジャーリーグの打者のように気持ちが高ぶっていたセオドシアは、振りおろしかけたフライパンを途中でとめた。

「ここでなにをしてるの？」彼女は思わずわめいた。あと数インチでライリーの頭を殴りつけるところだった。

ライリーは首をめぐらし、まばたきをして、暗闇に目を慣らそうとした。

「セオ？　きみに会いに来たんだけど？」その答えは問いかけのように聞こえた、それから、セオドシアの手にフライパンが握られているのに気づき、彼は二度見した。「おいおい、そんなものでぼくの頭蓋骨を割るつもりだったのかい？　悪いときに来ちゃったかな？」彼はダイニングルームのほうに顔を向けた。「誰か……いるのかい？」

「いるわけないでしょ！」セオドシアは声をうわずらせた。「あなたのせいで心臓がとまるほど怖かったんだから！」怒ったような声になったが、本当のところはほっとしていた。

ライリーは口もとをゆがめてほほえんだ。「そいつは気になるな。きみはそう簡単に怖がったりしないじゃないか」

「ごめんなさい。アール・グレイとジョギングをしていたら、すぐうしろを走ってくる人がいて、それで……」セオドシアはすばやく息継ぎをした。「それに、フォグヒール・ジャックのことでぴりぴりしてたから」

「スイートハート、ぴりぴりしているのはみんな同じだ」ライリーはセオドシアの手からフライパンを取りあげ、カウンターに置いた。「誰かに追いかけられたんだね？」

「そんな気がしたの」

ライリーはセオドシアの体に腕をまわして引き寄せた。

セオドシアは彼にすり寄り、心が安らぐのを感じ、彼のたのもしい体に身をゆだねた。ライリーが九ミリ口径のブローニング・ハイパワーを帯びていることも、穏やかな気持ちになれた理由のひとつだ。

ふたりはキスをし、しばし抱き合い、もう一度キスをして、ようやく抱擁を解いた。

「どうしてここへ?」セオドシアは訊いた。

「きみに会いたくて」ライリーは言った。「もう家に帰っている頃かなと、当たりをつけたんだ」

セオドシアはほほえんだ。

「ヘイリーの具合はどう?」ライリーは訊いた。

「救急治療室で五針縫ったけど、まあまあ無事。ちょっと前、ドレイトンの家から電話したら、大丈夫だって言ってた。疲れただけだって」

「きみに言われたとおり、パトカーに周辺をパトロールさせたけど、とくに変わったことはないとのことだった」

「そうでしょうね」

「夜の追悼集会に行ったんだよね? どうだった?」

「とくに問題はなかったんじゃないかな。あまり長くはいなかったの。全体としてちょっと型どおりという感じがして、わたしの好みじゃなかった。出来の悪いインフォマーシャルを見ている気がしたわ」セオドシアはライリーを見あげた。「ところで、捜査の話だけど、わたしが知っておくべき新事実は出てきた?」

「そう言っていいかもしれない」

セオドシアは息がとまりそうになった。「なにがあったの？」

「ぼくに一時的な配置転換の指示がくだった」

「ええっ？　どうして？」セオドシアは愕然とした。「フォグヒール・ジャックの事件を最初から捜査していたのに。どうしていまになって、あなたをはずしたりするの？」

ライリーは肩をすくめた。

「先月、異例の速さで殺人事件特捜班に抜擢されたんでしょ。それが今度は配置換え？　なにをさせようというの？　駐車違反の切符切り？　野良猫の捕獲？　それとも、評価を何段階もさげられて、もう刑事ではいられなくなるの？」

「そんなことはない。いまだって二級刑事であることに変わりはなく、長期未解決事件捜査班でも仕事をしている」

「そういう部署があるなんて、言ってなかったと思うけど。大人数の班なの？」

「基本的に三人プラス山羊一匹だね」

「山羊？」ライリーが冗談を言っているのだと、すぐにわかった。

「じゃあ、こう言い換えよう」ライリーは言った。「三人プラス犬一匹だ」

「誰の犬？」

ライリーは下に目を向け、アール・グレイを見やった。「きみのかな？」

「なるほど。で、あなたはその三人のなかのひとりになったのね？」

「うん。非常勤だけど」

セオドシアは彼をじっと見つめた。「本当のところ、どういうことなの?」

ライリーは彼女を見つめ返した。「きみにも想像がついてるんじゃないかな」

「そうねえ、長期未解決事件ということは……」彼女は人差し指で自分の下唇を軽く叩いた。「七年前のフォグヒール・ジャックによる二件の殺人事件を洗い直す任務を仰せつかったんじゃない?」

「ご名答」

「ティドウェル刑事は藁《わら》にもすがる思いなのね。あなたが過去のふたつの事件についてなにか掘り出し、その結果がいまの事件に光明を射してくれるんじゃないかと期待するくらいなんだもの」

「鋭い」ライリーは言った。「きみが長期未解決事件捜査班で仕事をしたほうがいいかもしれないな」

セオドシアは口もとをゆがめてほほえんだ。「すでにそうしているも同然だけど」

「どういうこと?」

彼女は彼の手を取った。「一緒に来て。見せたいものがあるの」

ライリーは手を引かれてダイニングルームに入ると、彼女が電気をつけるのを待ち、それからテーブルにひろげられたたくさんの書類に目をみはった。

「なんだい、これは?」ライリーは紙を二枚ほど手に取ってながめた。「調べていたんだね。

それもかなりくわしく」

「ほとんどは基本的な情報ばかりよ。深掘りしたものじゃなくて、あなたたち警察が予備調査と呼ぶたぐいのもの。どれも図書館で見つけた記事ばかり。大半は七年前の《チャールストン・ポスト&クーリア》紙と《グース・クリーク・ガゼット》紙から集めたもの。とにかく、なんらかの手がかりかパターンがあるんじゃないかと思って、見つけたものを全部プリントアウトしたの。いまのところなにも見つかってないけど……でも、よかったらあなたも目をとおしてみて。あ、それとニック・プリンスさんについて、ちょっとだけ背景調査をしてみたわ」

「探偵業でずいぶん忙しくしていたようだね」ライリーはセオドシアが調べてまわるのをよしとしていないものの、その声には好奇心がにじんでいた。

「あなたには想像もつかないくらいね」セオドシアは紙を一枚取って、彼に渡した。「これを見て。ニック・プリンスさんのリンクトインのページよ」

ライリーは渡された紙にすばやく目を走らせた。

「ここからなにを読み取ればいいんだい?」

「プリンスさんがチャールストンに住んでいた時期がわかるでしょ? 殺人事件が起こったのと時期が一致してるの」

「なるほど、たしかに。おもしろいが、あくまで状況証拠にすぎないな」

「でも、とっかかりにはなる」セオドシアは言った。「だって、あの人は犯罪実話の本を書いてるんだもの、本の構想になるものを探していてもおかしくないでしょ」

「疑問符はつくけどね」ライリーは顔をしかめた。「でも、まじめな話、悪くはない。ほかにはどんな情報が得られたんだい?」

セオドシアはコピーした残りの新聞記事を見せ、ふたりはその後三十分ほどかけてそれらを選り分けていった。アール・グレイはそばの敷物でまるくなり、気持ちよさそうにいびきをかいていた。

とうとうライリーは椅子を傾け、うしろの二本の脚に体重をかけた。

「なんて言ったらいいか。この資料は過去の事件を洗い直すという意味では興味深いが、いまの事件の突破口をひらく役にはたちそうにないな」彼は傾けた椅子を戻し、その際、ドンという音が響いた。「ごめん、この椅子はアンティークだっけ?」

「アンティークと認定されるには、あと十年はかかるでしょうね」セオドシアは言った。

「ところで、フォグヒール・ジャックのプロファイリングの結果は出たの?」

「うん。でも、ごく基本的なことだけだ」

「話してみて」

「若い中年だろうと見ている」ライリーは言った。「三十代から四十代といったところ。専門職についていて、身なりがきちんとしていて、街で見かけても恐怖心を抱かせるタイプじゃない。あとは、そうだな……頭がよくて、立案能力があり、どうでもいいおしゃべりを次から次へと繰り出せる男と思われる」

「ほかには？」セオドシアは訊いた。

「そうだな、女性を殺すことに快感を覚える、とか」

「首を絞めて殺すことに、よね」

「うん」とライリー。

「そして今度はナイフを使うようにもなった」

ライリーはため息をついた。「それでも、昨夜の現場はかなり整然としていたよ。われを忘れるところは絶対に見せないやつなんだろう」

セオドシアはうなずき、紙の山をひっかきまわし、ビジネス面に掲載された短いニュース記事のコピーを抜き出した。

「これも見てほしいの」彼女は言った。「オーロックさん」

ライリーはきょとんとした顔になった。「オーロックというのは？」

「知らないの？」

ライリーはうなずいた。

「ワイアット・オーロックさんはここチャールストンで不動産開発を手びろくやっている人。新聞のビジネス面を読まないの？」

「ぼくが捕まえる犯罪者のほとんどは財産など持っていないし、大企業のトップなんかじゃないからね。こそ泥か、さもなければガソリンスタンドを襲撃して二十八ドルとバドワイザーの十二本パックを盗む際にスポーツジムのメンバーカードを落として逮捕されるような月並みな強盗ばかりだ。で、そのオーロックがどうかしたの?」

「ロイスに賃貸借契約を解約するよう迫っているの」

「ん? つまり、そいつは彼女が借りているビルのオーナーなのか?」

「ううん。でも、オーナーの座をねらってる。ロイスが入居してるビルを買い取って、隣接するビルと合わせて豪華な分譲マンションにするつもりなのよ。スカイロフトっていうらしいわ」

「りっぱな名前だな」ライリーはしばらく考えこんだ。「つまり、きみはそのオーロックという男が女性を絞殺していると考えているのかな?」本気で信じているようには聞こえなかった。「警察のアンテナには引っかかっていないようだけど」

「ロイスが入居してるビルを手に入れようとやけに必死だから、犯人の可能性もあるかなと思っただけ。それでもう少し探ってみたら、オーロックさんがフランク・リンチという名前の警備員を雇っているのがわかった」セオドシアはそこでひと呼吸置いた。「そのフランク・リンチさんが昨夜、殺害現場をうろついているのを見かけたの」

「ホワイト・ポイント庭園を? それはおもしろいな。じゃあ、オーロックは大物資産家で、個人で警備員を雇っているわけか」

「しかも、オーロックさんは最近、マーケット・ストリートに〈スパークス〉という名の新しいレストランをひらいたの。火曜日の夜にドレイトンと様子を見に行ってきた。店にいるときに、彼と友好的と言えなくもないおしゃべりをしてきたわ」

「そうだろうと思った」ライリーは言った。「つまり、きみは突っこむべきでないところに首を突っこんだわけだ。それがヘイリーが襲われた原因かもしれないよ——犯人は路地にいたのがきみだと勘違いしたんだろう」

「わかってる、わかってるってば」

ライリーは片目をつぶった。「きみのノートパソコンを起動させて、オーロックなる人物が所有する不動産を調べてみようじゃないか。その男の不動産がどのくらいの範囲におよんでいるか、確認しよう」

「やっと提案してくれたわね」

セオドシアはノートパソコンを持ってきて電源を入れた。「あなたが検索したほうがいいわ。あなたなら警官だけが使える魔法のパスワードを使って地方と国のありとあらゆるデータベースにアクセスできるでしょ」そう言って、ライリーのほうにパソコンを滑らせた。

「そうだけど、その前に基本的な情報を確認しよう。市の固定資産税とか、そういうのを」

「そうね」

ライリーは市のシステムに最小限の手間でログインすると、固定資産税部門までスクロールした。「ごらん、オーロックはいくつもの地所を所有しているようだ」

「見せて」

ライリーはパソコンをセオドシアのほうに向けた。

セオドシアは地所の一覧にざっと目をとおした。「うわあ、彼が所有している全部のビルを見て。ものすごい数の不動産よ。しかも、その大半が二世帯住宅か集合住宅みたい」

「おそらくこの男は、いわゆるスラム地主だろう。ほら、買った物件を賃貸には出すけど、修理には一セントも払わないってやつだ」

セオドシアはパソコンの画面に触れ、地所の一覧をゆっくりなぞった。ようやく見つけた事実に衝撃を受けた。

「ライリー、オーロックさんはカーラが住んでいたアパートメントのビルも所有してる！」

「まさか、冗談だろ？」

「ほら、住所を見て」

ライリーはセオドシアのほうににじり寄り、真剣な表情で画面を見つめた。「本当だ」

「ビルの所有者なら、鍵を持っていたかもしれないわね」

ライリーは顔をしかめた。「くそ」

「ほかにも妙な点があるけど、わかる？」

「さあ、でも話してくれるんだろ？」

セオドシアは山になった紙をかき分け、「ちがう、これじゃない」と言いながら一部をどかし、ようやく目当てのものを見つけた。「ほら、これ」一枚のプリントアウトをライリーに渡した。「この記事を見て。七年前に殺害された女性のひとりが商業用物件を扱う不動産業者だったと書いてある。なにか意味があると思わない？」

「あるかもしれない」ライリーはゆっくりと言った。「あくまで、可能性があるというだけだが」

「で、このあとどうするの？」

「ティドウェル刑事のところに行き、オーロックに同行を求めて事情聴取するよう強く進言する。直近の三件の殺人事件があった時刻の所在について、信憑性のあるアリバイを主張できるかたしかめたい」

「オーロックさんがフォグヒール・ジャックかもしれないと考えてるの？」

「きみは本人に会ったと言ったね。どんな印象を持った？　どんな男だった？」

「かなりふてぶてしくて辛辣だった。それに、もう若いというほどではなかった」

「要するに、カーラがそいつとデートしたはずはないということだね」

「ありえない。だって、彼女の倍の歳だもの。でもその一方、オーロックさんのほうが自分のレストランで彼女を見かけて気に入り、バラを贈った可能性はある」

「そして、カーラははねつけた。だから殺された？」ライリーはかぶりを振った。「どうだろう。それだと先週の被害者とモニカ・ガーバー殺害の説明がつかない」

「納得していないようね」

ライリーはうなずいた。「ちょっとばかりオーロックを調べてみるのはいいが、うん、きみの説にはまったく納得してないよ」

映画のお茶会

映画のトリビアクイズ大会をしたり、アカデミー賞の受賞者を予想する投票用紙を配ったり、縮小した映画のポスターをプレースマットにしたり、サントラのCDを積みあげたりしてお客さまを楽しませせましょう。映画雑誌を何冊かと、映画スターの写真の切り抜き、小さなトロフィーもテーブルに添えれば、準備は完了。メニューはサンセット・ストリップ・スコーンや金ピカの街のティーブレッドなど、ハリウッドにちなんだ内容にしましょう。その他、映画のお茶会のメニューとして、グローマンズ・チャイニーズ・シアターをもじったグローマンズ・チャイニーズ・ティー、ビヴァリー・ヒルズ風ハムとチェダーチーズのティーサンドイッチ、ジョージ・キューカー監督のキュウリ(キューカンバー)とクリームチーズのティーサンドイッチ、パラマウント・パスタ、ビッグなツナ・サラダ、ロマコメ好きのためのココナッツシュリンプなどもいいでしょう。デザートには袋入りのポップコーンかドッツやモルトミルクボールのような映画館で売っているお菓子を配りましょう。

20

葬儀にふさわしい日和だった。薄暗くて雨がぱらつき、雲がコウモリのように空を舞っていた。

いつもならセオドシアは金曜日を心待ちにしているが、この日は不安な思いを胸に聖ピリポ教会に向かってチャーチ・ストリートを急いでいた。教会の裏にある陰鬱な墓地がどうしても頭に浮かんでしまう。気の毒なカーラがぐるっと一周してもとの場所に戻ってきたように感じてしまうのだ。あそこの墓地で殺害された彼女の葬儀が、隣接する教会でおこなわれるのだから。不気味なつながりと言わざるをえない。

「物思いにふけっているようだな」近くで耳慣れた声がした。

横を向くとドレイトンが並んで歩いていた。チャコールグレーのピンストライプのスーツに淡いブルーのシャツを合わせ、地味な鳩羽鼠色の蝶ネクタイを締めている。セオドシアのほうは黒いスカートスーツに淡い灰色のブラウスだったから、お金で雇われた泣き屋のコンビと思われそうだ。

「裏の墓地のことを考えてたの」そのとき、風が吹いて髪が乱され、吹き流しのようにひろがったので、セオドシアは一瞬あわてた。

ドレイトンは、わかるよというようにうなずいた。「そうか」

あの墓地には幽霊が出ると昔から言われているが、セオドシアは幽霊のたぐいは一度として目撃したことがない。一方ドレイトンは、墓石に交じって光る人魂を見たことがあると、以前言っていた。いま、セオドシアはどう考えればいいのかわからなかった。幽霊は出ないけれど縁起の悪い場所……？

聖ピリポ教会の静かなる聖域に足を踏み入れたセオドシアとドレイトンは、なかをぐるりと見まわした。歴史のあるこの教会は趣があると同時に威厳にあふれている。国のトップもここでの礼拝に参列したし、学校に通う子どもたちも同様だ。高い窓から自然光が降り注ぐ。半円筒形の天井と高い柱からは建築の美が感じられる。

「ロイスがいる。いちばん前の列に」セオドシアは言った。「気をしっかり持って、お葬式が終わるまで持ちこたえられるといいけど」

「親族が大勢ついているようだ」

「だったら心強いし、ありがたいわね」

「しかし、われわれは後方の席にすわったほうがいいだろう」ドレイトンは言った。「そのほうが……」

「早めに出て、食事会のお料理がすぐに出せるようになっているのを確認するために、でしょ」セオドシアはあとを引き取った。「頭がいいわね」

「食事会には何人が参加するのか、頭数は数えたのかね？」

「デレインからの最後の連絡によれば、会は招待した人限定ですって。だから、二十人か二十五人くらいじゃないかと彼女は考えてるみたい」

「そのくらいなら対処できるだろう」ドレイトンは言い、ふたりは腰をおろした。

「きのうのきょうで、ヘイリーがおっくうでなければという条件がつくけどね」

「いったんティーショップに寄ってから来たのだが、ヘイリーは元気そうだったし、ミス・ディンプルが手伝いに入ってくれるそうだ」ドレイトンはパテックフィリップの腕時計をじっと見つめた。「そういえば、もう彼女は来ている頃だな」

厳かなオルガンの曲——セオドシアはバッハではないかと思った——が始まると同時に、ジェシー・トランブルが隣にするりと腰かけた。紺のスーツに淡いブルーのシャツを合わせ、縞のネクタイを締めていて、いつもの革のジャケットにチノパンというカジュアルな服装とは対照的で企業人という感じがする。

「こういうのはつらいですね」トランブルはセオドシアに言った。若さにあふれた顔をけわしい表情が覆っている。

「やりきれないわ」セオドシアは言った。

「ご参考までにお伝えしますが」トランブルは言った。「ティドウェル刑事率いるチームがあなたからの情報を追っていると、小耳にはさみましてね」

「どの情報かしら？」セオドシアは訊いた。この五日間、狼少年になったように感じていたが、誰も彼女の言葉を真に受けてくれる人はいなかった。

「ワイアット・オーロックに関する情報です」トランブルは言った。「ぼくもけさまで、その名を聞いたことがありませんでした。署の誰も知らなかったようです。それがいまや、てんやわんやの大騒ぎですよ」

「じゃあ、ティドウェル刑事はオーロックさんを尋問するのね？」

「少なくとも話は聞くでしょう。いまこの瞬間にも、事情聴取がおこなわれているかもしれません」

「なにかあきらかになるといいけど」

トランブルは重苦しい表情になった。「ぼくも同じ気持ちです。このフォグヒール・ジャックというやつはチャールストンに降りかかった災厄のなかでも最悪のものと言えます。こういう頭のおかしな社会病質者は阻止しなくてはなりません」彼はいったん言葉を切った。

「社会病質者。署が使っている心理学者の先生はそう呼んでいました。しかし、フォグヒール・ジャックはサイコパス的な怒りに取り憑かれた人間だろうというのがぼくの見立てです」

「そのあたりのことにずいぶんくわしいようね」

「ジャーナリズム専攻でしたが、副専攻が心理学だったので。とにかく、殺人者の脳の病理学的所見はひじょうに興味深いんです——あくまで、どっぷり浸からなければですけどね。そこまで深入りしようなんて人は普通、いませんから」トランブルはセオドシアの肩に軽く触れた。「じゃあ、そういうことで」

「お葬式には出ないの？」

「出られないんです」トランブルは言いながら、会衆席を離れた。「署長のもとに出向かないといけないので。今週の事件報告になにをのせてほしいか、確認する必要があるんです」

セオドシアは小さく手を振った。「気をつけて」

「いったいなんの話だったのだね？」ドレイトンが小声で訊いた。

「それがなんと、いい知らせ。ティドウェル刑事がワイアット・オーロックさんから事情聴取をすると決めたんですって。オーロックさんがカーラのアパートメントがあるビルの所有者で、七年前に殺害された女性のうちひとりが商業物件を扱う不動産業者だったのがわかったから」

ドレイトンの眉がいきおいよくあがった。「本当かね？　パズルのピースがはまり出したようではないか」

「そうだといいけど」

「きみのお手柄なのだろう？」

「まあね」

「さすがだ」

ふたりはオルガンが奏でる曲に耳を傾け、参列者が次々に入ってくるのをながめた。

「ねえ、見て」セオドシアは肘でドレイトンの脇腹を軽く突いた。「ボーイフレンドのティム・ホルトさんが来た」

ふたりはホルトが目を伏せ、けわしい表情で中央通路をぎこちなく歩く姿をじっと見つめた。彼は前から十列めの席に腰をおろした。

「あの男がここに来るとは予想していたかね?」ドレイトンは訊いた。

「ううん。でも来ないとも思ってなかった」

さらに意外な参列者が現われた。数分後、ニック・プリンスが到着し、セオドシアとドレイトンがいる席と通路をはさんで反対側にすわったのだ。ふたりがいるのにおそらく気づいているのだろうが、あえて目をまっすぐ前に向けていた。

「闇のプリンスのご到着か」ドレイトンは小声でセオドシアに言った。

その一分後、ボブ・バセットが入ってきた。バセットはいつもの安っぽい服をまとい、上着のポケットがメモ帳とカメラとおぼしきもので膨らんでいた。

「いやな人が来たわ」セオドシアは声をひそめた。「葬儀のさなかに隠し撮りした写真が《スター・タトラー》の表紙を飾るようなことがあったら、スープ用スプーンであの人をこらしめてやる」

「そのときにはわたしも手を貸そう」ドレイトンもひそめた声で言った。

教会の両開きドアがガチャンという大きな音とともにあき、油を差したほうがよさそうな金属の車輪を思わせる、キーキーという小さな音がそれにつづいた。

セオドシアはほかの参列者と一緒にうしろを振り返った。

「ああ」セオドシアは涙で目をうるませながら、白い棺がゆるゆると進んでくるのを見つめた。

小さな白い棺の上には白い百合の大きな花束が置かれ、その哀れを誘う光景にセオドシアの心臓は胸から飛び出しそうになった。カーラがこの若さで殺されたという事実が、痛ましさに拍車をかけている。かわいそうに、まだ大学を卒業してもいなかったのに。希望と可能性に満ちた人生の最初の一歩すら踏み出していなかったのに。

セオドシアの心を読んだのか、ドレイトンが顔を近づけた。

「痛ましいという言葉ではとても言い表わせないな」

セオドシアはうなずいた。「まったくだわ」

「しかも、棺の小ささと言ったら」ドレイトンはうわずった声でそう言うと、白いビロードで覆われた金属の台座にのせられた棺が進んでいくのをセオドシアとともに見守った。黒いシングルスーツ姿の無表情な男性――葬儀社の担当者にちがいない――が棺をゆっくりと押していく。参列者はハンカチを目に押しあて、咳払いをし、なかには人目をはばかることなくすすり泣く人もいた。棺が教会の前方に達すると、葬儀社の担当者はその向きを変え、何度か切り返しをしたのち、参列者全員が見えるよう内陣に横に置いた。

「モニカ・ガーバーの葬儀がいつおこなわれるか知っているかね？」司祭が出てきて全員が立ちあがるなか、ドレイトンは小声で尋ねた。

「来週だと聞いてる」

「そちらはマスコミが押しかけて大騒ぎになるのだろうな」

カーラ・チェンバレンの葬儀はとてもいい内容だった。厳かな祈禱、数え切れないほどの祈りの言葉、いとこのナオミが読みあげるカーラへの追悼の言葉、全員で歌ったほろ苦い曲、そして涙。

司祭が葬儀を締めくくり、葬儀社の担当者が棺の搬出のため祭壇に歩み寄ったタイミングで、セオドシアとドレイトンはそろりそろりと会衆席をあとにした。そして、最後の音が空中できらめくなか、ふたりは腰をかがめた恰好で外に出て、インディゴ・ティーショップに向かって駆け出した。

カウンターでお茶を淹れていたミス・ディンプルが顔をあげた。

「お帰りなさい」彼女は声をかけた。「お葬式はいかがでした？」

「胸が締めつけられそうだった」セオドシアは言った。

「痛ましくてたまらなかったよ」ドレイトンはそう言うとジャケットを脱いで真鍮のコートラックにかけ、丈の長い黒いエプロンを頭からかぶった。「あとはわたしが引き受けようか？」彼はミス・ディンプルに尋ねた。

「お願いします」ミス・ディンプルは言った。「お茶の淹れ方については、あらゆるコツを知っているという顔をするのが好きですけど、実際には不器用な素人も同然ですからね。それに、店にあるさまざまなお茶の名前も、まだきちんと覚えていませんし」

「あなたはちゃんとやってくれているわ」セオドシアは店内に目をやりながら言った。いまお客がいるテーブルは三席だけだから、残りを葬儀に参列した人たちのために確保すればいい。すわれる人数は――すでにセッティングが終わったテーブルの椅子の数を数えた――二十四人。ちょうどいい。

ヘイリーがエプロンで手を拭きながら厨房から姿を現わした。頭にのせたコック帽が斜めに傾いている。

「お葬式はどうだった?」彼女は訊いた。

「予想どおりだった」セオドシアは言った。「悲しくて、心がふたがれたわ」

「だよね」ヘイリーは言った。「で、参列者のみなさんはこっちに向かってるの?」

「五分もすれば入ってくるはずよ。あなたのほうは準備万端?」

「うん、もちろん。最初にクロテッド・クリームを添えたオレンジのグリルを出して、そのあと小さなお皿に盛りつけたカニのキッシュとアスパラガスのスコーンを出すことにしたの。アスパラガスはきのうの残りよ。デザートはなにも考えてないけど」

「みなさん、デザートまでは求めないと思うわ。十時のお茶くらいの感じでいいんだから」セオドシアは言った。「でも、わたしはあなたのほうが心配。頭の怪我はどう?」

「大丈夫。ゆうべよりもよくなってる。はい、これ」ヘイリーは手をのばし、セオドシアの手にピンク色の筒のようなものを押しつけた。プラスチックでできたかわいらしい筒で、口紅くらいの大きさだった。

「なんなの、これは?」

「唐辛子スプレー。セオも使うだろうと思って余分に買ってきた。万が一のために、ちゃんと持ち歩いてよ。いい?」

「ええ、もちろん。それからヘイリー、厨房で手が足りないようなら、遠慮なくそう言ってね」セオドシアは筒形の唐辛子スプレーをポケットに突っこむと、各テーブルのティーキャンドルに火をつけはじめた。

「うん、わかった」ヘイリーは命を吹きこまれたティーキャンドルが揺らめくのを見つめ、小さくほほえんだ。「店のなかがぱっと明るくなるね」そう言って厨房に引っこんだ。

全部のキャンドルに火をつけ終わると、セオドシアはどのテーブルにも揃いのカップとソーサー、クロテッド・クリームの入ったボウル、クリームの入ったピッチャー、レモンのスライス、それに角砂糖が並んでいるかを再確認した。念のために〝予約席〟のプレートも置き、入り口近くのカウンターのほうにゆっくり歩いていった。

「なにか特別なお茶を予定しているの?」彼女はドレイトンに訊いた。

「オレンジ・ペコと白毫銀針茶《シルバーニードル》をそれぞれポットに用意しているところだ」ドレイトンは言った。「どちらも元気が出るおいしいお茶だから、あのような悲しい会のあとにはぴったりだろう」

「お茶と思いやりの心ね」セオドシアは言った。

「そんなところだ」

数分後、葬儀に参列していた人たちが到着した。セオドシアは入り口に立って全員を心をこめて出迎え、予約席に案内した。全部で十八人が参加した。大半はロイスの親族で、セオドシアははじめて会う人たちだった。デレインや〈キャベッジ・パッチ・ギフトショップ〉のリー・キャロルなど、友人もわずかながらいた。

デレインは参加者が少ないのが気に入らないのか、口をとがらせた。

「もっとたくさん来ると思ったのに」彼女は言った。

「葬儀に参列した人たちの多くは、そのあとお仕事に向かったんでしょう」セオドシアは言った。「だから親しいお友だちと親族だけの小さな会でいいのよ。手もあまりかからなくてすむし」

「そうだけど、これを計画したのはあなたじゃないのよ」デレインはぷりぷりしながら言った。

セオドシアがスコーンを出そうとしたとき、ティドウェル刑事が足音も荒く入ってきた。彼は店内を見まわし、どうすればいいのかわからないのか、大きな体で所在なげに立っていた。

「お葬式のあとの食事会でいらしたの？」セオドシアは声をかけた。

ティドウェル刑事は肩をすくめ、すばやくうなずいた。そこでセオドシアは先に立って大きな丸テーブルのひとつに案内し、ほかのお客と相席にした。べつに問題ないわよね？

「教会では姿を見かけなかったけど」彼女は刑事に言った。

「おりませんでしたからな」ティドウェル刑事はもごもごと言った。

「つまり、あらたに浮上した容疑者の事情聴取で忙しかったから？」セオドシアはワイアット・オーロックという名前、あるいは殺人だのフォグヒール・ジャックだのという言葉を使わないよう注意しながら言った。うっかり口に出したら、お客さまがいやな思いをされかねない。

ティドウェル刑事は大儀そうに姿勢を変えた。「疑わしいと思われる人物を数人、選り分けることができた、とだけお伝えします」

「その名前を教えてもらうわけにはいかない？」

「絶対に無理ですな」

ドレイトンが店内をまわってお茶を注いだり、わかりますよと言うようにうなずいたり、質問に答えたりするかたわら、セオドシアとミス・ディンプルはフードの給仕を始めた。最初は好評を博したオレンジのスコーン、つづいてヘイリーのオリジナルのカニのキッシュ。セオドシアはロイスと、カーラのいとこナオミのところにフードを運んだおりに声をかけた。

「ちょっといいかしら、ナオミ。さっきのすてきな追悼の辞にひとこと言いたくて。とても含蓄のある内容だったわ」

ロイスがナオミの肩に手を置いた。「この人がいままで何度となく話したことがあるすばらしい女性よ、ナオミ。セオドシア・ブラウニング。またの名をティー・レディ」

ナオミは顔を振り向け、セオドシアにほほえみかけた。まだ若く、カーラと同じくらいの年頃だろう。黒い髪を長くのばし、聡明そうな茶色の目をしていた。

「はじめまして」ナオミは言った。「褒めてくださり、ありがとうございます。カーラについて文を書くのは簡単でしたけど、読みあげるのはむずかしくて」

「とてもつらかったと思うわ。カーラとは仲がよかったんでしょう？」

「ほとんど姉妹みたいなものでした」ナオミは答えた。「毎日のようにメールのやりとりをしてたんです」

セオドシアは思い切って尋ねることにした。「カーラは最近、男の人に出会ったという話をしていなかった？」

ナオミは少し考えこんだ。「たしかに、前の人とわかれて、こんなに早く新しい人に夢中になるなんてびっくりしてるというようなことを言ってました」

「カーラはその人の名前を言ってた？」セオドシアは訊いた。

「いいえ。でも、その人が詩を書いてくれたという話はしてました」

「じゃあ、物書きなのね？」

けれどもナオミは急にべつのことに気をとられていた。指を一本立てて言った。

「ひょっとして、あそこにいる男性を誰だかご存じないですか？　隣のテーブルにすわっている人です」

セオドシアはナオミが言っているのはティドウェル刑事のことだろうと思いながら振り返った。そうではなかった。彼女が見つめているのは黒い髪、おかしな白いもみあげ、ピンク色のやつれた顔の中年男性だった。男性はスコーンの最後のひときれをじっと見つめているらしく、同じテーブルの誰とも話していない。

「誰だかさっぱりわからないわ」セオドシアは言った。「あなたのほうの関係者かと思ってた」

「いえ、ちがいます」ナオミは言った。

おこぼれにあずかりに来た人だろうか？　セオドシアは首をかしげた。それともお通夜やお葬式に出入りするのが好きな悪趣味な人？

ロイスが咳払いをして、問題の男性をじっと見つめながら、ロボットのようなイントネーションで言った。「あの人なら知ってる」

「誰なの？」セオドシアとナオミが同時に尋ねた。

「ギャヴィン・グールディングさん。わたしのビルのオーナー」

「おばさんが住んでるアパートメントの？」ナオミが訊いた。

けれどもセオドシアにはロイスの言わんとすることがわかった。

「あなたの書店が入ってる商業ビルのことよね、ちがう？」彼女は小さく鼻で笑った。「ここにいられては迷惑だわ。お葬式には来ていたの？」

ロイスは首を振った。「わからない。来ていなかった……と思うけど」

「帰ってもらうよう言ってきます」ナオミがセオドシアに言った。「いい迷惑だし、あの人がいるせいでロイスおばさんがあきらかにうろたえているもの」

セオドシアは片手をあげた。「わたしにまかせて。ふたりはこのままランチを楽しんでいてちょうだい」

「ありがとう」ロイスが言った。

セオドシアはギャヴィン・グールディングがすわっている隣のテーブルに近づいた。角砂糖を三個入れた（ぞっとする）お茶を味わっているところだった。

「すみません」セオドシアは言った。「ちょっとお話をさせてください」

グールディングは大きな音をたててお茶を飲み、セオドシアを見あげた。

「はあ？　おれのことか？」

セオドシアは人差し指をくいっと曲げてほほえんだ。

「ふたりだけで。よろしいでしょうか？」

グールディングはナプキンを投げ捨てて立ちあがり、セオドシアのあとをついて通路に出た。

「いったいなんなんだ？」彼は訊いた。「なにかあったのか？」

セオドシアは感じよく、それでいて毅然とした態度に徹しようと決めていた。

「実はそうなんです」彼女は言った。「申し訳ありませんが、いますぐお帰りいただきたいんです」

グールディングはセオドシアをにらみつけた。すでにピンクに染まった頬がまだらに赤らんでいた。

「ふざけたことを言うな」

「あなたがまぎれこんだことを、何人かのお客さまが不快に思っていらっしゃいます」

「ふん、そうか」彼の声が急に耳障りな響きを帯び、態度がけんか腰なものに変わった。

「どいつだ？」

「わかっていらっしゃるはずです」セオドシアは言った。

グールディングは怒りもあらわに奥にいるロイスをにらみつけた。

「あの女か？　気の毒だと思ったから葬式に出てやったんだぞ。なのにこのおれに帰れというのか、あのばばあは？」グールディングは上唇をかんだ。「こっちは親切にも、賃貸借契約を買い取ってやると言ってるってのに」

「あのビルをワイアット・オーロックさんに売るためでしょう？」

グールディングは鳥の目のようなまるい目を怒りでたぎらせ、セオドシアを見つめた。

「なにを知ってるというんだ？」彼は怒鳴った。

彼の声がしだいに大きくなり、店内にいる人たちが振り返ってじろじろ見はじめた。そして、耳をそばだてていた。

「あなたの計画がなにを目指しているかはよくわかってます。あなたとオーロックさんとでタッグを組み、ロイスにとって有利で拘束力のある賃貸借契約を解除させようというんでしょう。それが成功したら、オーロックさんはマンションを建設し、その結果、あなたたちふたりは相当の利益を手にできる」

セオドシアは神経が高ぶり、いつでも受けて立つ覚悟を固めていた。

「もしかしたら、ロイスの娘さんを殺害したのも、あなたの計画の一環なのかもしれませんね」

「なんだと！」グールディングはけたたましい声をあげた。

「彼女を精神的にまいらせれば、折れて事業をたたむと思ったんじゃないですか？」

「あんた、どうかしてるぞ」グールディングは叫んだ。「おれは不動産業者であって、頭のおかしな人殺しじゃない。おれがそんな卑劣な行為に手を染めたなどと、言いがかりにもほどがある！」彼の顔はローマトマトのように真っ赤で、毒を吐いているも同然のしゃべり方になっていた。

「要するに、あなたはかなり長居をしすぎたということです」セオドシアは言った。

「じゃあ、おれが出ていかなきゃどうなる？　どうするつもりだ？」グールディングは挑発するように言い返した。「歩道に放り出すか？」

見ると、グールディングの顔に物騒な薄笑いが浮かんでいた。この人、本気なの？　そうとしか思えない。けれども、セオドシアがかなり強力な武器を隠し持っているとは、思っていないはずだ。

「あそこにすわっている男の人が見えますか？」セオドシアは自分たちにじっと目をすえ、ふたりのやりとりに少なからぬ興味を抱いているらしいティドウェル刑事を指さした。

グールディングはティドウェル刑事をちらりと見た。

「あのでぶ男か？　あいつがどうした？」

「あの人はバート・ティドウェル刑事といって、チャールストン警察の殺人課を率いています。彼には逆らわないほうがいいと思いますけど」

グールディングはティドウェル刑事に目をこらし、その顔に浮かぶ威厳のようなものを見てとり、セオドシアが冗談を言っているのではないと判断した。彼は低くうなるとくるりとうしろを向き、目にもとまらぬ速さでティーショップを出ていった。

セオドシアは肩をすぼめてすぐにおろし、なんとか肩の力を抜いて気持ちを落ち着かせようとした。深呼吸をして、なにも考えずに深呼吸をして、と自分に言い聞かせた。

ギャヴィン・グールディングが残忍な人殺しだと、本気で思ってるの？

それはないと思う。けれども、現時点では誰もがおそるべきフォグヒール・ジャックである可能性はある。

21

葬儀後の食事会が始まったのは十時十五分過ぎで、最後の参列者がインディゴ・ティーショップをあとにしたのは十一時二十分をまわっていた。ロイスとナオミからたくさんの抱擁とありがとうの言葉を受けたのち、セオドシアとミス・ディンプルは急いでランチの準備に取りかかった。

「さっき、あなたがお店から追い出した気の短い男の方はどなたですか？」ミス・ディンプルは丸テーブルのひとつにピンクのリネンのクロスをひろげ、ていねいにしわをのばしながらセオドシアに訊いた。

「ロイスの書店が入っているビルのオーナーよ」セオドシアは答えた。「不動産開発業者にビルを売るため、彼女を追い出そうと画策しているの」

「開発業者の人はビルを買ってどうするつもりなんでしょう」

「マンションにするんですって」

「またマンションですか？　とんでもない話だこと」ミス・ディンプルはそう言って、身を震わせた。「この歴史地区を保存するのがどれだけ大事かわかっていないんでしょうか？

そもそも、どうすれば行政の目をかいくぐってそんな計画が通せるんでしょう」

「さあ」セオドシアは言った。「誰かに袖の下をつかませているのかもしれないわね」彼女は戸棚に手を入れ、四角い小皿と揃いのティーカップをひと組出した。「きょうのランチにヘイリーがなにを用意しているかわかる？」

「さっきと同じキッシュとアスパラガスのグリルだと思いますよ。つけ合わせにサラダがつきますけど」

「だったら、このお皿とカップで出せば完璧ね」

「数は充分あるんでしょうか？」ミス・ディンプルは訊いた。

「あるはずよ。ちょっと確認するわね。うん、ある。これでよし、と」

「よかった。そのピンクのバラが描かれたローズチンツ柄がテーブルクロスとばっちり合いますもの」

「じゃあ、これで決まりね」

セオドシアが厨房をのぞくと、ヘイリーが煮込んでいるチョッピーノの鍋からいいにおいが立ちのぼり、食欲を刺激してきた。

「そのシーフードのシチューは本当にいいにおいだわ」セオドシアは言った。

「当然。だって、おなかをすかせたアザラシが歓喜の叫びをあげるくらいシーフードがたっぷり入ってるんだもん」ヘイリーは大きなスプーンを手にしてシチューにくぐらせ、味見をした。「うん、おいしくできてる」

「キッシュを天板二枚分、追加で焼いているのは知ってるけど、ほかにはどんなメニューでランチのお客さまを誘惑するつもり？」

ヘイリーはにっこり笑うと、まるいサワードウブレッド六個の中身をくり抜きはじめた。

「キッシュと、パンの器に詰めたチョッピーノのほか、ローズマリーのスコーン、ターキーとゴーダチーズをはさんだティーサンドイッチ、クリームチーズとローストしたパプリカのサンドイッチ、それにシナモンの渦巻きパン。豊富なメニューとは言えないけど、強力なラインナップでしょ」

「同感だわ。ねえ、ヘイリー、そのチョッピーノのレシピをあとで教えてね」セオドシアは肩ごしに言って、ティールームに戻った。

どのテーブルもセッティングされ、とてもすてきになっていた――しかも、きらきら輝いていた。ドレイトンがテイクアウトの注文で電話から離れられないのを見かねたのだろう、ミス・ディンプルが銀器を最後にもう一度磨いてくれたのだ。

「またもや大忙しだな」ドレイトンは電話を切ると言った。「ランチの予約はさして多くないのは雨のせいだろうが、近くのB&Bからテイクアウトの注文が続々と舞いこんできている。宿の主人たちが、いつもわれわれの店をお勧めしてくれるのは本当にありがたい」

「なぜかと言えば、この界隈でちゃんとしたフードを出すのはうちしかないからよ」セオドシアは言った。

ドレイトンは蝶ネクタイに手を触れ、インテリめいた声で言った。

「おやおや、きみはスーパーで売っているパック入りのサンドイッチが好きではないと?」

「あのパックを見ただけでうんざりしちゃう」セオドシアは言った。

それを聞いて、ドレイトンとミス・ディンプルが笑い声をあげた。

正午まであと数分となり、すでに三つのテーブルがふさがっているところへ、ボブ・バセットが入り口からふらりと入ってきた。彼はセオドシアに目をとめると、敬礼のまねごとをした。

「おっす」彼は肩にスエードのパッチがついた灰色と赤が交じったツイードのジャケット、型崩れしたブルージーンズにデザートブーツというみすぼらしい恰好に着替えていた。

セオドシアは近づいて出迎えた。「ランチでいらしたの、バセットさん?」

バセットは店内をざっと一瞥《いちべつ》し、すぐにセオドシアに視線を戻した。「しかたないじゃないか。こんな雨じゃ、ないよりましってもんだ」

「当店としてはそれ以上の存在でありたいですけど」セオドシアは言いながらバセットをテーブルに案内した。彼がすわって落ち着くのを待っていたが、好奇心に負けてその向かいに腰をおろした。

「きょうのお葬式であなたを見かけたわ」

「報道する価値があると思ったからね」バセットは言った。「殺された女の葬式なんだから」

あまりにお気楽なその口調に、セオドシアは大声でわめきたくなった。けれどもこう言うにとどめた。「いい記事は書けたのかしら?」

「いい結果になってほしいとは思ってる」

「いい結果になるには、なにが必要なの？」セオドシアは訊いた。「第四の殺人事件とか？」

バセットは眉を寄せて首を左右に激しく振った。

「いやいや、ちがう。そんなのはむごすぎる。わたしとしては、これ以上の犠牲者が出る前にフォグヒール・ジャックとやらが捕まることを望んでる」

セオドシアはバセットとその目的がまだ気になって、さらに問いかけた。

「とても興味深い経歴をお持ちのようね。こんなにも大きな事件を取材しようというんだもの」セオドシアはなるべく相手をおだてるようにしようと決めていた。酢よりも蜜のほうがハエをたくさん捕まえられると知っているからだ。少なくとも、おばのリビーはいつもそう言っている。

「わたしはかれこれ二十年以上、犯罪に関する記事を書いてきた」バセットは言った。「最初は駆け出し記者としてロサンゼルスでサツ回りというやつをやった。それを四年つづけたのち、犯罪実話専門の雑誌で働いたがそこが倒産したんで独立した。スーパーで売っているタブロイド紙、いくつかのテレビ番組、インターネットなど、わたしの記事を買ってくれるところはたくさんある」

「すごいのね」本当はちっともすごいと思わなかったが、バセットをしゃべらせつづけたかった。ひょっとしたら（あくまで希望的観測にすぎないけれど）使えそうな情報をぽろっと洩らしてくれるかもしれない。

「わたしは過去を振り返らない主義でね」バセットはセオドシアに関心を寄せられて気をよくし、オスのチャボのように胸を大きくそらした。

「じゃあ、一カ所に落ち着いたことはないのね？　あちこち転々としているの？」

「というか、わくわくする事件からべつの事件に食らいつくという感じだな」

「チャールストン滞在中はどこに泊まっているの？」セオドシアは訊いた。

「フェザーベット・ハウスというしゃれた宿だ」

「あら、友だちのアンジーがそのB&Bを経営しているのよ。すてきな宿よね」

バセットは目尻にしわを寄せてほほえんだ。「奇遇だな」

「じゃあ、チャールストンに来たのは今回がはじめてなのかしら？」

バセットは椅子の背にもたれた。「いや、実は六、七年前だったか、グース・クリークであった殺人事件を取材したことがあってね。そのときも、しばらくチャールストンに滞在した。いい街だし、住民は愛想がいいし、食い物はうまい」彼は顔を輝かせた。「いや、うまいどころか最高だ。〈プーガンズ・ポーチ〉のシークラブのスープと〈チャールストン・グリル〉のロブスターとグリッツにすっかりはまってしまったよ」

「セオ？」

セオドシアはすばやく右に顔を振り向けた。ドレイトンが呼んでいた。目を向けると、彼はそっけなくうなずいた。三人連れのお客が入り口を入ってすぐのところで、期待に顔を輝かせながら待っているのが見えた。

セオドシアはテーブルをこぶしでこつんと叩いた。「失礼するわね」彼女はバセットに言った。「おしゃべりできてよかった。ご注文はミス・ディンプルがうかがうわ。わたしとしてはチョッピーノをお勧めするわ」

セオドシアは三人連れを席に案内し、べつのふたつのテーブルの注文を取り、それをヘイリーに伝えた。

「お店のほうはどう?」ヘイリーがチョッピーノをサワードウブレッドをくり抜いたボウル二個によそいながら訊いた。

「やや出足が鈍い感じね」

「さっきドレイトンから十二件ものテイクアウトの注文を伝えられたから、そのほうが助かる。なにしろ、一件当たりの数が多いんだもん。どれも、だいたい五、六人分なの」

「近くのB&Bからの注文?」

「ほとんどがそう」

「注文が重なるときは重なるものよね」セオドシアは言った。

ティールームに戻ったセオドシアは、あらたにふたりのお客を出迎え、席に案内し、べつのテーブルの注文を取った。それをヘイリーに伝えに行く途中、ボブ・バセットとの会話を思い返した。六、七年前にグース・クリークであった殺人事件を取材したと彼は言っていた。その事実にしばらく頭を悩ませていたが、突然ぴんときた。六、七年前というと、フォグヒール・ジャックがチャールストンで最初に事件を起こした時期と一致するのでは? ええ、そうよ。

ランチタイムのあいだずっと、バセットが殺人事件に傾けている情熱について考えていたせいか、セオドシアは落ち着かない気分だった。そしてふと思った——彼の不愉快で、ちょっともったいぶった記者という仮面の下には冷酷な殺人者がひそんでいるのではないかと。記者というのは隠れみのにすぎないのでは？　バセットはそれを利用して被害者に接近したんじゃない？　それともこんな考えは完全に的はずれ？

ひと組のお客の精算をすると、おつりを渡して礼を言い、なんとなくカウンターに戻った。突きとめる方法はひとつしかない。

「ドレイトン、ちょっと用事ができたから出かけてくる」セオドシアは言った。「あとを頼んでいい？」

「かまわんよ」ドレイトンは言った。「だがその前に……」彼はティーポットを手に取り、熱々の琥珀色の液体を花柄のティーカップに注いで差し出した。「最近手に入れた新しい茶園のダージリンを味わってくれたまえ」

セオドシアはひとくち含んだ。ドレイトンの言葉にはいつも耳を傾けることにしている。新しいお茶が味見するに値し、インディゴ・ティーショップのメニューにのせたほうがいいと彼が考えているのなら、彼女としても慎重に検討するべきだからだ。

ひとくち飲んですぐ、ドレイトンの判断は正しいとわかった。もっとも、それはいつものことだ。

「なるほど、信じられないほど複雑な味がする」セオドシアは言った。「最初は風味豊かで、わずかにぴりっとして、最後はさっぱりとした味が感じられる」

「上等なシャンパンのようであろう?」ドレイトンは言った。「生き生きとした味が口のなかで弾けるが、あと味はさっぱりしている」

「ものすごくさっぱりしているから、ブラインドみたいに舌が巻きあがっちゃいそう」セオドシアはおかしそうに笑った。

ドレイトンの眉がさっとあがった。「いや、そこまでさっぱりはしておらんぞ」

フェザーベット・ハウスはインディゴ・ティーショップから二ブロックのところにあり、いつ訪れても魅力たっぷりのオアシスのような存在だ。古くて大きな宿はブランコをそなえたゆったりした玄関ポーチがあり、二階にはバルコニー、さらには華やかな装飾をほどこした小塔、塔のてっぺんを飾るフィニアル、手すりをそなえていた。

なかに入るとチンツのソファと椅子、手織りの敷物、赤煉瓦の暖炉がある居心地のいいロビーがひろがっている。アンジー・コングドンのトレードマークとも言えるガチョウがいたるところに使われている。ソファのクッションにはガチョウの刺繍がほどこされ、ガチョウの写真や絵が壁に飾られ、さらには木彫りのガチョウ、やわらかな素材で作られたガチョウ、金属で作ったガチョウの彫刻まである。

木でできた背の高い受付デスクについているアンジー・コングドンは、とてもかわいらしく見えた。肩までのばしたブロンドの髪に天使と見まがうばかりの穏やかな顔。デニムのロングスカートに黄色いパフスリーブのブラウスを合わせていた。

セオドシアが入ってくるのに気づくと、アンジーの顔がぱっと明るくなった。

「いらっしゃい、ミス・セオドシア。きょうはどんなご用件で当館に？」

「ちょっとお願いがあって」セオドシアは言った。遠回しな言い方をしても意味がない。

「なんでもどうぞ」アンジーは言った。

「先にふたつばかり質問させて。ここにボブ・バセットという名前の男性がお客として滞在しているか知りたいの」

「事件記者の人？　ええ、うちの別館にお泊まりいただいてるけど。あまり高くないお部屋で週単位の料金をご希望だったわ。続き部屋とか、そういう特別なものは必要ないからって。まあまあのお部屋でいいと言われたの」

「いまお部屋にいるかしら？」セオドシアは訊いた。

「いないんじゃないかしら。でも、確認するくらいはできるわ」

「お願いできる？」

アンジーは受話器を取ってバセットの部屋番号をダイヤルし、しばらく耳を傾けていた。

「電話に出ないから、いまは外出されているようね。なにか伝言を残していく？」

「ううん。というのも、ここからが本題だから」セオドシアは言った。「その人の部屋のなかを見たいの」

アンジーは眉を寄せた。「まあ……そのお願いはいささか常軌を逸してるわね。理由を聞かせてくれる？」

セオドシアは、いま取り組んでいる調査について、かみ砕いて説明した。カーラの殺害、ロイスに助けを求められたこと、これまでの調査の結果、容疑者リストを絞りこんだこと、ボブ・バセットも容疑者候補のひとりであること。

アンジーの顔が真っ青になった。「バセットさんが被害者の女性たち全員を殺したかもしれないと言うの？」彼女は不安のあまり、息も絶え絶えになっていた。

「少なくとも容疑者なのはたしかよ」

「警察は彼に目をつけているの？」

「ううん、わたしが目をつけてる」

アンジーはしばしためらい、セオドシアの依頼を数秒ほど検討したのち、抽斗をあけて革のキーホルダーがついた大きな真鍮の鍵を出した。

「八一六号室よ。これがマスターキー。でも、なかを調べるならぐずぐずしないで、手早くやって。わたしはここでバセットさんが帰ってくるか見張ってる。部屋に戻るにはわたしの前を通らないといけないから、彼が帰ってきたら、あなたの携帯電話に連絡する。それでいい？　わたしから連絡があったら、すぐに部屋を出てちょうだい」

「ありがとう」セオドシアは言った。「持つべきものはいい友だちだわ」

両開きドアを出て、板石を敷いた中庭を歩いた。アンブレラのついたテーブルが十二ほど置かれている。大雨のきょうは、さすがにここで無料のワインを飲んだり、チーズを味わったりしている人はひとりもいない。いいお天気ならば、この中庭は目を見張るほどすばらしい。木漏れ日がチンザノのロゴが入ったアンブレラに降り注ぎ、ヤシの木がそよぎ、ピンクと紫のブーゲンビリアの大きな鉢がいたるところに置かれ、アンジーのもてなしを堪能する宿泊客の姿が見えるはずだ。

セオドシアはツタがからまる枝編み細工のフェンスをまわりこんだ。別館と中庭はフェンスで分けられ、それによって別館の宿泊客のプライバシーがたもたれている。

左、つづいて右に目をやったが、人の姿はなかった。宿泊客もメイドも庭師も見当たらない。

よし、さあ、いよいよだわ。セオドシアは心のなかでつぶやき、八一六号室の前に立って鍵穴に鍵を挿しこんだ。

鍵はちょっとのあいだ動かず、セオドシアは心臓がとまりそうになった。けれどもほどなくカチッという音がはっきりと聞こえ、ドアが大きくあいた。

かなり強い不安を感じながら、セオドシアはボブ・バセットの部屋に入り、ドアを閉めた。

本来ならばここはすてきな部屋のはずだ。ふっくらした上掛けのかかった四柱式ベッド。薄いカーテンがかかった窓。オールドイングリッシュ様式によく似た調度類。壁を飾るオリジナルの油彩画。けれどもきょうは、強力なリーフブロワーのスイッチを入れてそのまま放置したのかと思うほど、ひどく散らかっていた。衣類が床に散乱していた。シャツ、上着、その他もろもろがベッドに山をなしていた。整理簞笥には男性のものとおぼしきこまごましたもの――鍵、小銭、チケットの半券、くしゃくしゃのドル札、テイクアウトのメニュー、ポケットナイフ、紙マッチ、単三の乾電池二個、小型の懐中電灯、サウス・カロライナ大学のフットボールチーム である〈ゲームコックス〉のロゴが入った野球帽、セロハンに包まれた葉巻、ペン二本――が雑然と置かれていた。靴一足（そうとう汚れているし、かかとの交換も必要だ）が、肘かけのない椅子に無造作に放り出されていた。

だらしないわね。世界でも一、二を争うレベルの不精者だわ、とセオドシアは心のなかでつぶやいた。

とりあえず、不快感をわきに押しやろうとした。頭の奥では、バセットの部屋を捜索できるのはかぎられた時間だけだとわかっている。前に読んだスリラー小説では、不法侵入をする場合、持ち時間はせいぜい二分だと主人公が言っていたっけ。それを過ぎると、捕まる確率がぐんと高くなるのだと。

これがリスクの高い行為なのはよくわかっているから、さっそく仕事に取りかかった。整理簞笥の抽斗をあけ、クロゼットのなかを調べ、かかっている服のポケットをすべて確認し、ベッドわきのテーブルのなかをのぞき、最後に小さなバスルームを調べた。

あやしく思えるものはひとつもなかった。ロープも針金もナイロンのひももなかった。銃やナイフについても同様だった。

ここにはなにもないの？　なにひとつないの？

時間が刻々と過ぎていく。いま、時間は彼女の敵だった。

セオドシアはもう一度確認することに決め、いくらか時間をかけ、さっきよりもさらに秩序だって調べていった。

クロゼットと整理簞笥にはやはりなにもなかった。ベッドわきのテーブルもバスルームも同じ結果だった。セオドシアは部屋の中央に立ってゆっくりと三百六十度まわった。絶対になにかあるはずよね？

そのとき、もう一度ベッドに目をとめた。山と積まれた衣類、雑誌、ノート、それにカメラが二台。あのがらくたという沼をあさるのはごめんだと思うものの、価値のあるものが見つかるかもしれない気もする。

しょうがない、やろう。

セオドシアは趣味の悪い茶色の上着を手に取って、わきに投げた。下からまた雑誌が出てきた。《デジタルカメラ 現代写真術》と、《PDN》とかいう雑誌だ。それもわきに押しのける。ようやく山の中心部に達した。ここにもまた衣類、さっきとはべつのカメラ、そして靴箱がひとつ。靴箱の蓋をあげてみたが、なかはからだった。山のさらに下に手を突っこんで手探りする。鼻にしわを寄せながら、ここにあるはずのないものはないかと調べた。そしてようやく見つけたのは……プラスチックのコップだった。おそらくバスルームにあったものだろう。けれどもそれだけで、ほかにはなにも見つからなかった。

セオドシアはすべてをもとの雑然とした山に戻し――部屋を捜索されたことなどバセットは気づきもしないだろう――踵を返して引きあげようとした。ドアノブに手をかけたとき、なにかがちらりと目に入った。カーテンに半分隠れた、枝編み細工の小さなごみ箱だ。

腰をかがめてなかをのぞこうとしたそのとき、携帯電話が鳴った。

22

アンジーからだ。警告の電話だ！
セオドシアの頭は一気に超高速モードに切り替わり、急いで携帯電話をミュートにした。リスクをおかしてごみ箱を調べるべきか、それとも、見つからないようすぐここを出るべきか。

セオドシアの燃えさかる好奇心が勝った。ごみ箱のなかに手を入れると、黄色と黒に塗られた段ボール箱が捨ててあるのが見えたので、それをつかんだ。右膝をドア枠にぶつけながら転げるように部屋をあとにし、どうにかこうにかドアを閉めた。枝編み細工のフェンスのうしろで身を低くかがめ、誰にも見とがめられずに脱出できますようにと祈りながら、ほかの別館の部屋の前を全力疾走した。その間ずっと重たい足音が前から近づいてきていた。それがでこぼこしたパティオの敷石から聞こえはじめると、あとは近づく一方だった。

広角レンズを取ってこなくてはいけないとぶつぶつ言うボブ・バセットの耳慣れた声が聞こえたので、セオドシアは最後の力を振りしぼって建物の角をまわりこみ、人目のない場所に隠れた。

アンジーのガレージの化粧漆喰の壁に背中をくっつけ、目をきつく閉じ、必死で呼吸を整える。昂奮のあまり心臓がばくばくいっていた。

やった？　ええ、やったわ。で、なにが手に入ったの？

セオドシアは目をあけ、手に持ったぐしゃりとつぶれた箱を見つめた。小さくて、おそらくは八インチ四方、黄色と黒を使ったデザインのせいで工業製品らしく見える。見つけたものをさらにじっくり調べると、箱というよりは段ボール製の胴巻きラベルらしかった。ラベルには〝プロライン社テーザーケーブル――長さ十五フィート〟とある。テーザーケーブルがどんなものかは知っている。データを転送するために、カメラとノートパソコンをつなぐのに使うコードだ。

わからないのは、ボブ・バセットがそのケーブルをなにに使ったのかだ。撮影した写真をノートパソコンに転送するためか――それとも女性の首を絞めるため？

「やけにうしろめたそうな顔をしているな」セオドシアが店に戻るとドレイトンが声をかけてきた。「どこに行っていたのだね？　なんの用事だったのだね？」

いちおう許可を取ったが違法性の高い捜索をどう取り繕って説明しようかセオドシアが考えていると、電話が鳴った。

ドレイトンが受話器を取った。「もしもし？　はい」彼は眉をあげ、セオドシアに受話器を差し出した。「きみの彼氏からだ。またも電話のベルに助けられたようだな」

「もしもし?」セオドシアは言った。

「ちょっと知らせておきたいことがあってね」ライリーは言った。

「ビッグ・ニュース?」アンジーのところで無謀な大冒険を繰りひろげたせいで、セオドシアの心臓はまだ激しく鼓動していた。

「〝くだんの殺人犯を逮捕したのか〟と訊いているのなら、答えはノーだ」

「じゃあ、どんな知らせなの?」

「ふたつある。まず、深紅のバラの花束の出所をたどったところ、クイーン・ストリートにあるピンクレディ生花店で購入されたものと判明した。注文した男は現金で支払ったが、店のオーナーであるビビ・クーパーという女性は、その男のことをとてもよく記憶していた」

「それで?」セオドシアはほとんど息を殺していた。

「その女性によれば、客は若年から中年だったそうだ。ハンサムで、品のある話し方だった」

セオドシアはとめていた息を吐き出した。「その説明だと、ワイアット・オーロックさんは除外されるわね。あの人は高齢だし、気むずかしいから」

「それにボブ・バセットも除外だろう。あの男は若くもないし、ハンサムでもない」

「うそでしょ」セオドシアは言った。あれこれ嗅ぎまわったり、ものを失敬したりしたのは無駄だったの? 「だけど、きょう、ワイアット・オーロックさんの事情聴取をしたんでしょう?」

「そうとう厳しく問いつめた。あの男は海千山千の策士だ。自分の手札をほとんど見せずに質問に答えるすべを心得ている」

「でも、容疑者とは思ってないのね？」

「これまでのところ、彼のアリバイはすべて確認済みだ」

「となると、容疑者としてあとは誰が残ってるの？」

「まぼろしを追っているのか、あるいは元ボーイフレンドのティム・ホルトにふたたび目を向けるかのどっちかだろうね」

「ニック・プリンスさんもいるわ」セオドシアは言った。「あの人は信用ならないながらも魅力があるから」

「なるほど。きみは彼が好きじゃないみたいだ」

「ええ、そのとおり」

「そういえば、ゆうべ、オーロックの警備の人間がどうとか言っていたね」

「フランク・リンチさんね。彼からも話を聞くの？」

「いま取りかかっている。まずは居場所を突きとめないと。オーロックが非協力的なのか、本当にリンチの住所を思い出せないのかはなんとも言えないところだけど。とにかく、リンチは不動産の所有者としてどこにも登録されていない」

「じゃあ、このあとも捜査をつづけるのね」セオドシアは言った。「七年前の未解決事件のほうはいくらか進展があった？」

「実を言うと、きみからの情報がいちばん有力という状態だ」

「本当？　それだけなの？」

「スイートハート、何事も簡単には手に入らないんだよ」

「で、さっきはどこに行っていたのだね？」セオドシアが電話を切ると、ドレイトンがすかさず尋ねた。

「どうしても知りたいなら答えるけど、ちょっとフェザーベット・ハウスに行ってたの。ボブ・バセットさんがそこに泊まっているから」

「アンジーのところかね？　これはこれは。で、まさか、ええと……？」彼は言葉を濁し、質問を最後まで言うかわりに片手をくるくるまわす仕種をした。

「あの人の部屋をこっそり調べたかって訊いてるの？　もしそうなら、頭ごなしに非難する？」

「しないだろうな」ドレイトンはそう言ってから、振り向いてノートを手に取り、さりげない口調になって訊いた。「なにか見つかったのかね？　犯罪の証拠になるようなもの、という意味だが」

「コンピュータのコードの包み紙が一枚」

「ほう、コンピュータか」ドレイトンはその手のものを好まない。メールのアカウントすら持っていないくらいだ。彼はペンを手にして言った。「さてと、ワイヤーの話になったところで（追い込みにかかるという意味もある）、明日の殺人《マーダー》ミステリのお茶会のプランをおさらいしておこうではないか」

そこへミス・ディンプルがなんの前触れもなく現われた。「マーダーミステリのお茶会。なんてすばらしいんでしょう」

「そう言ってもらえるとうれしいよ」ドレイトンは言った。「なにしろ明日は、きみに大事な役のひとつを演じてもらうのだからね」

ミス・ディンプルは顔を輝かせた。「わたしがですか？　どんな役でしょう？」

「きみにはレディ・セシリーの役をやってもらうよ」ドレイトンは言った。

「すてきな名前。ちょっと待ってくださいよ、わたしが犯人なんですか？」

「それは明日のお楽しみだ」

「わたしは？」セオドシアは訊いた。現実の凶悪事件ではなく、お茶とお芝居の上での殺人の話をしているほうがほっとする。

「きみはアルセア男爵夫人だ」ドレイトンはわざとらしく顔をしかめてみせた。「台本を読んでいないのかね？」

「実は読んでないの」セオドシアは言った。

「明日の三時のお茶会までにはぜひとも読んでおいてくれたまえよ」ドレイトンは言った。「さて、当店のふたりの俳優のほか、被害者役としてこの先にあるカメラ店のビル・ボイエットを抜擢する予定だ。彼にはしかるべきタイミングで死んでもらい――」

「まあ！」ミス・ディンプルが叫んだ。

ドレイトンはその反応にほほえんだ。「それから、わたしが死体を始末し、お客さまの協力を得て、誰がブレッドソー卿を殺害したのか、その謎を解き明かすという趣向だ」

「お客さまにはどのような協力をお願いするんですか？」ミス・ディンプルが質問した。

「お客さまひとりひとりに事件の情報および手がかりを記したカードが配られる。全員がそのカードを読んだのち、容疑者への質問が可能となる」ドレイトンは顔をあげた。「その容疑者をわれわれが演じるというわけだ」

「おもしろそうですね」ミス・ディンプルは言った。「わくわくしてきちゃいます」

「質問が終わったら、無防備なブレッドソー卿に毒を盛ったのは誰だと思うか、お客さまに書いていただく」ドレイトンは言った。

「そのあとは？」ミス・ディンプルは訊いた。

「また、その質問かね？」ドレイトンは言った。「台本を読みたまえ」

「で、すべて明らかになるの？」セオドシアは訊いた。

ドレイトンは蝶ネクタイの位置を直した。「もちろんだとも」

午後のお客が全員いなくなると、セオドシアは店内をあわただしく動きまわり、デュボス蜂蜜を箱から出し、膝をついて、ハイボーイ型チェストの下の段にそれを並べはじめた。猫の形のポットカバーをいちばん下の段に移動させれば、ひと箱分の蜂蜜が全部、おさまりそうだ。

入り口のドアの上のベルが鳴って振り返り、思わず笑みを浮かべた。お気に入りの職人、ミス・ジョゼットがティールームに入ってくると、その笑みはさらに大きくなった。

どんなときでも南部紳士らしさを崩さないドレイトンが、急ぎ足で迎えに出た。

「ミス・ジョゼット。ようこそ。きょうは来る予定ではなかったと思うが」彼はセオドシアを振り返った。「どうだったかな？」

セオドシアはすでに立ちあがって、入り口に向かって歩き出していた。

「予定はないけど、それでもうれしいわ」ミス・ジョゼットが傘を下に置くと、大ぶりのキャンバスバッグを持っているのが目に入った。市場に行くときに使う手作りのバッグだ。

「スイートグラスのバスケットの新作をいくつか持ってきてくれたのね！」

ミス・ジョゼットは六十をいくらか過ぎたアフリカ系アメリカ人の芸術家で、ガラ人の血を引いている。深みのある黒檀色の肌にアーモンド形の目をして、身のこなしはとても堂々としている。きょうは上品な黒いワンピースの上から赤いショールを粋にかけていた。ダイヤモンドのスタッドイヤリングが見えるように、肩までの髪をツイストヘアにまとめていた。

ミス・ジョゼットはまた、サウス・カロライナ芸術委員会からいくつかの賞を授与されたほか、手編みのスイートグラスのバスケット二点がスミソニアン美術館の永久所蔵品にくわえられるという栄誉にも浴している。

「お茶を一杯飲んでいく時間はあるかな？」ドレイトンが訊いた。

ミス・ジョゼットは首を横に振った。「〈レディ・グッドウッド・イン〉まで行く途中なんだよ。あそこのカロライナ・ルームに飾るバスケットをふたつ持っていくと約束したもんでね。でも、売り物のバスケットを五つ持ってきてるから、あんたたちふたりに先に選ばせてあげようと思ってさ」

「とてもありがたいわ、ミス・ジョゼット」セオドシアは言った。「できれば全部買い取りたいところ。あなたが作るバスケットはとても人気があって、お客さまのあいだで取り合いになるんだもの」

ミス・ジョゼットはほほえんだ。「そう言ってもらえるとうれしいね。だって、あたしが編むバスケットにはまだ需要があるってことだから」彼女は長くて先の細い指をした手をあげ、指を曲げのばしした。「もちろん、このバスケットにはここカロライナ地方で三百年にわたる伝統があって、あたしはひいおばあさんに正式な作り方を教わったんだよ」

「うむ、そうだな」ドレイトンは言った。事情に通じている人のご多分に洩れず、彼自身もスイートグラスのバスケットをいろいろとコレクションしている。

「編んだり、紡いだり、縫ったりという手作業が大々的に復活したのはほほえましいことだわ」セオドシアは言った。

「現代でも、みんな古いやり方のよさがわかるんだよ」ミス・ジョゼットは言った。

彼女はテーブルにバッグをおろしてひらき、細かな細工がほどこされた、ほとんど彫刻のような作品——トレイがふたつ、持ち手のついた長方形のバスケットがひとつ、そして背の高い買い物用バスケットがふたつ——を見せた。

「気に入ったものはあるかい？」ミス・ジョゼットは愉快そうな響きを含んだ声で言った。

「全部」セオドシアとドレイトンが同時に言ったが、選べるのは三つだけとわかっていた。

23

一時間後、セオドシアとドレイトンはイマーゴ・ギャラリーに来ていた。ドレイトンは写真展のオープニングに出るのはあまり気が進まなかったが、セオドシアはなだめたりすかしたりして、どうにか説き伏せた。ティム・ホルトの作品を見てみたかったし、うまくすれば、また彼と話をするチャンスに恵まれるかもしれない。

「いらっしゃいませ」ギャラリーのオーナーであるホリー・バーンズがふたりを出迎えた。ホリーは五十代なかばでやせぎす、黒いロングヘアをドラマ『アダムス・ファミリー』のモーティシア・アダムスのような髪型にしている。今夜は赤いペイズリー柄の着物風のトップスに黒いレギンスを合わせ、伸縮性のあるナイロンの靴はジャガイモに似ているけれど、たぶん流行の最先端を行っているものなのだろう。首には大ぶりのネックレスが五、六本かかっていた。「お入りになって、ゆっくりごらんください」

「ありがとう」セオドシアは口のなかでもごもご言った。

昨今のアートギャラリーのご多分に洩れず、イマーゴ・ギャラリーも装飾を必要最小限に抑えていた。つまり、白い壁、灰色の工業用カーペット、展示作品を天井からピンポイント

で照らすスポットライト。

写真や絵画を際立たせるためかしら？　セオドシアは首をひねった。それとも際立たせたいのは派手なオーナーのほう？

大盛りあがりのなか、セオドシアとドレイトンはギャラリーという狭いスペースにひしめく招待客をかき分けながら進んだ。ＤＪがサウンドボードを駆使し、小鳥のさえずりのような声で歌う女性歌手の曲をかけている。

「聴くに堪えない音楽だ」ドレイトンが言った。「この歌手はザトウクジラの声でもまねているつもりかね？」

「新時代のシンセサイザー音楽よ、これは」

「ふむ、なるほど。つまり、これもひとつのジャンルなのだな。それでも、聴くに堪えないことに変わりない」

黒いスラックスに黒いＴシャツ、頭の片側だけ剃りあげた若いウェイターが金色の液体の入ったシャンパングラスをのせたトレイを手に近づいた。

「シャンパンはいかがでしょう？」ウェイターは言った。

「いただくわ」セオドシアは言い、彼女もドレイトンもグラスをひとつ受け取った。

「ありがたい」ドレイトンは言って、すぐにひとくち含んだ。目をなかば閉じてじっくりと味わう。「シャンパン……ではないな。イタリアのスパークリングワインのプロセッコだろう。使われているブドウは、フランスの有名なシャンパーニュ地方で穫れるくっきりとして清らかな味わいのものとはあきらかにちがっている」

セオドシアは苦笑した。「要するにおいしくないと言いたいのね」

ドレイトンはもうひとくち含んだ。「それどころか、ひじょうにきりっとしていて、うまい」彼はあたりを見まわした。「なかなか興味深い人たちが集まっているな。ほぼ全員が上から下まで黒に身を包んでいる。これは芸術家を気取ったファッションのつもりなのだろうか？　それともみんな、ゴシックファッションの信者なのかね？」

「流行に敏感な人たちよ」セオドシアは言った。「自分を恰好よく見せようとして、ああいうファッションをしているの。そして当然、ギャラリーに出入りしては安物の白ワインを飲んだりもする」

ドレイトンは愉快そうに口の両端を引きつらせた。

「せっかく来たんだから、写真を見ましょう」セオドシアは言った。

「必要とあらば仕方あるまい」

今夜はティム・ホルト以外にもふたりの写真家の作品が展示されていた。イジー・ダルトンという男性と、ジョシリン・ジョーンズという女性だ。ダルトンの作品はくっきりとしたモノクロ写真で、輪郭が鮮明で報道写真のようだった。ジョーンズの作品はフルカラーで幻想的で、少しピントが甘かった。日没や霧に煙る朝の低地地方をとらえたものが多い。いずれにしても、既成概念の枠を超えるというほどのものではなかった。

そして最後はティム・ホルトの写真。

「いやはや、この写真にはさほど悪くないものも何点かあるぞ」ドレイトンは驚いたように言った。「もっと大衆受けするものが多いかと思っていたが、ホルトは歴史に興味があるようだ。ほら、ごらんよ。ミドルトン・プレイスとモールトリー砦の写真も展示されている」

ふたりは歩を進めながら、壁にかかった二十点ほどの写真と自立式の展示を見てまわった。

「これはドック・ストリート劇場の写真だな」ドレイトンは言った。「煉瓦と鉄細工のファサードにちらつく光を美しくとらえている」

それにつづくホルトの数点の写真はチャールストン港をとらえたものだった。白い帆をはためかせながら波を切って進んでいくヨットの一団、いきおいよく進む大型クルーズ客船、大きなタンカーの航行をサポートするタグボート。

構図からはホルトの鋭い目と天賦の才がうかがえるが、チャールストン港を撮った写真がなぜこんなにあるのかセオドシアは疑問に思った。ホルトがカーラだけでなくモニカ・ガーバーも殺したのなら、現場である屋外ステージに立って港を見やっただろうか？　もしそうなら、この写真とほぼ同じ景色が見えたのだろうか？　そう考えたとたん、全身がぶるりと震えた。これが、現実が芸術を模倣するということ？

ドレイトンに話しておこうと振り返ると、ティム・ホルトと目が合った。彼は目が合ったのに気づいた証拠に首を小さく動かし、それから近づいてきてあいさつをした。

「来てくれたんですね」ホルトは言った。「来るとは思ってませんでした」今夜の彼は本物の芸術家のように見えた。裂け目の入ったジーンズ、色あせたTシャツ、サンダルとテニスシューズを足して二で割ったようなスリッポンシューズ。

「ドレイトンもわたしもあなたの作品をこの目で見てみたくなっちゃって」セオドシアは言った。ドレイトンの肩を軽く叩くと、ドレイトンは怪訝な表情で振り返った。「ドレイトンのことは覚えてる?」

「もちろん」ホルトは言った。「またお会いできてうれしいです」

男性ふたりは握手をした。

「ここに展示されたきみの写真は実にいい」ドレイトンは言った。「チャールストンの由緒ある場所を数多く、しかも人の目をとらえて離さない手法でレンズにおさめている」

「ありがとう」ホルトは言った。

「チャールストン港のとらえ方も興味深いわ」セオドシアはそう言ってから、ホルトがどんな反応を見せるか注意深くうかがった。なんの反応もなかった。反応を見せるどころか、大成功のオープニング・パーティという栄光に酔っていてもおかしくないのに、やけに沈んでいるように見える。

「ご親切にどうも」ホルトの声は少したどたどしかった。

「変なことを訊いて申し訳ないけど、どうかしたの?」

「おそらく……きょう葬儀が終わって、ようやくカーラの死が実感できた気がするんです」ホルトはセオドシアとの距離を少し縮めながら言った。「それまでは、現実離れしていて、とても本当のこととは思ってませんでした。わかってもらえるかな。おれたちのわかれはとてもあっさりしたものだったから、それも当然です。けど、この現実をのみこむのがつらくてつらくて……カーラの葬儀という区切りに対処するのは……」ホルトは首を左右に振った。

「いまになって、彼女をとても愛していたことに気づきました」

セオドシアは意表を突かれた。前に話したときのホルトはここまで感情も反省の気持ちもあらわにしていなかった。思いもよらないことだった。こうなった原因は……なんだろう？ 本人も言っていたように、葬儀という悲しい結末のせい？ それとも罪悪感？

「カーラからわかれを切り出されても、あなたはあまりショックを受けていなかったとばかり」セオドシアは言った。

「そのときはね。でもいまは……いまは、おれたちは最高のカップルだったんじゃないかと思えてきて」

「そう」セオドシアは、ホルトがいきなりここまで悲しみにうちひしがれたことに心底驚いていた。

ホルトは彼女をじっと見つめた。「おれたちは天に引き合わされた最高のカップルだったのかもしれません」

話をつづけようとしたところへ、ギャラリーのオーナーのホリー・バーンズがつむじ風のごとくくるくるまわるようにして近づき、ホルトの肩を叩いて聞こえよがしにささやいた。

「うちの有望な若手写真家と顔を合わせたいという熱心なお客さまがいらっしゃるの」彼女はセオドシアに申し訳なさそうにほほえんだ。「ちょっとこの人をお借りしてもいいかしら？」

「どうぞどうぞ」セオドシアは言った。というのも、ちょうどそのとき、ワイアット・オーロックが入り口から入ってくるのが見えたからだ。しかも、フランク・リンチを連れている。当然よね、とセオドシアは心のなかでつぶやいた。イマーゴ・ギャラリーはオーロックさんが提案しているマンション開発の現場とわずか二ブロックしか離れていないんだもの。彼はご近所さんで、チャールストンではご近所さんは招待されるものと相場が決まっている。裕福な大物実業家のご近所さんとなればなおさらだ。

オーロックが髪をなでつけ、えらそうな態度でギャラリー内を見まわす様子をセオドシアはじっと見ていた。それから、ジョンズ・アイランドに五百年にわたって立っているりっぱなエンジェルオークの木のモノクロ写真に見入るドレイトンを軽くつついた。

ドレイトンはセオドシアを振り返った。「なんだね？」

「いまワイアット・オーロックさんが入ってきた。腹心の部下のフランク・リンチさんも一緒」

ドレイトンは苦笑した。「リンチは警備員から腹心の部下ナンバーワンに昇格したのかね？」

「昇格かどうかはわからないけど、チャールストン中心部の名士たちと肩を並べているのに、どうして警察はリンチさんの居場所を突きとめられないのかしら？」

「ならば、きみが本人に質問すればいいではないか。彼とオーロックがわれわれに気づいて、こっちに向かってくるのだから」

「ええ」

オーロックはセオドシアのパーソナルスペースに侵入する意図を露骨にしめしながら、つかつかとセオドシアに歩み寄った。その顔に浮かんだけわしく狡猾な表情にセオドシアは不安を感じ、残忍なイタチのようだとひそかに思った。にやにや笑いを浮かべた人間の形をした番犬、リンチがうしろにひかえている。

「そこの女」オーロックは大声で言った。「あんたのことは覚えてるぞ」

「紹介されたことはないと思いますが」セオドシアはとぼけながらも、相手のきつい目つきにどぎまぎしていた。

オーロックの顔色が変わり、にじみ出る怒りで瞳が小さくなった。

「そうか？　なら思い出させてやろう。何日か前の夜、あんたはわたしの店のテーブルにつき、質問攻めにした。しかもぶしつけな質問だった」オーロックは側頭部を人差し指で軽く叩いた。「わたしは人の顔を忘れないたちでね。わたしを怒らせた者の顔はとくに」

「どなたかを怒らせるつもりはありませんでしたけど」セオドシアは言った。

「あんたはロイス・チェンバレンのことを訊いてきた。すると二日後、警察がやってきて、ロイス・チェンバレンについて質問された。それでこう思った――こいつは偶然すぎないかってね」オーロックはほくそ笑むような、いわくありげな笑みを浮かべた。「あんたが警察を差し向けたんじゃないかと思っても当然じゃないか、お嬢さん？」

「なぜ、わたしがそんなことをしなくてはいけないんでしょう？」セオドシアは訊いた。

「あんたは見るからに札つきのお節介女というにおいがするからだ」オーロックは言った。

「必要のないトラブルを起こすのが好きな女だからだ」

「ちょっと失礼」ドレイトンが割って入った。「面倒は困ります」

「これからもわたしの事業に首を突っこむようなら、面倒の山に埋もれることになるからな」オーロックが警告した。

「どうしてですか？　ほかにもビルを買うということですか？」セオドシアは言い返した。

「もっとたくさんの商店主の居場所を奪うつもりですか？」

オーロックは怖い顔でセオドシアをひとにらみすると、リンチを振り返った。

「車を取ってこい、フランク。ここにいる連中は好かん。小賢しいことを言うやつとはつき合いきれん」それだけ言うと彼は踵を返し、ひしめき合う人混みをかき分けていった。

「お楽しみはここまでか」引きあげていくオーロックのうしろ姿を見ながらドレイトンが言った。

「かなり怒りっぽい人ね」セオドシアは言った。

「きみも鋭いジャブをお見舞いしたじゃないか」

「あの人がなにをたくらんでいるのか、気になるわ」

「うん？」ドレイトンはたちまち、うろたえた表情になった。

「あんな威勢のいい態度を取られたんだもの、ワイアット・オーロックという人を信用できるわけないでしょ」

「では、彼もきみの容疑者リスト入りを果たしたわけだな」

「当然。あの人はなにをするかわからないし――」セオドシアはそこで唐突に言葉を切り、持っていたグラスを近くのカウンターに置いた。「あの人の行動を監視すべきだわ」

「それはとんでもなく軽率な発言だと思うが」

「あなたは無理にかかわらなくていい」セオドシアは言った。「わたしがひとりで……あっ！あの人、本当に帰るみたい」彼女は人混みの向こうを見ようとつま先立ちになった。それからドレイトンの腕をつかんで自分のほうを向かせた。「行きましょう、ドレイトン」

急いで外に出ると、ちょうどオーロックが黒いメルセデスベンツの後部座席に乗りこもうとするところだった。

「いたぞ」ドレイトンは言った。「やはり帰るようだ。もう、きみをわずらわせることはない。これで満足かね？」

「どう思う？　オーロックさんとフランク・リンチさんはものすごく仲がよさそうよね。警察はリンチさんから話を聞きたがっているのに、オーロックさんはリンチさんの居場所を知らないふりをしている」

「ふたりが乗った車のナンバーを書きとめるべきかな？」

「もっといい考えがある。あの車を尾行するの」セオドシアは言うと、自分のジープ目指して駆け出した。とめた場所は二台先で、運がいいことに、リンチが走り去ったのと同じ方向にあった。

ドレイトンは足に根が生えたようにその場に立ちすくんだ。「いまからかね？」セオドシアのうしろ姿に向かって叫んだ。

「ううん、今度の火曜日よ」セオドシアも大声で返事をした。「冗談よ、いまからに決まってるでしょ。ほら、急いで車に乗って！」

24

セオドシアは二ブロック先でオーロックとリンチが乗る車に追いついた。テールランプが特徴的な大きな黒いメルセデスが、獲物を追うサメのように流れに乗って走れるのを尾行するのは簡単だった。

「あまり近寄ってはいかんぞ。気づかれるからな」ドレイトンが注意した。「映画でやっているように、あいだに二台ほど、ほかの車を入れるようにするのだぞ」

「わかってる、わかってるってば」セオドシアは左に車線変更し、のろのろ走る車を二台追い越し、もとの車線に戻った。

「オーロックがフォグヒール・ジャックとは思っておらんのだろう？」

「もう、どう考えればいいのやら」セオドシアは気遣わしげに指先でハンドルを叩いた。

「可能性がないわけじゃない。ただ、それを言うなら、あの人のいわゆる警備員兼運転手のフランク・リンチさんにだって可能性はある。というか、モニカ・ガーバーが殺害された夜、ホワイト・ポイント庭園で野次馬にまぎれているあの人を見たときからずっと、リンチさんがあやしいとは思ってた」

「うむ、たしかにそう言っていたな」

「ライリーにも話したのよ」

「そんな話を聞いたら、本気で心配になってきたではないか」

「ごめんなさい」セオドシアは謝った。

「それはさておき……」ドレイトンは手をあげて指さした。「左に折れてミーティング・ストリートに入るようだぞ」

「了解」セオドシアは言い、オーロックの車を追って左折した。

店舗が多く、高級なホテルも何軒かあるミーティング・ストリートは、交通量がかなり多くて明るかった。おかげでオーロックとリンチを視界にとらえるのはたやすかった。ネオンサインが濡れた舗道に反射し、とめた車から人々がバーに駆けこみ、タイヤが水を撥ねる音がひっきりなしに聞こえてくる。

しかし、オーロックの車がトラッド・ストリートに入ると、急にひと筋縄では行かなくなった。

「もう少し距離をあけたほうがいい」ドレイトンが注意した。

「うん、わかった」

半島の先端近く、裕福な家々が立ち並ぶ界隈まで来ていた。生け垣、門、パルメットヤシの並木の向こうには大きくて優雅な屋敷がちょっとした公国のように鎮座している。どの庭も手入れが行き届いていて、由緒のある屋敷の多くはフランスらしさを感じさせる色――アーモンド色、青緑色、淡いピーチ色――に塗られていた。

「ふたりはどこに行くのだろうな？」ドレイトンが首をひねった。

「オーロックさんはこの近くに住んでいるんじゃないかしら」セオドシアは言った。

「この界隈に？　そう思うのだね？」

彼の質問に答えるかのように、リンチがブレーキを踏んだのだろう、赤いライトが二度、短い間隔で光った。それから、メルセデスは切妻屋根と前柱、屋根つきの車寄せをそなえた大きな三階建ての前の縁石にゆるゆると寄せてとまった。セオドシアも急いでオーロックの家の二軒手前の縁石に寄せてとめ、ヘッドライトを消した。

「ご到着のようね」彼女は言った。

ドレイトンは小さく口笛を吹いた。「オーロックはあそこに住んでいるのか？」

「ね？　お茶のソムリエじゃなく、お金持ちの不動産開発業者になっていればよかったと思うでしょ？」

「とんでもない」

セオドシアはワイパーをとめて、フロントガラスの向こうに目をこらした。

「さて、これからなにがあるのかしら？」

見ていると、後部ドアがあいて室内灯が点灯した。オーロックはじめじめとした夜のなかに出て、コートの襟を立ててあたりを見まわした。それから運転席側のウィンドウに歩み寄って腰をかがめ、運転席に乗ったままのリンチになにやら話しているようだった。三十秒後、オーロックはアプローチを急ぎ足で進み、自宅に消えた。

「さてと、どうするかね？」ドレイトンが訊いた。

「まだ決めかねてる」

「フランク・リンチはこんな暗いなか、どうしていつまでも車のなかにいるのだろうな？」

「さあ」

「これからなにかあると思っているのかね？」

「そういうわけじゃないの」

ドレイトンはしびれを切らした。「これではまるで二十の質問ごっこではないか」

セオドシアはほほえんだ。「ある意味、そうかも」

数分後、オーロックの自宅のすぐうしろにあるキャリッジハウスから、べつのメルセデスベンツがバックで出てきた。車は屋根つきの車寄せを抜け、セオドシアたちがいるほうに曲がった。車が街灯の黄色い光のなかを通った際、運転しているのがワイアット・オーロックなのが見てとれた。

「オーロックさんはひとりでどこかに出かけるみたい」セオドシアは言った。

「なにか意味があると思っているのかね？」

「なんとも言えないわ」期待に胸をどきどきさせながら、セオドシアはリンチの車のほうに視線を戻した。「そっちの道化がこれからなにをするのか見てましょう」

そう長く待たされることはなかった。

オーロックの車が消えると、リンチはすばやくUターンして反対方向に向けて出発した。

「どっちの車を追いかけるのだね？」

「リンチさんのほう」セオドシアはエンジンを吹かし、リンチと同様にすばやくUターンした。「あの人のほうが花屋さんが証言した人相風体に合致するから」

「というと？」ドレイトンは片手をダッシュボードに置いて体を支えた。

「若年から中年までの男性で、どちらかと言えばハンサム」

「きみはフランク・リンチがハンサムだと思うのかね？」ドレイトンは訊いた。

セオドシアはしわがれた声で笑った。「わたしは思わない。でも、ああいう人がタイプって女性もいるはずでしょ」

「あんな真っ黒に日焼けしたワルっぽい外見に引っかかる女性がいたとしての話だが」

「そういう女性はあなたが思ってるよりもたくさんいるの」セオドシアは言った。

リンチはミーティング・ストリートまで戻り、数ブロックほど走ったのち、うろうろしはじめたようだった。さらにあとをつけていくとウォーター・ストリートに出て、ここでまた右に折れてベイ・ストリートに入った。あてもなく流しているようにしか見えなかった。そしてまたも……。

「リンチはなにをしようとしているのだろうな？」ドレイトンが訊いた。「なにか考えがあってのことなのだろうか？　ちゃんとした目的地はあるのだろうか？」

「わからない。狩りをしているんじゃなければいいけど」

「狩りというのは次なる犠牲者を探すという意味かね？　考えただけで背筋が凍る」

「まったくだわ」

さらにリンチを追って、チャールストン式のシングルハウスが両側に並ぶ狭い通路に入った。一部は再開発されていて、修理が必要な家もわずかながらあった。

やがてリンチは速度をゆるめ、通りの真ん中あたりで車をとめた。

「なにをしているのだろう？　見えるかね？」ドレイトンが訊いた。

「携帯電話で話してるみたい」

ふたたび車を発進させたリンチは、さっきよりも自信がある運転になっていた。セオドシアは何度となくバックミラーに目をやりながら、慎重にクイーン・ストリートをつけていった。

「どうしたのだ？」三度めにミラーに目を向けたセオドシアにドレイトンは訊いた。

「さっきから変な感じがするの。うしろから誰かがつけてきているみたい」

「べつの車かね？」ドレイトンは座席にすわったまま身をよじらせ、うしろを向いた。「誰も見えないが」

「おそらく思いすごしでしょうけど」

「おそらくな」

けれどもダッシュボードが発する光のなかに、眉間にしわを寄せ、そわそわした様子でアームレストを指で叩くドレイトンの姿が見えた。

彼も胸騒ぎがしているんだわ。

リンチはイースト・エリオット・ストリートとの交差点で左折し、時速数マイル程度にまで速度を落とした。

「なぜあんな運転をしているのだろうな?」ドレイトンは首をかしげた。「異常なほどのろのろしているし、おそるおそるといった感じではないか」

「わたしが思うに、特定の住所を探しているんじゃないかしら」セオドシアは言った。

ブレーキランプが赤く灯り、リンチはそのブロックの真ん中、こぎれいな煉瓦造りのタウンハウスの前で車をとめた。背の高い生け垣にさえぎられ、すべての窓に錬鉄でできた装飾的な面格子がついている。一台の車が反対側から近づいたので、一瞬、リンチの姿がヘッドライトのなかに浮かびあがった。

「電話をかけてるみたい」セオドシアは言った。

「しかし、誰にだろうな?」

ふたりは辛抱強く、二分、そして三分待った。ようやくタウンハウスの玄関のドアがあき、女性がひとり、正面のステップをはずむようにおりてきた。女性は銀色のワンピース姿で黒いショートブーツを履き、ショート丈の黒っぽいジャケットを肩にさりげなくはおっていた。パーティに出かけるようだ。

「うそでしょ」セオドシアは言った。

「リンチがあの女性に目をつけていると思っているのかね？　彼女が次の犠牲者だと？」ドレイトンは訊いた。

「そうならなければいいけど。でも、ここからは慎重のうえにも慎重に、見失わないようにしないといけないわ。それこそぴったりくっつくように運転しないと」

「ティドウェル刑事に知らせたほうがいい。あるいはライリーに」

「まだ狼少年になる心の準備ができてないの」

何ブロックか走ってハッセル・ストリートに入り、つづいて一方通行のキング・ストリートに折れるリンチの車を、セオドシアは必死に追った。やがて、なんとなんと、車は〈チャールストン・グリル〉の真ん前でとまった。

「まさか、クラブケーキ殺人事件が起こったりはしないだろうな」ドレイトンは言った。

〈チャールストン・グリル〉はチャールストンでも屈指の高級レストランだ。

赤いコート姿のドアマンが駆け寄って車の後部ドアをあけると、さっきの女性が飛び出し、ひとりで店内に急いだ。

「うそでしょ」セオドシアは言った。「リンチさんはライドシェアの仕事をしているんだわ」

「どういうことだね？　ああ、ヒューバーみたいな会社のことか」

「ウーバーね」

「どういう仕組みかはっきりとは知らんが、女性を品定めするのにすぐれた方法という気がするな。運転の仕事を請け負えば女性の住んでいるところがわかるわけだから、Uターンして、帰宅するのを待ち伏せすればいい」

「おぞましいシナリオだわ」

ドレイトンはうなずいた。「うむ。しかし、われわれは尋常ならざる時代に生きているのだよ」

それからセオドシアとドレイトンは、ふたたび車を走らせはじめたリンチを追ってオーロックの自宅まで戻り、それから彼がキャリッジハウスに車を入れる様子をうかがった。ガレージのドアを閉めると、リンチは建物の側面の細い階段をのぼった。十五秒後、二階の電気がついた。

「彼はあそこに住んでいるんだわ」セオドシアは言った。

「たいへん気になるのだが、彼はもう寝るつもりだと思うかね？」ドレイトンは訊いた。

「そんな気がする」

「ありがたい。というのも、さすがにウサギ狩りごっこにも飽きたのでね」

「けっきょく、残念ながら、真相には一ミリたりとも近づけなかった」

ドレイトンは腕時計に目をやった。「そろそろ十時だ。ふたりともいいかげん、家に帰らなくては。明日は一大イベントが控えているのだから」

失望と少なからぬ落胆を感じながら、セオドシアはドレイトンを家まで送った。

セオドシアがドレイトンの自宅の前で車をとめると、彼は言った。「差し支えなければ、ちょっと家に入って、明日使う小道具が入った箱を取ってきたいのだが。きみの車の後部座席に乗せておこうと思ってね」

「かまわないわ」セオドシアは言い、エンジンを切った。「なんなら、わたしがなかに入って持っていくけど」

「たいした量ではないのだよ」ドレイトンは言い、暗いなか、歩道を歩いていった。「帽子がいくつかとコートが一着、それにティーポットが二個だ」彼はわきの扉の掛け金をはずしてキッチンに入った。セオドシアはすぐあとを追いかけた。

ドレイトンが電気のスイッチを入れると、茶色と白の小さな塊、すなわちハニー・ビーが長い耳をはためかせ、尻尾を大きく振りながら駆け出してきて、ふたりを出迎えた。ハニー・ビーはふたりにひとしきりキスを浴びせるとうしろにさがり、愛らしい犬のダンスを踊った。

「かわいらしいこと」セオドシアはあくび交じりに言った。「犬のバレリーナだわ」

「これが荷物だ」ドレイトンはそう言って、段ボール箱をひとつ、セオドシアに渡した。

「もし重すぎるようなら、わたしがきみの車まで運ぼう」

「ううん、平気」

「わかった。では、まっすぐ帰るんだぞ」

「そうする」

セオドシアは車まで戻ると後部座席に段ボール箱を押しこみ、家路についた。道路は濡れていたが、雨はあがって霧がうっすら出ていた。じめじめした天気はようやく海の向こうに吹き払われ、永遠に帰ってこない。明日はまぶしいくらいのいい天気になるかもしれない。あくまで、かもしれない、だけど。

二ブロックほど走ったところでジープがくがく揺れ、プスプスという音がしはじめた。どうなってるの？

アクセルを踏むとジープは激しく上下し、いきおいよく前に飛び出した。

ちょっと調整が必要かもしれない。それとも、必要なのはオイル交換？　ま、とりあえずいまはちゃんと動いてるから、直ったみたいね。

このジープに乗るようになって四年になる。ヨットの帆、馬につける鞍、その他を積みこむのにうってつけの乗り物だ。その他というのは、リビーおばさんの大農場にある牧草地や林で採取した野生のラズベリーやクローバーのことだ。サウス・カロライナに自生する植物を使ったお茶に勝るものはない。

あいにく、回復したジープは半ブロックともたなかった。やがて、さっきよりも切迫したプスプスという音（終焉の前兆？　お願い、それだけは勘弁して）が始まり、スピードが落ちた。セオドシアはもう一度、アクセルを強く踏みこんでみたが、今度はどうにもならなかった。加速もせず、エンジン音もせず、ゴボッという音すらしなかった。

セオドシアは顔をしかめ、ゆっくりと車をとめた。

どうしたらいいだろう？

落ち着かない気持ちであたりを見まわし、まだドレイトンが乗っていてくれたらどんなにいいかと考えた。アール・グレイでもいい。誰でもいい。月が出ていないせいであたりは真っ暗で気味が悪かった。どの木も、どの茂みも、どの陰になっている場所もセオドシアに襲いかかろうとする誰かが身を隠していてもおかしくない。

通り魔がいたりして。まさか。そんなばかな考えは頭から消し去らなきゃ。

セオドシアは迷った。車を降りて必要な修理ができるか確認するべきだろうか？　それとも自動車協会に連絡するほうがいい？　あるいはライリーに？

ライリーに連絡するという考えが、ぶっちぎりの勝利をおさめた。しかも、運のいいことに、彼は電話に出てくれて、助けに来てくれるとすぐに言ってくれた。

わたしのヒーロー、とセオドシアは心のなかでつぶやいた。

十分ほど待つと彼が到着した。

「誰か助けを呼んだかな？」ライリーは彼女の車に横づけすると、運転席側のウィンドウをおろしてにやりと笑った。

「変なのよ」セオドシアは言った。「いきなりとまっちゃったの」

「ガス欠じゃないんだね？」

「二日前に満タンにしたばかりだもの」

セオドシアは彼と同時に車を降りた。

「長い距離を走ったとか？」ライリーが訊いた。

「そんなことはないわ」今夜はフランク・リンチを追って、街をぐるぐるまわったことを伝えるつもりはなかった。このささやかな冒険を知ったら、彼は顔を真っ赤にして怒るにちがいない。

「ちょっと見てみよう」ライリーは言うとグローブボックスから懐中電灯を出した。ふたりで車のうしろにまわり、ガソリンタンクを調べた。

もしガス欠だとしても、ドジだと思われませんように、とセオドシアは祈った。

「これはロッキングキャップだね」ライリーは指でキャップを軽く叩いた。

「ええ。車がロックされると、キャップもロックされるの」

「でも、この車のキャップはいじられたようだ。ほら、ここにひっかいたような疵があるだろ?」彼は懐中電灯で照らし、うっすらついた跡に指を這わせた。「ここにもある。何者かがこじあけて、燃料を抜き取ったんだろう」彼はあたりを見まわした。「このあたりでガス欠になるように。暗くて、人けのない場所で」

「いったい誰がそんなことを?」

ライリーはセオドシアをじっと見つめた。「誰だと思う?」彼はセオドシアの肩に手を置き、そっと引き寄せた。「セオ、現実を直視するんだ。何者かがきみの車をガス欠にしようとしたんだよ」

「わたしがドレイトンの家に寄っているあいだにやられたということよね。だとすると……」そこで現実を突きつけられ、セオドシアは突然、言葉を切った。

「その何者かはきみのあとをつけていたんだ」ライリーは言った。

セオドシアはあとをつけていたような車があったのを思い出した。

「どうして、わたしを？」セオドシアは疑問を口にしたが、すでに頭がその答えのまわりをぐるぐるまわっていた。

「なぜだと思う？　きみが独自に調査をしているからだ。するべきでない質問をしていたからだ」

背中を冷たいものが這いおりた。「わたしのせいでぶっつんした人がいると言ってるのね」

「おもしろい言い方だけど、要するにそういうことだ。きみが質問をしたり、あちこち嗅ぎまわったりしたのが誰かの癇にさわりはじめたんだろう。不安を感じ、気が休まらなくなったんだ」

「まさかそれがフォグヒール・ジャックということはないわよね」

「それ以外に、この街を恐怖に陥れている人物がいるのかい？」ライリーは訊いた。

セオドシアはガソリンタンクのキャップをじっと見つめた。つまり、フランク・リンチを尾行していたときに、自分も誰かに尾行されていたのだ。本当にわたしは殺人犯を怒らせてしまったの？

「あなたにひとつ訊きたいことがあるの」セオドシアは声をひそめて言った。

ライリーは額にしわを寄せ、心配そうな顔をした。「スイートハート、どんなことだい？」

「警察はワイアット・オーロックさんから話を聞いたんでしょう？」

「もちろん、聞いた」

「あの人にはちゃんとしたアリバイがあったの？」

「少なくとも、独創的なものではあったね」

「それで、なにかぴんとくるようなものはなかった？　彼が犯人だとしめすようなものは？」

「いや、とくには。セオ、なにが言いたいんだ？　はっきり言ってごらん」

「あのね、えっと、フランク・リンチさんが住んでいるところを突きとめたの」

「なんだって！」

「オーロックさんのキャリッジハウスの真上に部屋があるみたい」

ライリーは口をきゅっと結んだ。「で、住所は？」

「トラッド・ストリート沿い。彫像がふたつあるミニ公園のすぐそば」

「たしかなんだね？」

セオドシアはうなずいた」

「どうやって突きとめたんだ？」

「それは聞かないほうがいいと思う」

ライリーは大きくゆっくりと息を吐き出した。「そうだろうけど、察しはつく。セオ、よけいなことに首を突っこむのをやめなきゃだめだ。それもただちに、いますぐ。安全じゃないというだけではない。きみは自分の命を危険にさらしているんだよ」

セオドシアは彼の言葉のひとつひとつが頭のなかで反響するのをじっと聞いていた。認めたくはないが、ライリーの言うとおりかもしれない。自分はフォグヒール・ジャックの正体に危険なほど近づいていたのかもしれない。そして、そうと知らずに相手が仕掛けた落とし穴に入りこんでしまったのだ。

「あなたの言うとおりかもね」彼女はそうつぶやき、大きく腕をひろげた彼にぴったりと寄り添った。「フォグヒール・ジャックの次の犠牲者になるなんてぞっとする」

「ぼくだって同じ気持ちだ」

ライリーはやさしく彼女を抱き締め、ふたりはキスをした。

もう調査はやめよう、とセオドシアは心のなかでつぶやいた。世の中には頭のおかしな人が多すぎる。いい人と悪い人を見分けるのはむずかしい。もしかしたら……そろそろ心機一転すべきかも。

そのとき、サイレンの音が聞こえた。

ライリーは彼女と同時に顔をあげた。「なんだろう?」彼は言った。

セオドシアは突然、全身を耳にして集中し、考えをめぐらせた。けたたましい音が音の壁となって高らかに響きわたった。そこにべつのサイレンもくわわる。さらにもう一台。

「こいつはまずいな」ライリーが自分の電話に手をのばしかけたとき、ベルトにつけたポケベルが鳴った。

「レスキュー車? 消防車? いずれにしろ、こっちに向かってる」セオドシアは言った。

「歴史地区の方向に」

ライリーはさらに数秒、聞き耳をたてていた。「うん。ここから数ブロック離れたところでなにかあったらしい」

セオドシアはたちまち恐怖にのみこまれた。目を大きく見ひらき、不安で心臓が激しく鼓動する。

「まさか」彼女は大声を出した。「チャーチ・ストリートでなにかが燃えているのかも。わたしのお店が火事かもしれない！」

25

「そんなのはわからないじゃないか――結論を急ぎすぎだ。火災現場はどこだっておかしくない。何ブロックも離れた場所かもしれないだろう」ライリーが諭した。

「でも確認しなくちゃ」セオドシアは大声で反論した。「燃えているのがわたしのティーショップじゃないと、たしかめたいの！」

炎があがっているのはたしかにチャーチ・ストリートだった。セオドシアが愛してやまない界隈の中心部だ。ありがたいことに、インディゴ・ティーショップではなかった。けれどもありえないことに、炎に包まれているのはロイスの店だった。すでに窓は粉々に割れ、本は無造作に通りまで吹き飛ばされ、炎が渦を巻きながら空へと上昇し、赤とオレンジ色の炎に舐められた送電線が火花を散らしていた。

「ひどい」セオドシアは心臓が喉の奥から迫りあがってくるのを感じながらライリーの車を飛び降り、騒然とした現場をながめた。おびただしい数の消防車、消防士、警察、さらには保安官事務所の車まで集まってきていた。「これではロイスに死ねと言ってるようなものだわ」

ライリーがけわしい表情で言った。「ここで待ってて。もう少し近くまで寄れるかやってみるから。どんな様子か見てくるよ」

もちろん、セオドシアは言いつけを守って、彼の車のそばで待つようなまねはしなかった。それどころか、燃えさかる書店周辺の騒乱状態に向かって急ぎ足で向かうライリーのあとを追った。消防士が炎にホースを向け、警官はできる範囲で支援をおこない、出動する状況にならなければいいのにと思っていた救急車までもが到着していた。

五十フィートも行かないうちに、目に見えない障壁のような熱の壁の直撃を受けて後退を余儀なくされた。ライリーはもう少し先まで進んだが、すぐに腰をかがめて引き返してきた。彼は彼女の肘をつかみ、安全な距離から様子を見守った。

ベルがカンカンと鳴り、サイレンの甲高い響きが増えるなか、四台めのはしご車がサイレンとともに到着した。幸いにも最初に到着した二台の消防車の隊員たちが建物に向けて高圧の水を噴射させつづけたおかげで、火勢は抑えられつつあるようだ。

「飛んでいる火の粉がティーショップに降りかかったりしないわよね？」セオドシアは訊いた。「飛び火する心配はないわよね？」

ライリーは首を横に振った。「それはないだろう」

セオドシアは不安そうな目を彼に向けた。「でも、なかにヘイリーがいるの。きっとおびえているわ」その瞬間、おそろしい考えが頭に浮かんだ。「もしかして、火事になっているのを知らないなんてことは……」

「電話したほうがいい」

携帯電話を出してヘイリーの番号をプッシュしたところ、留守番電話が彼女のきれいな声で応答した。

「ライリー、ヘイリーが電話に出ない。なんとかしなきゃ。どうしよう、もしかしたらぐっすり眠っているのかも。鎮痛剤を飲んで、気絶したように寝ちゃったんじゃないかしら。いまの状況を知らないとしたら大変だわ」

「うん、わかった」ライリーは言った。「ぼくが行って見てくるから、きみはここで待っていて。今度は本当に待っているんだよ。絶対に動いちゃだめだ」

「わかった、そうする」

ライリーはチャーチ・ストリートを全速力で駆けていき、途中、火災現場から野次馬を必死に遠ざけている制服警官に警察バッジを見せるときだけ足をとめた。それから、はしご車一台とレスキュー車二台のうしろをまわりこんで見えなくなった。

セオドシアは燃えているビルに視線を戻した。火はいまも地獄のように燃えさかっている。難燃性の消防服に身を包んだ消防士たちが趣のある黄色煉瓦の建物を火から守ろうと、敢然と放水をつづけている。灰色の太いホースが地面にのたくり、大量の水がそこらじゅうを流れている。ボイエット・カメラ店の筋向かいに目をやると、消防士がべつの消火栓のバルブをレンチで軽く叩いてあけていた。

まずいわ。とんでもなくまずい事態だわ。

セオドシアはいらいらとつま先立ちを繰り返した。ロイスに電話しようかとも考えたが、すでに警察から連絡が行っているはずだと思い直した。それから今度はライリーのことが心配になりはじめた。どのくらい火に近づいたのかしら？　無事なのかしら？　もうヘイリーを見つけたの？　ヘイリーのかわいい猫はどうしてるの？

ようやくライリーが沈んだ顔のヘイリーを連れて戻ってきた。

「ティーショップの外をうろうろしているところを見つけた」ライリーは言った。「大丈夫みたいだ。少なくとも、本人はそう言っている」

「あたしも、お店に飛び火しちゃうんじゃないかって心配だったの」ヘイリーは言った。顔色は悪いし、体は小さく震えていて、死んだようにぐったりしている。

セオドシアはヘイリーを引き寄せ、強く抱き締めた、顔が黒く汚れた（煙のせい？）ヘイリーは抱き返してきた。

「あなたのこと、それはそれは心配したのよ」ようやくヘイリーから手を放し、セオドシアは言った。

「こんなの、信じられる？」ヘイリーは言った。「次はなにが起こるのかな？　イナゴの大発生？」

「悪運につきまとわれている感じだわ」セオドシアは言った。「消防士さんがドアをノックして、避難するよう言ってくれたの？」

「強い調子で言われたわ」ヘイリーは答えた。

「ティーケーキはどこにいるの？」

「猫用のキャリーバッグに入ってる。いまはリーに預かってもらってる」リー・キャロルはインディゴ・ティーショップの前の通りを少し行ったところにある〈キャベッジ・パッチ・ギフトショップ〉のオーナーだ。

「リーのお店は無事？」

「そうみたい」ヘイリーは言った。

「消防保安官のひとりと話したよ」ライリーが言った。「延焼は食いとめられると確信しているそうだが、書店は全焼だろうとのことだ」

「そんなこと言ったって……」セオドシアは胸中に怒りの炎を燃えあがらせながら、必死の消火作業を見守った。火元の建物は助けてくれないの？　そんなのひどい。

そもそも、この大惨事を引き起こしたのはいったい誰なんだろう？　この火災は事故なんかじゃない。電気がショートしたわけでも、暖房器具に負荷がかかりすぎたわけでもない。意図的に火をつけられたのだ。ティム・ホルトがロイスの人生をいっそうつらいものにするためにやったの？　それとも、ニック・プリンスが犯罪実話本への関心を高めようと、こんな極端な手に出たの？

セオドシアはライリーの腕をつかみ、自分の懸念を手早く小声で告げた。突拍子もないのは重々承知のうえで。

ライリーの答えを聞いて、セオドシアは仰天した。

「どちらの仕業でもない」ライリーは憎らしいほど冷静な口調だった。

「でも、そう考える根拠はなんなの？」

ライリーはその質問には答えたくなさそうだった。けれども、しばらく口ごもったのち、こう言った。「なぜなら、ふたりは警察の監視下に置かれていたからだ」

「ええっ！」セオドシアはそれを知ってびっくりした。「ティム・ホルトさんは容疑者だから監視していた理由もわかるけど、ニック・プリンスさんまで？」

「きみの疑り深い性格のおかげだよ」ライリーは言った。「きみにしつこく催促されたせいだ」

「うそみたい。わたしの話を真に受けてくれたの？」

「しかも、ちゃんと聞き入れたよ。でも、わずか五分前に受け取った両名に関する直近の報告によれば、どちらも今夜はずっと自宅から出ていないとのことだ」

「じゃあ、誰の仕業なの？」セオドシアは訊いた。「ワイアット・オーロックさんの可能性は？　でなければ、警備員のフランク・リンチさんはどう？」

「あえて言うなら、オーロックの可能性はわずかながらあるだろうが、問題の建物を購入しようとしていたというだけの根拠しかない」

ドーン！

突然の爆発で建物が揺れ、燃える屋根板や木材、それに何百冊という本が空中高く舞いあがるのを、三人は放心状態でながめた。

「これではもう建物ではなく、土地だな」ライリーが言った。

セオドシアは決めかねていた。今夜、ドレイトンとふたりでオーロックとリンチのあとをつけたことをライリーに話したほうがいいのかどうか。リンチが街をぐるりと一周したという興味深い事実も一緒に？　それがなにかの役に立つかしら？　それはないだろう。むしろ、ふたりのことをずっと調べていたと知ったら、ライリーはよけいに怒るだろう。この情報は当面、隠しておいたほうがよさそうだ。

うしろにいたヘイリーが前に出てきてふたりと並んだ。

「火災の原因はわかった？」彼女は訊いた。

ライリーは首を横に振った。「火が完全に消えて、捜査官が安全になかに入って検分できるようになるまでは、なんとも言えないよ。そのあと捜査官が火元を特定し、燃焼促進剤が使われているか検査をすることになっている」

「あの炎を見て！」セオドシアは叫んだ。「燃焼促進剤が使われたに決まってるわ。自然発火したわけじゃない。本はいきなり爆発なんかしない。火はわざとつけられたのよ。放火以外に考えられない」

三十分後、火事はようやくおさまった。まだ、周囲に比べて温度が高いところが若干あるものの、総じて騒ぎはおさまっていた。消防士たちはホースを巻き取り、なかには道具をそれぞれの車に積みこみはじめた者もいる。

放心状態で火に見入っていたセオドシアは前へ前へと足を進め、とうとうライリーに注意された。「そこまで近づけば充分だろう」

「なかが真っ黒に焼け焦げてる」セオドシアは声を詰まらせた。

「でも、壁が少し残ってるよ」ヘイリーが言った。「それに屋根も。少なくとも、屋根の大部分は」

ライリーはあたりに目をやり、知った顔を見つけて声をかけた。

「ちょっと話せますか、大隊長？」

白髪交じりで五十代後半とおぼしき大隊長は疲れた顔でライリーにうなずいた。

「なんだ？」

「この現場に不審な点はありましたか？　火災原因についてぱっと思いつくものはないですか？」

「実を言うと、ある」大隊長は言った。

セオドシアは前に進み出た。「なにが原因なんでしょう？」

「いちばん考えられるのは、雑に作った手製の火炎瓶だね。ワインの瓶に灯油を詰めた程度の簡単なものだろう」大隊長は答えた。

「出所を突きとめるのはむずかしいでしょうか？」

大隊長はうなずいた。「無理だろう」

セオドシアがなかなか立ち去ろうとしないため、三人はそのあともしばらくとどまっていたが、ヘイリーのまぶたが重くなりはじめた。ふと振り返ったヘイリーが、人混みのなかを知った顔が近づいてくるのに気がついた。「あっ」

セオドシアがその視線の先を追うと、ロイス・チェンバレンが三人のほうに向かってくるのが見えた。もこもこの黒いナイロンのコートに身を包み、足は冬用のブーツを履き、ペイズリー柄のスカーフで髪の毛を覆っている。ぼうっとした顔をしているだけではなかった。ベッドから飛び起きて、大あわてで目についた最初のものを身につけたという感じに見えた。

「ロイス」セオドシアは呼びかけると、近づいていって、その体を包みこむように抱き締めた。「とても残念だわ」

「うそみたい」ロイスは言った。しばらくセオドシアの肩に頭を預けていたが、やがて体を起こした。口をひらき、打ちのめされたような、感情というものがいっさいない声を出した。「わたしの人生でもっともつらかった一週間の終わり方としては完璧だわ。娘の殺害、きょうのお葬式、おまけに今度はわたしの書店が焼けてしまうなんて」

カーラのことを考えると、どうしても胸が痛くなる。「ロイス、わたしでできることがあったら……」

ロイスはセオドシアの腕をつかみ、強く握った。「できることがあるのはわかってるでしょ」その声はざらさらとかすれていた。見ると彼女の目が激しく燃えている。「こんなことをした犯人を見つけて。わたしの娘を殺し、わたしの書店に火をつけた怪物を見つけて」

「見つけるわ」セオドシアは声を詰まらせながら言った。「努力する」

「神にかけて誓える？」

セオドシアはうなずいた。「ええ、なんとしてでもやりとげてみせる」

セオドシアとライリーはヘイリーをアパートメントまで送り届け、リーから愛猫を受け取るのを見守った。それからライリーはセオドシアを乗せてガソリンスタンドまで行き、携行缶にガソリンを満たしてから彼女のジープまで戻った。ジープの燃料タンクに給油し終えると彼は言った。「このまままっすぐ家に帰ると約束してくれ」

セオドシアはひかえめにほほえんでみせた。「そうする。それから、今夜はいろいろとありがとう」

「まっすぐ帰れというのは本気で言っているんだからね。確認のため、ぼくもあとからついていこうかとさえ思ってるくらいだ」

「そこまでしてくれなくても大丈夫よ」

けれども、彼は言葉どおりのことを実行した。セオドシアが無事に家のなかに入り、ドアの鍵を締めるまで見守った。それからクラクションを小さく鳴らし、走り去った。

アール・グレイは帰宅したセオドシアを探るような目でうかがった。それから、あちこち熱心に嗅ぎはじめた。彼女の着ているものが煙くさいのに気づいたにちがいない。ひょっとしたら、彼が感じとったのは心の痛みかもしれない。

「わたしがどんな思いをしたか、あなたにはまったくわからないわよね」セオドシアは声をかけた。スクービー・ドゥーのイラストが入った陶器のクッキー入れから犬用のおやつをひとつ取り、アール・グレイにあたえた。

うう、気の毒なロイスがどんな思いをしたか、と言うべきね。かわいそうに、彼女はいま、心が張り裂けるような思いをしているにちがいない。

アール・グレイがおやつを食べ終わると、セオドシアは愛犬を裏庭に連れ出し、本来ならいまごろ満開のはずだが、いまだに固いつぼみのままの植物と灌木をながめた。

雨が降りすぎるせいだわ。いいかげん、サウス・カロライナらしい暑さと陽射しに戻ってきてもらわないと。

家のなかに戻ったセオドシアは、ドアを施錠したのち再確認し、ダイニングテーブルに置きっぱなしになっていたプリントアウトを、過去の殺人事件について集めた情報の一部を何枚か手に取った。

二階にあがり、熱いシャワーを時間をかけて浴びると、安楽椅子におさまってプリントアウトを読もうとした。これらの情報にあらためて目をとおせば、気づくこともあるかもしれない。手がかり、漠然とした情報、なんでもいい。それが答えを、しかるべき場所におさめてくれるかもしれない。

目が疲れているのをこらえて読もうとしたが、ほんの数分でプリントアウトをわきに置いた。

あまりに気持ちが落ち着かず、あまりに疲れ、あまりに昂奮しすぎて、とても集中できなかった。

セオドシアは明かりを消して椅子から立ちあがり、路地を見おろす窓に近づいた。まっすぐ前にはニック・プリンスが借りている家が見える。彼女は数秒ほど見つめてから顔をしかめた。

二階の窓に映っているのはかすかな影かしら？

影はしばらく、セオドシアを見つめ返すかのようにその場を動かなかったが、やがて消えた。

ニック・プリンスさんがこっちを見てたのかしら？

そう思ったら、腹がたつと同時に血の気が引いた。服を着てプリンスの家に押しかけ、玄関のドアを叩いてやりたくなった。

それでどうするの？　彼に尋ねる、じゃない、答えを要求するのだ――あなたはフォグヒール・ジャックなのかと。

そんなことをするわけにはいかない。自分で調査するのは、ロイスに約束した調査をするのはやめて、警察の捜査を見守るにかぎる。

そして、それが逮捕につながることを祈るのだ。これ以上女性が殺害される前に。

セオドシアは窓のところに見えた人影を思い出し、額にしわを寄せた。

わたしが殺される前に。

26

「愕然としたよ」ドレイトンは言った。「けさ、新聞をひろげてロイスの書店が火災に遭ったと知って、絶句してしまった」彼は上等なハリスツイードのジャケットにドレイクスの蝶ネクタイを締め、顔に驚きの表情を浮かべて入り口近くのカウンターに立っていた。

「そんなにショックだった？」ヘイリーが言った。「現場は、その何倍も大変だったんだから」

「その場にいなくてよかったとつくづく思うよ」ドレイトンは言った。「恐怖のあまり、気を失っただろうからね」

「あるいは煙のせいで」セオドシアは言った。

「そうそう」とヘイリー。「煙がもうもう《thick》としてたもん」

「この店もときどき人が密集《thick》するけどね」セオドシアは口をゆがめてほほえんだ。けさ、ベッドから起きあがったとき、前向きなことだけを考えようと決めたのだ。慎重ながら粘り強い気持ちで前に進もうと。

「もう、セオったら」ヘイリーは鼻をくんくんさせながら言った。「言ってる意味はわかる

けど、一ミリもおもしろくない」

「残念な状況にちょっとでもユーモアをプラスしようとしただけよ」セオドシアは言った。

「そうかもしれないけど、まだ煙のにおいがしてるじゃない」ヘイリーは顔を上向けてにおいを嗅いだ。「本が焼けたみたいなにおいがする」

「キャンドルに火を灯しましょう」セオドシアは煙くささを感じなかったが、キャンドル数本に火をつけるだけでヘイリーをなだめられるなら、やったほうがいい。

「消臭剤をたっぷりスプレーするのでもいいかも」ヘイリーは言った。「たしかラベンダーの香りのがあったはず」

「わたしとしてはお茶をポットで淹れるのに一票だな」ドレイトンが言った。「お茶の香りならば、みんなが喜ぶ」

「だったら、いますぐお願い」ヘイリーは言うと踵を返し、厨房に引っこんだ。

「きょうは忙しくなると思うかね？」ドレイトンは訊いた。「通りの一部にはいまも立入禁止のテープが張られ、歩行者が通れないようだが」

「あの一画だけよ」セオドシアは言った。「消防保安官と捜査官がいまもロイスの店のなかを調べてるから。あと数時間で終わるといいけど」

ドレイトンは腕時計を確認した。「わたしとしては、午前中はお茶とスコーンを求めるお客さまが何人かいらしてくだされば充分だ。あとは、きょうのチリンガム屋敷の殺人をテーマにしたお茶会のキャンセルがひとつもないことを祈るよ」

「同感」

その後セオドシアは忙しくなった。テーブルの準備をし、カップとソーサーを並べ、砂糖入れの中身を補充し、その他の食器を出した。そうそう、それにキャンドルもいるわ。きょうはいつもの小さなティーキャンドルじゃなく、大きいピラーキャンドルを出そう。

セオドシアはせっせと手を動かしながら祈りを捧げ、チャーチ・ストリートで燃えたのがわずか一軒ですんだことを幸運の星に感謝した。火災で重傷を負った人がひとりもいなかったことにも。そして、もうこれ以上、人が殺されませんようにと祈った。感謝を態度に表わすことが物事を前進させる力になるはずよね。答えを見つける力にもなるかしら？　そうであってほしい。

「では、きょうは午前とランチタイムとでメニューを分けないのだね？」ドレイトンが訊いた。

「そうよ。時間で区切らずにひとつにしてしまうの。ヘイリーがバターミルクのスコーン、ニンジンのブレッド、レモン入りのアイオリソースであえたカニサラダのロールパンサンド、地中海風グレインサラダ、それにトマトスープを用意してくれたわ。それに、デザートとしてチャールストン風クッキーとレモンのバークッキーもあるんですって」

「チリンガム屋敷のマーダーミステリのお茶会の特別メニューは決まったのかね？」

「まだヘイリーから聞いてないの？」

ドレイトンはうなずいた。「なにひとつ教えてくれないのだよ」

「だったら楽しみにしてて。あなたも知っているでしょ、ヘイリーはテーマのあるお茶会のなかでもこれはというものがあると張り切ることを」

「はっ！　ヘイリーの好きなようにやらせたら最後、全部が全部、テーマのあるお茶会になってしまいかねん。週に一度はトップハットだの幽霊の衣装だの、昔なつかしい膝丈のズボンだのという恰好をする羽目になる」

「髪の毛にバレンタインのカードとカボチャを結んだりしてね」セオドシアは楽しそうに笑った。この一週間ではじめて、希望が膨らんでいくのを感じた。

十一時、息を切らしたミス・ディンプルがふわふわの髪を振り乱し、あわてた様子でやってきた。

「あのすてきな本屋さんが跡形もなく消えてしまったなんて信じられません！」開口一番、そう言った。

「残念だわ、本当に」セオドシアは言った。

「新聞には全焼と書いてありました。本当なんですか？」

「わたしは専門家じゃないけど、けさ見た感じでは、復旧可能な状態ではなかったわ。壁はそのまま残っているけど、窓は破損しているし、内部は煤だらけでめちゃくちゃになってるもの」

「火災と水の被害からの復元を専門とする会社というものはないんでしょうか？」

「あるとも」ドレイトンが会話にくわわった。「しかし、本が一冊残らず完全に焼けてしまった以上、復元しようにもものがないのだよ」

ミス・ディンプルは下唇をかんだ。「そうですね」

「希望が持てる点があるとすれば保険でしょうね。店にあったものすべてが保険でカバーできるとは思わないけど、在庫を復活させるには充分な支払いがあるはずよ」

「お店自体はどうなんでしょう？」ミス・ディンプルは訊いた。「とてもすてきな建物でしたのに」

「あの建物はロイスのものじゃないの」セオドシアは言った。「彼女は借りていただけ」

「では、どなたかが買い取って再建するかもしれませんね」ミス・ディンプルは言った。

「新品同様に」

「そうかもしれないわね」セオドシアはそう言ってドレイトンと顔を見合わせた。ビルのオーナーのギャヴィン・グールディングがそんなことをする見込みはほぼないだろう。おそらく彼はいまの状態のままワイアット・オーロックに売却し、ロイスは運に見放されることになる。

午前中の営業は本当に簡略版で、インディゴ・ティーショップのモーニングを食べにきたお客はわずか十人だった。ランチタイムには十二人のお客がやってきた。

セオドシアとしてはそれでかまわなかった。午後一時半をまわる頃には、お客が全員いなくなり、マーダーミステリのお茶会に向けて飾りつけを始めなくてはならないからだ。

「さてと、この最後のテーブルの上を片づけたら、わたしはなにをしたらいいんでしょう？」ミス・ディンプルが訊いた。

「謎めいた雰囲気を作るのだよ」ドレイトンがわざと声を震わせた。「なにしろここはチリンガム屋敷なのだからね」

ミス・ディンプルは振り返り、片手を腰に置いた。「具体的にはどうするんですか？」

「まずは照明を暗くして、キャンドルに火を灯すの」セオドシアが言った。「ええと、そうねえ……」彼女は戸棚に歩み寄り、レースのテーブルクロスの束とシルバーの枝つき燭台をひとつ出した。「とりあえず、これをお願い」

「不気味なヴィクトリア朝風の客間を演出するんですね」ミス・ディンプルは言った。「おまかせを」

セオドシアとミス・ディンプルはせっせと働き、濃いプラム色のお皿と揃いのティーカップをテーブルに並べ、各テーブルにアガサ・クリスティーの本を何冊か積んだ。

「いまのところ順調にきましたね」ミス・ディンプルは言った。「ほかにはなにをすれば？」

セオドシアは昨夜ドレイトンから預かった段ボール箱をあけた。

「雰囲気を盛りあげるのに使う小道具が、もう少しあるの」

手錠が二個、短剣、おもちゃのピストルが二挺、そして時代がかった真鍮の鍵と錠前がいくつか。

「ちょっと見せてくださいな」ミス・ディンプルは手錠をひとつ手に取って、自分の手首にはめた。

「ビンテージものの帽子が入った箱もあるのよ」セオドシアは言った。「その多くがベールがついてて、ちょっとヴィクトリアン風なの」

「お客さまにかぶっていただいて、雰囲気を盛りあげるんですね」ミス・ディンプルは言った。

「まだハイライトがあるのを忘れてはいかんぞ」ドレイトンが言った。彼はゆっくりとした足取りでセオドシアに近づき、小さくて白い厚紙の箱を渡した。なかのものが、じらすようにカタカタ鳴った。小さなグラスのようだ。

「なにかしら?」ゆっくりと箱をあけると、なかには紫色の小瓶が六つ入っていた。ひとつひとつに〝毒〟の文字とどくろマークが描かれている。

「まああ」ミス・ディンプルが声をあげた。「これはそうとう徹底してますね」

「だが、きょうの犯罪にぴったりだろう?」ドレイトンは言った。「きみたちふたりが台本を読んでいればわかると思うが」

「自分の科白は覚えたつもりですよ」ミス・ディンプルが言った。

ドレイトンはセオドシアに視線を向けた。「きみはどうだね、アルセア男爵夫人?」

「いま覚えようとがんばってるところ」セオドシアは言った。

ドレイトンはわざと怖い目でにらんだ。「もっとがんばらないとだめなようだな」

セオドシアは指を五本立てた。「五分ちょうだい。完璧に全部頭に叩きこむから。五分だけオフィスでひとりにさせて」

「ならば行きたまえ」ドレイトンは言った。

けれども最初の二ページに目をとおしたところで、電話が鳴って中断を余儀なくされた。

「もしもし？」

悪天候でキャンセルするお客からの連絡ではありませんようにと、セオドシアは祈った。

そうではなく、電話はライリーからだった。気持ちが高ぶっている様子で、早くニュースを伝えたくてうずうずしているのが伝わってくる。

「やつをとらえた気がする！」ライリーは大声を出した。

デスクに覆いかぶさるようにして科白の暗記に集中していたセオドシアは、まばたきをした。「誰をとらえたの？」

「殺人犯だ。フォグヒール・ジャックだよ！」

「ええっ、本当？」たちまちセオドシアの全身は耳になった。背筋をのばしてすわりなおした。「誰なの？」

「実は話が込み入っているから、先に事の次第を説明するよ。数時間前、ぼくたちはフランク・リンチから話を聞こうと彼のアパートメントに向かった。ゆうべ、きみが彼の滞在先だか居住先だかなんだかを教えてくれたおかげだ。とにかく、要するにあいつはどうしようもない間抜けだった。玄関先に立っていたぼくたち——ぼくとティドウェル刑事、それに制服警官ふたりの四人だ——は、キッチンのテーブルにブロウが入った袋が六つ置いてあるのに気がついた」

「ブロウって？　麻薬？」

「うん、白い粉。別名カリフォルニア・コーンフレーク。またの名をコカイン」

「ちょっと待って。麻薬所持の容疑でリンチさんの自宅を家宅捜索したの？」

「いまからその話をするよ。で、リンチを現行犯逮捕した。それから、やつには使用の容疑もあるだろう、さらにはコカインで正常でなくなったあげく殺人をおかしたのかもしれないとにらみ……ぼくたちは厳しい取り調べを開始した。ありとあらゆる質問を浴びせ、おまえがフォグヒール・ジャックだろうと遠回しに問いつめた」

「彼は認めたの？」セオドシアはこれで悪夢に終止符が打たれますようにと祈るような気持ちだった。

「いや」ライリーは言った。「でも、問いつめれば問いつめるほど、リンチは殺気だっていった。そのあといろいろあってね。とにかく、事情聴取の結果、フランク・リンチはこう白状した。自分は雇い主であるオーロックがフォグヒール・ジャックであると確信していると」

「うそ！」

「いかれた話だろ？」

「なぜオーロックさんがあやしいと思うのか、ちゃんと説明はあったの？　どうやって突きとめたのかを彼は説明した？」

「渋々ながらね。先にリンチの収監手続きをおこない、そのあと弁護士との面会を許可した。リンチと弁護士は市の検察官とやり合ったのち、ようやく司法取引に同意した」

「取引の内容は？」セオドシアはライリーの一言一句に聞き入っていた。

「リンチと弁護士はリンチにそうとうの配慮がなされるならという条件で、情報提供に同意した」

「その配慮というのは……」

「麻薬使用の罪に関して大幅に減刑されるかわりに、最近発生した三件の殺人事件の犯人としてオーロックを名指しするというものだ」

「三件の殺人事件？　リンチさんは三件ともオーロックさんの犯行なのを事実として知っているの？」フランク・リンチの告白は少しばかり都合がよすぎるし、やや薄っぺらい感じがした。

「それを裏づけるエピソードがある。オーロックからロイス・チェンバレンの始末をつけろと命令されたとフランク・リンチは断言している」

「具体的にどういうこと？　始末をつけるというのは？」

「オーロックはリンチがロイスを殺すか、彼女の書店に火をつけるかしろという意味で言ったんだろう。あるいはその両方かもしれない」

「でも、リンチさんはそこまで説明してないんでしょう？」

「それについてはまだ取り調べをつづけている」

「でもロイスは殺されなかったわ——犠牲になったのは娘のほうよ。それに、殺されたほかのふたりの女性についてはどうなの？　大学の近くで殺された女性とモニカ・ガーバーを殺害したのもオーロックさんだと、リンチさんは本当に信じているの？　あるいは、その証拠を持ってるの？」

「本人はそうだと言っている。だから、おそらくそうなんだろう」

「おそらく？　じゃあ、もうオーロックさんを逮捕したの？」

長い間があいたのち、ライリーは言った。「そこがいちばんの問題でね。オーロックの行方がわからないんだ。やつがどこに逃げたのか、誰も知らないらしい」

「うそでしょ。ゆうべ、イマーゴ・ギャラリーで彼を見かけたのよ」

「生きてるきみからそれを聞けて本当によかった」ライリーは言った。

「警察は本当にオーロックさんが犯人だと確信しているの？　たしかに人当たりのよさではガラガラヘビとどっこいどっこいだけど、知れば知るほど、あの人は女の人を殺してまわるよりも不動産取引のほうに興味があるように思えてならないの」

「ああいう連中にもいろいろいるんだよ」ライリーは言った。「本物の凶悪犯、たとえばジェフリー・ダーマーやBTKなどのサイコパスの場合、彼らの裏の活動に気づいていた人はいなかったんだ。家族ですら、なにも疑っていなかった」

「ぞっとするわね」

それでもなぜか、セオドシアはワイアット・オーロックが連続殺人犯という話にはどうしても納得できなかった。もしかしたら、ゆうべ彼と直に接したせい？　彼が脅してきたせい？

「これからどうするの？」セオドシアは訊いた。「どうやって彼を見つけるつもり？」

「オーロックがまだ南アメリカに高飛びしてなければ、見つけてみせる。すでに緊急配備を敷いたし、近隣の保安官事務所と州警察も巻きこんだ。できるだけ広範囲に網をかけた」

「すごい知らせだわ」セオドシアは言った。

「必ず捕まえると言っただろ。そしてそのとおりになった」ライリーは言った。

まだよ、逮捕まであと一歩のところまで迫っているだけ、とセオドシアは心のなかで反論した。オーロックさんはいまも人知れずどこかをうろついている。もうこの近くにはいないことを祈るばかりだ。

27

セオドシアはドレイトンが忙しそうに動きまわり、鼻歌を歌いながらお茶を淹れ、たくさんのティーポットを並べているカウンターに近づいた。

「いい知らせがあるの。たぶん、いい知らせだと思う」

「なんだね？」ドレイトンはゆっくりとした口調で言い、アッサム・ティーの缶の蓋をあけてなかをのぞきこんだ。

「いまライリーと話したの。どうやらフランク・リンチさんはワイアット・オーロックさんを裏切ったみたい。オーロックさんがフォグヒール・ジャックだと名指ししたんですって」

ドレイトンは驚いて眉をあげた。「本当かね？　つまり、悪夢のような事件は終わったということかね？　いや、ちょっと待ちたまえ。なぜリンチは急に、雇い主がそのような凶悪事件の犯人だと密告したのだね？」

「大量のコカインを所持しているのを現行犯で捕まったからじゃないかしら？」

「なるほど、それならわかる」

「でも、ちょっとだけ問題があってね。オーロックさんが本当に殺人犯だとしても、突然、ウサギの穴に落ちたみたいに行方がわからなくなっちゃったんですって」

「どこかに潜伏しているわけか」ドレイトンは彼女を指さした。「ゆうべ、彼が車で走り去るのを見たではないか！」

「彼のあとをつけるべきだったかもしれないわね」セオドシアは言った。「でも、わたしたちは間抜けなリンチさんのほうを尾行してしまった」

「だとしても、オーロックが高飛びしたのなら、それだけでも警察側の充分な証拠になると思うが。殺人犯であり臆病者であることをしめしたわけだから」ドレイトンはティーポットの蓋を持ちあげた。「そう遠くまでは行けないだろう」

「おそらくね」

「とは言え……オーロックがわれわれを訪ねてこないことを祈ろう」

「そんなおそろしいことを言わないで」

セオドシアは少し落ち着かない気分で、すばやくティールーム全体を見まわした。

「なにかおかしなところはありますか？」ミス・ディンプルが訊いた。彼女はカトラリーを並べ、テーブルコーディネートの総仕上げをしているところだった。

「申し分ないわ」うん、イギリスらしい雰囲気にあふれた場所に変身したインディゴ・ティーショップを見たら、お客さまもきっと喜んでくれるだろう。役者による寸劇を見ながら殺人事件の謎に挑むという趣向を心から楽しんでもらえるはず。それでも、フォグヒール・ジャックの事件がきっちり解決するまでは、慎重に行動しなくてはいけない。

「それからもうひとつ」ミス・ディンプルが言った。「衣装が届いていますよ」

「衣装まであるの？　はじめて聞いたわ」

「裏口のところに置いてありました。それとフォグマシンとかいうものも一緒に」

「本当？」

「なかなかしゃれた装置ですよ。コンセントを入れて、フォグ・ジュースとやらを注入すると、じゃじゃーん——霧が渦を巻きながら出てくるんです」

「それがほしかったのよ。霧が」

セオドシアは小さくため息をつくと、料理を確認しようと厨房に入った。

「すべて順調よ」ヘイリーが力強く言った。「あと十分したらビスケットをオーブンに入れるし、サーモンは下ごしらえがすんで準備ＯＫ」

「お客さまはきっと、きょうのメニューを気に入ってくださるわ」

「大事なのはそこ。みんなを幸せにして、また来ていただけるようにしなくちゃ」

「それこそが健全なビジネスよ」セオドシアはスコーンに手をのばし、ゆっくりと味わってから、さりげない口調で言った。「体の調子はいいの、ヘイリー？　ゆうべの火事で体調を崩してない？」

「そんなでもない」ヘイリーは言った。「寝たのがすごく遅かったから、起きたときは疲れがちょっと残ってて、体の動きがいまいちだったけど。でも、もう暖気運転がすんだから、いつでもギアを三速に入れられる状態」

「ちょっと失礼するよ」ドレイトンの声がした。

彼は顔を出してほほえんだ。「ヘイリー、この香りは食欲をそそるな」

「そう言ってもらえてうれしいわ」ヘイリーはレモンソースにスプーンをくぐらせた。「さあ、ふたりとも、よそへ行ってて。あたしは忙しいんだから」

「承知した」ドレイトンはセオドシアに手招きした。「話がある」

セオドシアはドレイトンを追ってティールームに出た。「なにがあったの？」

「いい知らせと悪い知らせがある。どっちを先に聞きたいかね？」

「いい知らせから」

「いい知らせは、警察がチャーチ・ストリート一帯に張りめぐらせていた黄色と黒のテープを片づけたので、人通りが通常に戻ったことだ」

「よかった。悪い知らせは？」

「雨がまた降りはじめた。しかも、いまはかなり激しくなっている」

セオドシアは正面の窓から外をのぞき、顔をしかめた。何本もの雨の筋が不規則に泳ぐ稚魚のように窓ガラスを伝い落ちていく。「まったく、もう」

「わたしもその意見に全面的に同意するよ。そこでこんなことを考えてみたのだが。この悪天候で生じたいやな雰囲気を払拭するひとつの手段として、ダーク・ストーミー・ティー・ラテをお客さま全員にお出ししようと思う。このような薄暗く《ダーク》大荒れ《ストーミー》の天気になってしまったお詫びとして、お飲み物を提供するのだよ」

「とても気のきいたアイデアだわ。もうレシピは考えてあるの？」

「大きなポットふたつに普洱茶《プーアール》を淹れ、そこにシナモン、ショウガ、カルダモンで風味をつける。そして、一般的に使うティーカップではなく、きみのオフィスにしまってある背の高いラテ用グラスに入れて出すのだ。そうすれば、このダークでストーミーなお茶の上に温かいフォームミルクをのせられる」

「そのオリジナルドリンクはきっと気に入っていただけるわ。なんなら、そのダーク・ストーミー・ティー・ラテはとてもおいしそうだから、定番メニューにくわえてもいいわね」

「そう考えれば、この天気も悪くはなかったな」ドレイトンは言った。

そのとき、入り口のベルが鳴り、彼はドアのほうにさっと顔を向けた。

「さてさて、おそらく才能あふれる役者たちであろう」ドレイトンが喜びいさんでドアを大きくあけると、白いひげをたくわえた恰幅のいい男性と五十代なかばとおぼしきまじめそうな女性のふたりが入ってきた。「時間ぴったりだ。さあ、入って入って。雨のしずくを振り払ったら準備にかかろう」

「コートをお預かりするわ」セオドシアが言うと、またも入り口のベルが鳴り、隣人のビル・ボイエットが入ってきた。

ボイエットは満面の笑みを浮かべて言った。「殺人の被害者をお探しの方はいるかい？」

彼はしわがれた声の持ち主で歳は五十代前半、ピンク色の頬をして、頭には白い髪がまばらに生えている。「いつでも見事に死んでみせるよ」

「協力してくれてありがとう」セオドシアは言った。
「どうってことないさ」ボイエットは言った。「そのためのご近所さんだろ」
全員を引き合わせた。
「役者が揃ったようだな」ドレイトンは言い、俳優のジョンはラグリー子爵、女優のマリア
それからそれぞれが演じる役柄を説明した。俳優のジョンはラグリー子爵、女優のマリア
はレノックス公爵夫人、そしてビル・ボイエットはブレッドソー卿の役だ。
数分ほど雑談をしたのち、ドレイトンが手を叩いて言った。「さてと高貴なる諸君、あと
三十分もするとお客さまがおいでになる。つまり、これから衣装に着替え、メイクをしても
らわなくてはならない。廊下の先にあるセオドシアのオフィスに案内するので、わたしにつ
いてきてくれたまえ」
廊下を進むドレイトンのあとを、ふたりのプロの役者とビル・ボイエットが一列になって
ついていった。
「わたしも大急ぎで衣装に着替えないといけませんね」ミス・ディンプルが言った。
セオドシアはTシャツとスラックスの上からつけたロング丈の黒いエプロンを見おろした。
「わたしたちも仕度をしないと」彼女は腕時計に目をやった。「大変！　お客さまがいらっし
ゃる時間まであと二十五分しかないわ」
衣装が完璧だっただけでなく、俳優陣もそれぞれの役にすんなりと入りこんでいた。レノ
ックス公爵夫人とラグリー子爵はベテラン俳優のように（ふたりは実際にそうなのだけど）

店内をゆったりと歩いてまわり、科白をやりとりし、アドリブを飛ばし、笑い合いながらあたえられた役柄の人物像を作りあげていった。

メソッド演技を実践しているのね。セオドシアはふたりを見て思った。本当に効果があるんだわ。

赤いモーニングコートとウェーブのかかった白髪のかつらで決めたブレッドソー卿役のビル・ボイエットが出てきたとたん、セオドシアはお腹を抱えて笑った。

「おいおい、そんなに笑わなくたっていいじゃないか」ボイエットが言った。「そう悪くないだろ、え?」

「それどころか、どこから見てもイギリスの領主らしく見えるわ」セオドシアは言った。

「その衣装もとても似合ってる。本当に一度も舞台に立ったことがないの?」

「ハイスクールでおふざけ程度にやったことはあるけどね。あのときだって、『グリース』の端役で悪ガキ役をやっただけだし」

「お手伝いしてくれるなんて、本当にきっぷのいい人ね」セオドシアは言った。「ゆうべ、火事があったというのに。あなたのカメラ店には被害がなかったのかしら」

「きついにおいの煙が少し入ってきたくらいだね。そんなのは容易になんとかなる。だけど、ロイスも気の毒になあ……」彼は片手で胸を叩いた。

「本当に。娘さんを殺されたうえ、自分の書店が焼けるなんて……胸が痛むわ」

そこでセオドシアはティム・ホルトに会ったことがあるかボイエットに質問してもいいだ

ろうかと考えた。そして、してはいけない理由はないと判断した。

「ちょっと訊きたいことがあるの」彼女はゆっくりと言った。「ティム・ホルトという名前の商業写真家を知っている？」

「ホルトかい？　知ってるとも。うちの店でカメラを二台、買ってくれたよ。状態のいい中古のローライフレックスとニコンのDfだ」ボイエットは鋭い目をした鳥のようにセオドシアをうかがった。「どうしてそんなことを？」

セオドシアは正直に言うことにした。

「実はね、ティム・ホルトさんは殺人事件の容疑者らしいの」

「はあ？」ボイエットは面食らった顔をした。「きょうのマーダーミステリのお茶会の話かい？」

「ううん、きょうのお芝居のことじゃなくて」セオドシアはあわてて説明をした。「本物の殺人事件よ。ロイスの娘さんのカーラ・チェンバレンは、一時期ティム・ホルトさんと交際していたの」

ボイエットは唖然とした。「本当かい？　じゃあ、ホルトは本当に殺人事件の容疑者なんだね？　警察の事情聴取は受けてるのか？」

「何度か」

ボイエットはかつらの下に指を一本差し入れて頭をかいた。「容疑がかけられてるのはロイスの娘さんの事件だけなのかい？　それとも同じように殺されたふたりの女性の事件も？」

「それはまだはっきりしないみたい」セオドシアは言った。「だから、ホルトさんは参考人以上の存在なのよ」

「しかし、それにしても」ボイエットは顔をしかめた。「おれたちは本当におっかない時代に生きてるんだな」

28

セオドシアは鏡をのぞきこんでリップグロスを塗り、まつげにほんの少しマスカラを足した。鳶色の地毛は膨らみすぎるし、量も少し多すぎると常々思っているので、かさのあるポンパドール風のかつらをつけるのはごめんだった。そこで、髪をひとつにまとめると、銀色の髪どめを手にして雑に結ったお団子頭に刺した。

これでよし、と。次は衣装だ。

クリーム色のレースが幾重にもついた紫のビロードのドレスは、着るのにとても苦労した。きついボディスは息が苦しいし、大きくひろがったスカートは歩くのが大変だし、大きく膨らんだ袖はとにかく……大きかった。どうにかこうにか着替えると、ティールームから昂奮した声が聞こえた。

まあ、ひとりめのお客さまがいらっしゃったんだわ！

急いでオフィスを出て、入り口近くにいるドレイトンと合流した。愉快なことに、ドレイトンはダークグリーンのビロードのフロックコート（かつらはなし）を着こみ、クランブルック男爵になりきっていた。

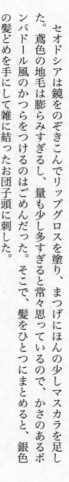

「いらっしゃいませ、お客さま」ドレイトンはイギリス風の発音で出迎えた。「当店のチリンガム屋敷のマーダーミステリのお茶会へようこそ」

期待に満ちた笑みを浮かべたふたりの女性は店内に足を踏み入れ、おずおずとあたりを見まわした。

「まあ、暗くて霧が立ちこめていて、明かりはキャンドルだけなのね」ひとりが言った。

「不気味な感じがするわ」もうひとりが言った。「イギリスの古いお城の雰囲気がよく出てる。おもしろくなりそう」

ふたりのお客がテーブルに向かいかけると、ラグリー子爵とレノックス公爵夫人が現われて出迎え、仰々しい仕種で予約席へと案内した。

「あなたが雇ってくれた役者さんは完璧ね」セオドシアは小声でドレイトンに言った。「すかさず手伝いに出てくれたうえ、自分たちの役割を楽しんでいるみたい」

「熟練のプロだからな」ドレイトンはそうだろうと言うようににやりとした。

ふたりは次々とお客を出迎え、デレインとベッティーナ、それに店舗経営者仲間のブルック・カーター・クロケットとリー・キャロルとは抱擁と音だけのキスを交わした。ぞくぞくと到着するお客は、キャンドルと高くかかげたブレッドソー卿（ビル・ボイエット）とセシリー夫人（ミス・ディンプル）に引き継がれ、店の奥へと案内された。席について目を皿のようにしてあたりを見まわしている客のもとには、公爵夫人と子爵が現われ、ルネサンス・フェスティバルのキャストを思わせるおおげさで生き生きとした演技で楽しませた。

「聞こえるかね？」どっとあがった笑い声が流れてくるとドレイトンは言った。「幸先のいいスタートを切ったようだ」

「この調子でいくといいけど」セオドシアは言った。

その願いはかなった。

すべてのお客がようやく席についてミス・ディンプルに渡されたビンテージものの帽子をかぶり、店内にあいている席がひとつもなくなると、セオドシアとドレイトンは暗くしたティールームの中央に進み出た。

「アルセア男爵夫人」ドレイトンは言って、セオドシアのほうに頭を傾けた。

「クランブルック男爵」セオドシアが応じる。

ドレイトンはフリルのついたハンカチを出して、きざったらしく振った。

「そしてここにいるすばらしいお客さま、ようこそいらっしゃいました」

「ごらんのとおり、本日はインディゴ・ティーショップをチリンガム屋敷に変身させました」セオドシアは言った。「風が吹きすさぶソールズベリー平原に立つ歴史ある建造物です。これからみなさまをすばらしいお茶とごちそうの数々で魅了し、背筋がぞくぞくするような殺人事件を解き明かす旅へとお連れいたします」

「まず最初にみなさまにご紹介いたします」ドレイトンが言った。「すでにわたしの大切な仲間であるアルセア男爵夫人はご紹介しましたが、残りの演者をご紹介します」彼は片腕をのばした。「レノックス公爵夫人、愛くるしいセシリー夫人、ラグリー子爵、そしてもちろん、ブレッドソー卿」

紹介されるたび、演者はお辞儀をしてほほえんだ。

「これからお茶のサービスをいたしますが、わたしたちふたりだけでなく、これらの演者たちのことも注意深く観察してくださいね」セオドシアは目をきらきらさせて言った。「なぜかと言えば、すべては見た目どおりでないからです。楽しいお茶会のさなかであっても、常に危険が身近にひそんでいると考えなくてはいけません。そして、そのときが来たら、お客さまおひとりおひとりに票を投じていただき、殺人鬼と思われる人物をあぶり出すお手伝いをお願いします」

「しかしまずは……お食事とお飲み物を召しあがっていただきます」ドレイトンは言った。「このところ、ずっと悪天候がつづいておりますから、ダーク・ストーミー・ティー・ラテと命名した熱々のオリジナルドリンクで温まっていただこうと考えました」

それを合図に、ヘイリーとミス・ディンプルがティー・ラテをのせたトレイを持って厨房から現われた。ふたりがラテを配ってまわると、称賛の声があがった。

「いまお手元にお配りしたのはシナモン、ショウガ、カルダモンの風味をつけた普洱茶《プーアール》で、上にフォームミルクをのせております」ドレイトンは説明してから一歩さがってセオドシアに目を向けた。「男爵夫人？　これからお出しするお食事について説明をお願いできますかな？」

「本日のひと品めは正真正銘のイギリス風ティービスケットでございます」セオドシアは言

った。「自家製のレモンカードとクロテッド・クリームを添えております。つづいて、とっておきのティーサンドイッチ三種——ライ麦パンでイギリス産チェダーチーズをはさんだもの、サワードウブレッドに梨とスティルトンチーズをはさんだもの、それからキュウリをポテトパンではさんだもの——をお出しします。メインディッシュにはレモンソースをかけたベイクドサーモンとイギリス風の豆のサラダを。もちろんデザートもございますよ。当店のシェフがラズベリーを添えたヴィクトリア・スポンジケーキとイングリッシュ・タフィー・バイツをご用意いたしました」

ぱらぱらと拍手が起こり、〝すごーい〟とか〝やったー〟とか〝それ、大好き！〟といった声があがった。

ドレイトンが片手をあげた。「しかし、お忘れなきように。これはマーダーミステリのお茶会です。ですから、卑劣な行為のみならず、手がかりにも油断なく目を光らせていてください。なんの意味もなさそうに見えるものにも、です。いいですか、心やさしき淑女のみなさん……ほんの一瞬でも気を緩めてはなりませんぞ」

セオドシアとミス・ディンプルがほかほかのビスケットを全員の皿に配るかたわら、ドレイトンは両手にティーポットを持って店内をぐるっと一周した。

「ダーク・ストーミー・ティー・ラテのほか、本日は二種類のお茶をご用意しましたのでお楽しみください」ドレイトンは言った。「朝食《ブレックファスト》以外に飲んでいただいてもおいしいイングリッシュ・ブレックファスト・ティーと、とてもおいしいレディ・ロンドン・セイロン・テお客たちがうれしそうにビスケットをもぐもぐ食べたりお茶を飲んだりし、店内がおしゃべりの声でにぎわいはじめると、ヘイリーが厨房からこっそり出て、窓ガラスを揺るがすほどの甲高い悲鳴をあげた。つづいて、ドシンというすさまじい音（死体？）が響くと、彼女は急いで厨房に引っこんだ。

ついさっきまでにこにこと語らっていたお客は全員が少しどきりとした。

「いまのはなんだったの？」

「あのおそろしげな悲鳴をあげたのは誰？」

「もうマーダーミステリが始まったんだわ！」

ドレイトンが天井のシャンデリアのスイッチを入れると、ブレッドソー卿が部屋の真ん中でぐったりと倒れていた。

「うそでしょ、本当に殺人事件が起こったわ！」ひとりのお客が叫んだ。

「でも、誰の仕業なの？」

「ねえ、どうしたらいいの？」

ビル・ボイエットは死んだ男の役を完璧にこなしていた。うつ伏せに力なく倒れたままじっと動かず、かつらが曲がっている。ドレイトンは駆け寄ると、わきにひざまずき、すぐに脈を確認した。しばらくの無言ののち、彼は言った。「最悪の事態が起こってしまいました」

「彼は息をしているの？」セオドシアが尋ねる横で、ミス・ディンプルが口を覆って笑いをこらえた。

顔をあげたドレイトンは悲痛な表情を浮かべていた。「死んでいる。ブレッドソー卿は亡くなった。おそらく毒殺と思われる。ほら、白い点々が目立つであろう？　これはあきらかに……砒素の症状だ！」

「わたしを見るな！」ラグリー子爵が叫んだ。その声に全員の目が彼に向いた。

「それでも、犯人はわたくしたちのひとりにちがいありませんのよ」レノックス公爵夫人が言った。その目は落ち着きなく室内のあちこちを見まわしている。「けれども、わたくしたちの誰が犯人なのでしょうね？」

「なんとしても真相を突きとめなくてはならん」ドレイトンは立ちあがった。

「お茶会をつづけるなら、その死体を始末しないといけないわ」セオドシアは言った。

「言うのは簡単ですけど」ミス・ディンプルの震える声が芝居じみた感じに拍車をかけた。

お客たちは固唾をのんで見守っている。

「ではこうしよう。気の毒なブレッドソー卿をとりあえず厨房に隠すのだ」ドレイトンは卿の脚を持って床を引きずりはじめた。

「なんなら、地下牢に放りこんでおいて」セオドシアは言った。「葬儀屋に伝言を届けるまで」

ドレイトンは死体を片づけると、ふたたび照明を消した。「残念ながら、ブレッドソー卿殺害によって、われわれのお茶会は予想外の身の毛もよだつ展開を呈してしまいました」彼はベストを下に引っ張ってから室内を見まわした。「こんなことは認められません。われわれは犯人を特定しなくてはならないのです！」

ここまでの芝居で、お客のテンションはすっかりあがっていた。

「で、どうすればいいの？」

「どうやって犯人を突きとめるの？」

「手がかりを追うしかありません」ドレイトンは落ち着いた声で言った。

「それに、ここにいる全員に質問をしてみてください」セオドシアが横から言い添えた。

ドレイトンはカードの束と容疑者一覧を出して全員に配った。「お配りしたカードには」彼は手もとの一枚を軽く叩きながら言った。「それぞれに特定の手がかりが書かれています。みなさんは互いに協力し、アイデアを出し合い、われわれのうち誰が犯人かを当ててください。また、われわれの誰にでも質問してかまいません——」彼はまだ立ったままの五人をしめした。「——このお茶会のあいだは」

セオドシアとミス・ディンプルがティーサンドイッチを盛りつけた三段のトレイを運び、お客は食べ、笑い、目にしたものや誰が犯人かについて話し合った。

メインディッシュのベイクドサーモンが出されると、お客は思い思いに演者に質問を始めた。

「あなたはあのときブレッドソー卿にいちばん近いところにいましたか？」

「わたしたちのテーブルに毒薬の瓶がふたつあったのに、いま、ひとつがなくなってるの

――あなたが取ったの?」

「そこの青いビロードのコートを着てる人に訊きたいわ。あまりショックを受けてるようには見えないわね」

話し合い(と料理を食べること)はしばらくつづき、ついに投票の時間となった。お客全員が小さな紙に自分の名を書いた。そして、その下に犯人と思う人物の名前を書いた。

ドレイトンが紙を集め、手早く集計した。セオドシアとミス・ディンプルがヴィクトリア・スポンジケーキをひと切れずつ配るかたわら、彼は結果を発表した。

「正解の方が三人いらっしゃるようです」ドレイトンは全員から見つめられながら、その目をセオドシアからミス・ディンプルへ、さらにふたりの役者へと動かした。

やがて大きな声を張りあげ、仰々しい動きで腕をのばし、ラグリー子爵を指さした。

「おまえだ! おまえが毒殺犯だ!」

それを合図にセオドシアがラグリー子爵に駆け寄って手錠をはめ、彼を連れ去った。

「塔へ連れていけ!」ドレイトンの声が響きわたった。

「あるいはせめて厨房へ」ミス・ディンプルはそう言って、くすくす笑った。

ブルック・カーター・クロケット、ドーン・グレイザー=フォーク、そしてジル・ビアテクの三人が優勝し、全員が〝箱のなかのティーパーティ〟とセオドシアが命名したギフトボックスを受け取った。中身はブラウンベティ型のティーポット、缶入りのお茶(今回は、ディンブラに細かくしたオレンジとレモンをくわえたドレイトンのオリジナルブレンドで、その名も〝ひとひらの春〟、瓶入りの蜂蜜、キルト地のポットカバー、それに茶漉しだ。

けれども、パーティはまだ当分終わりそうになかった。お客はなかなか帰らず、その多くはドレイトンが愛想よく注いだお茶のおかわりを楽しんでいる人で、いろいろ並んでいるなかからギフト用品を買っていく人もいた。

セオドシアは持ち帰り用のスコーンを袋に入れ、オフィスにギフト用品の在庫を取りにいき、売上げをレジに記録した。それが終わると、お礼を言い、抱擁し、すっかり満足したお客を正面のドアまで送った。実際、お礼の言葉と見送りの言葉を何度も繰り返したあげく、たっぷり三十分かかってインディゴ・ティーショップからお客がいなくなった。

ようやく店がからになり、雇ったふたりの役者が衣装を着替え終えると、セオドシアはふたりをつかまえて言った。「ジョン、マリア、ふたりとも本当にすばらしかった。お客さまはみんな、あなたたちのお芝居に大喜びだったわ」

「きみたちのおかげで、かつてないほど胸躍るイベントにすることができたよ」ドレイトンが断言した。

「そう言ってもらえるとうれしいわ」マリアがまじめくさったようにうなずいた。

「楽しかったです。きょうみたいな芝居はいい気分転換になりました。最高でした」ジョンはコートをはおり、ポケットに手を入れてカードを出した。それをセオドシアに渡した。

「そのうちドック・ストリート劇場に見に来てください。次の公演は『真夏の夜の夢』の予定です」

「ありがとう」セオドシアは言いながら、ふたりをドアまで送った。「ぜひうかがうわ」

ドアを閉めて掛け金をかけ、振り返るとミス・ディンプルがほほえんでいた。

「ミス・ディンプル」セオドシアは彼女をハグした。「よかったわよ。あなたは生まれながらの女優ね」

「というより、生まれながらの大根役者ですよ」ミス・ディンプルは言った。

けれども彼女の頬に差した赤みを見れば、まんざらでもないのがわかった。

「コートを取ってきてあげよう」ドレイトンが申し出た。「それに傘も。外はまだ雨が降っているから必要だろう」

「残って片づけをお手伝いしなくて本当にいいんでしょうか？」ミス・ディンプルは訊いた。

「いくらでもやりますのに」

「ばかなことを言うものじゃない」ドレイトンは言った。「きょうはもう充分やってくれたではないか」

「それにもう真っ暗だし」とセオドシア。「早く家に帰って、かわいい猫ちゃんたちとぬくぬくなさいな」

「わかりました。では失礼しますね。みなさん、また来週」

セオドシア、ドレイトン、ヘイリーはなにをすべきかをいちいち指示されるまでもなかった。皿とティーカップは重ねてプラスチックの洗い桶に入れられ、厨房に運ばれた。これまで数え切れないほどやってきているので、片づけはてきぱきと、あっと言う間に終了した。ドレイトンがほうきをつかんで木釘でとめた床を掃こうとすると、ヘイリーが声をかけた。

「ねえ、おにいさん、少しくらい食べられた？」

ドレイトンは首を横に振った。「いや、とくには」

「ランチタイムのときも？」

彼はまたも首を横に振った。

「だめじゃない、ちゃんと気をつけてないと低血糖症になっちゃうよ。よかったら厨房に来て。残ったサーモンを温めてあげる」

「包んでくれればいい。家に持って帰るから」

「ばかなことを言わないの。面倒なんかじゃないんだから。だいいち、いまならまだ味は落ちてないし。レモンソースもあるしね」

ドレイトンとヘイリーが厨房に姿を消すと、セオドシアはレジから売上げ伝票を回収し、オフィスに戻った。衣装を脱ぎ（そう、まだあの窮屈なボディスを着けたままだったのだ）、ジーンズ、長袖のTシャツ、愛用のカーキのジャケットを身につけた。腰をおろし、山と積まれたお茶の雑誌をどけ、デスクに売上げ伝票をひろげた。作業をしていると、厨房のほうからドレイトンとヘイリーの会話とジョークの応酬が聞こえてくる。それが心地よい背景音となって、作業がよりスムーズに進んだ。

集計を進めれば進めるほど、うれしさがこみあげてくる。雨つづきなうえ、悲しい出来事が多かったにもかかわらず、インディゴ・ティーショップはいい一週間を送れたようだ。それどころか、抜群にいい一週間だった。テイクアウトの注文が好調だったし、きょうのマーダーミステリのお茶会がそれに花を添えてくれていた。

暖かな季節がすぐそこまで来ているし、お茶のイベントの予定が目白押しなのを考えると、商売がますます好調になるのはまちがいない。

トントン。

セオドシアは書類仕事から目をあげた。裏口のドアをノックする音かしら？　こんな時間に訪ねてくるなんて、いったい誰？

ミステリのお茶会

セオドシアとドレイトンのように、みなさんもミステリをテーマにしたお茶会を企画してみてはいかがですか？　双方向の謎解きゲームや台本にはいろいろなものがありますから、お客さまをめいっぱい巻きこむのも、ちょっぴり巻きこむのも思いのままです。暗くした部屋、たくさんのキャンドル、テーブルにはミステリの本を山のように積みあげ、シャーロック・ホームズのような帽子におもちゃのピストル、ナイフ、ロープ、それに毒薬の小瓶などの小道具を並べましょう。お茶会で最初にお出しするのはラベンダーのティーブレッドかチョコレートのスコーン。つづいてライ麦パンにツナサラダとキュウリ、黒パンにローストした赤パプリカとチェダーチーズ、ナッツ入りのパンにイチゴのスライスとクリームチーズといったティーサンドイッチを召しあがっていただきましょう。小さなタルトレット型にレモンメレンゲを盛りつければ、ミニメレンゲパイのかわりになります。お茶はハーニー&サンズのタワー・オブ・ロンドンがぴったりですね。

29

忍び足でドアに近づき、小さな三角窓から外をのぞくと、ジェシー・トランブルの見慣れた顔がほほえんでいた。革のジャケットの襟を立て、濡れて寒そうだ。

「いらっしゃい」セオドシアは声をかけた。ドアをあけたとたん、湿った風が吹きこんで、思わず身震いした。「こんなところでなにをしているの？ 凍えちゃうじゃない」

「暗いなか、こちらの路地を忍び歩いていましてね」トランブルは笑いながら言い、なかに入った。「いや、そうじゃなくて、この先の書店の被害状況を簡単に確認していたんです。マスコミ向けに迅速に最新情報を提供しないといけないので」

「あらたに伝える情報があるの？」

「とくにはないですね。消防保安官たちが分析のためのサンプルを採取しています。いや、正確には、していました、だな。少し前に作業が終了して、引きあげましたから」トランブルは廊下のほうに目をやった。「それはともかく……いまお忙しいですか？ すてきなお茶会の真っ最中でしょうし、お邪魔するようなことはしたくないのですが」

「邪魔なんかじゃないわ」セオドシアは言った。「二十分前に最後のお客さまが帰ったから」

「そのお客さんたちが在庫を全部さらってないといいんですが。というのも、間に合うようなら、こちらのおいしいスコーンをふたつほど持って帰りたいと思いまして」

「なんとかなると思うわ。そういえば、さっきいい知らせを聞いたわよ。少なくとも、わたしはいい知らせだと思う」

「ライリーから電話があったんでしょう？」

「お茶会が始まる直前にね。ものすごく昂奮して話してくれたわ。彼が知っているかぎりの情報を」

トランブルは細めた目でセオドシアを見つめた。「ワイアット・オーロックの件ですか？」

セオドシアはうなずいた。「ええ」

「なるほど」トランブルは足を踏み換えた。「ワイアット・オーロックの手先のひとりが、ようやく寝返りましたからね。すべて白状しましたよ」

「でも、オーロックさん自身はいまも行方がわからないと聞いたけど」

トランブルは手を振り動かした。「そう遠くまでは逃げられませんよ。ぼくは各捜査機関を信頼しています。協力し合うときにはみんながんばりますから」彼はきれいに並んだ白い歯を見せて笑った。

「二秒おきにうしろを振り返らずにチャールストンの街を歩けるようになるなら、安心だわ」セオドシアは言った。

「きっと、誰もがそう思っているはずです」トランブルは言った。彼はまた、ティールームのほうをのぞいた。

急いでいるようね。急いでいるに決まってるわ。土曜の夜にオフィスに戻って、プレスリリースを書かなくてはいけないんだもの。

「ちょっと待ってて。いくつ持たせてあげられるか確認してくる」セオドシアは言った。

「ありがたい。ご親切にどうも」

セオドシアはカウンターに行って、パイケースからバターミルクのスコーンを三個取り、藍色のテイクアウト用の箱に入れた。それから、ふと思いついて、ドレイトンとヘイリーがあいかわらず食べながら軽口を叩き合っている厨房に立ち寄り、ビスケットふたつと小さなプラスチック容器に入ったジャムも箱に入れた。あと五分で店を閉めるのだから、残った焼き菓子を無駄にする必要はない。

オフィスに足を踏み入れたところで携帯電話が鳴った。

「ちょっと失礼」セオドシアはトランブルに詫び、箱をデスクに置いて電話を耳に近づけた。

「もしもし?」

「信じられないことになった」またライリーからだったが、このときはこわばって警戒した声だった。

「話してみて」セオドシアはおとなしく待っているトランブルにほほえんだ。

「鑑識がチャンネル8の女性ふたりに送られたメールをたどったところ、いくらか進展があった」

「それで……？」

「要するに、長い数字の羅列をたどり、問題のメールを送信したパソコンの位置情報を突きとめたんだ」

「じゃあ、メールを送った人を突きとめたの？」そう尋ねながらジェシー・トランブルのほうを見やると、彼は上着のポケットのなかのものをいじっていた。おそらく車のキーだろう。早く引きあげたくてやきもきしているのだ。

「そういうわけじゃないんだ」ライリーは言った。「でも、これが妙な話でね。いくつもの中継ポイントを経由していながら、どのメールもワイアット・オーロックまたはフランク・リンチのパソコンから送信されたようには見えないそうだ」

「それはいったいどういう意味なの？」セオドシアは訊いた。「ちょっと待って。つまり、オーロックさんは殺人犯じゃないの？」

「残念ながら、その可能性が高そうだ」

「じゃあ、振り出しに戻ったのね？」セオドシアはいま耳にした話が信じられなかった。二週間も捜査し、特別捜査本部までできたのに……それが無意味だったの？

「そんなことはないよ。鑑識の協力を得て、必ず犯人を見つけてみせる。ただ、もう少し時間がかかるというだけだ。犯人は海外のシステムを使っていて、複数のＩＰアドレスを調べなくてはならないからね」ライリーは言葉を切った。「セオ、とにかく用心のうえにも用心してほしい。フォグヒール・ジャックがいまもそのへんにいる可能性がある」

「わかった」首のつけ根がぶるりと震え、冷たいものが背筋を這いおりた。「なにかわかったら、必ず連絡して」

「そうするよ」

セオドシアは電話を切ってポケットに入れ、ジェシー・トランブルを見つめた。

「ぞっとするどころじゃないわ」

「ぼくも知っておいたほうがいい話ですか？」

「あなたが書くプレスリリースに影響するかどうかはわからないけど、いまライリーからものすごいニュースを知らされたの。どうやら、オーロックさんは犯人ではないみたい。警備の人も」

トランブルはあやうく舌をもつれさせるところだった。

「しかし、オーロックは雲隠れしたんですよ！　それはどう考えても……それにリンチという男にしたって……ドラッグを所持していたわけだし」

「でも、ふたりともカーラ・チェンバレンあるいはモニカ・ガーバーあてのメールの送信者でないのはあきらかなんですって。ふたりを殺人事件に結びつける確たる証拠は見つかってないの」

「驚いたな」トランブルはもうお手上げだというようにかぶりを振った。それからゆっくりと息を吐き出した。「だとすると、けっきょくわかれた彼氏が犯人なのかもしれません」

「ティム・ホルトね」

「そうです」彼はゆっくりと言った。「彼からあらためて話を聞く方針かどうか、わかりますか？」

「ライリーはとくになにも言ってなかったわ」セオドシアはしばし考えこんだ。「あーあ……ニック・プリンスさんを調べるよう、もっと強く言えばよかった」

「犯罪実話の作家のことですか？　たしか会議でピートが何度か彼に触れていました。あなたが彼を疑っているというようなことを」

「疑ってたわ。いまも疑ってる」

「あなたはこういうのが得意なようですね」トランブルは言った。「出来事を整理し、容疑者を見きわめる才能がある」

「でも、まだまだ力不足だわ。今後の捜査は鑑識がなにを見つけるかにかかっているんでしょう。いまはチャンネル８に送られたメールをたどるため、しゃかりきになって働いているはず」

セオドシアは振り返り、デスクに置いたスコーンの箱を取ろうとした。指が箱をかすめるのと同時に、背後でなにかがすばやく動いた。

次の瞬間、湿った布が鼻と口に当てられ、トランブルのがっしりした手で強く押しつけられた。

頭のなかが一気にパニック状態になった。思いもよらない襲撃に大きなショックを受け、息もろくにできなくなった。ようやくわれに返って息を継ぐと、有害な蒸気を鼻から吸いこむ結果となり、頭がくらくらして意識が遠のいた。

意識を完全に失う直前、セオドシアのざわめく頭に浮かんだものがあった——クロロホルム？

30

目が覚めると奈落の底のようなところにいた。暗闇、埃、黒焦げの木材、一面の白い灰。

「おい、起きろ」声は男性のもので、遠くから聞こえるような鈍い響きがあった。残響室から聞こえてくる感じだった。

セオドシアは鉛かと思うほど重たい目をあけようと悪戦苦闘した。言われたとおりにできず、罰として顔を鋭く平手打ちされた。

「目をあけろと言ったんだ」声はさっきよりも近くから聞こえ、より横柄だった。

もう一度、今度はもっと強く平手打ちされ、どうにかこうにか半覚醒状態に戻った。

「なんなの？」セオドシアは叫んだ。まばたきをしてからあたりを見まわし、ひどく傾いて見える周囲の景色に目をこらそうとした。吐き気を覚えつつも、ほんの数秒、意識が薄れかけたとき、頭のなかで警鐘が鳴った。その鋭い音はこう言っていた――起きろ、ベイビー、えらいことになってるぞ。

セオドシアは目を大きくあけた。まだ朦朧《もうろう》としていたが、それでも無理に周囲を見まわした。ここがどこか、突きとめようとした。きれいとはお世辞にも言えない煤まみれの湿った

床に手脚を投げ出し、窮屈な恰好で壁にもたれかかっているのだとわかった。

目の前にジェシー・トランブルがしゃがんでいた。なんの感情も読み取れない目でセオドシアを見つめている。

唇が乾き、喉はからから、しかも頭がまだくらくらする。

「ここはどこ？」セオドシアはどうにかしわがれた声を絞り出した。

薄暗くて、つんと鼻を突く悪臭がただよっている場所だった。

なにか燃えているの？　なにかが燃えたの？

そのとき、自分が置かれた現実が貨物列車のように一気に襲ってきた。わたしが手脚を投げ出しているここは、ロイスの書店の焼け跡だわ！

どうしてわたしはこんなところにいるの？

脳が必死に事態の把握につとめるうち、暗い路地をなかば抱きかかえられ、なかば引きずられた、つらくて吐き気をもよおす記憶がよみがえった。ところどころ鮮明に覚えていることもあるが、大半は漠然としていてはっきりしない。

トランブルさんになにかされたのはわかる……薬を盛られたんだろうか？　そのあと、ここに連れてこられたの？

あらためて周囲を見まわすと黒く焦げた木材、白い灰、そしてそこらじゅうにある残骸。まるで内壁と本棚が倒れたかのようだ。そしてこのにおい。鼻を突く強烈なにおい。たとえて言うなら、ゴムが焼けたような、あるいは……。

そうよ。本が燃えたにおいだわ。

「なにが望みなの？」セオドシアは訊いた。脳がなんとか口から言葉を出そうとした。

トランブルは彼女をにらんだ。「なにが望みかって？　もう勘弁してくれ。それがぼくの望みだよ、のぞき見女。その詮索好きで迷惑な鼻でむやみやたらと嗅ぎまわるのをやめてほしかった。殺人事件のことはほっておいてほしかったんだ」

「えっ……なにを言ってるの？」セオドシアはなかなか話についていけなかった。

「それがどうだ」トランブルの話はつづいた。「あんたはあれこれ想像をめぐらせすぎた」

彼は立ちあがり、黒焦げになった大きな木材をこともなげに拾いあげた。そして脅すような姿勢でセオドシアを見おろした。「話を聞いてるのか？」

あれでわたしを殴るつもり？　でもどうして？　いったいわたしがなにを……？

そのとき、巨大な稲妻が頭に走ったように、一瞬にしてすべてがはっきりした。殺人事件、トランブルがチャールストンに戻るのを決めたこと、警察の情報に通じていること……。

ジェシー・トランブルがフォグヒール・ジャックなの？　まさか、ありえない！

「あんたをぼくの四番めにしてやってもいい」トランブルはからかうような、歌うような調子で言った。「どうかな？」

やっぱりそうだ。この人がフォグヒール・ジャックなんだ。

トランブルはすばやい動きで木材を投げ捨てた。「立て。やらなきゃいけないことがある」

セオドシアは正座の姿勢になってから立ちあがった。体が前後に大きくよろけ、まるで揺れる船の甲板に立っているようだ。歯をくいしばり、彼の前でどうにかこうにか足を踏ん張った。

ほら、ちゃんとあなたに立ち向かえるでしょ。怖くなんかない。ううん、本当のことを言えば、死ぬほど怖い。でも、狂犬のあなたにおびえているところは絶対に見せたくない。

「いい子だ」トランブルは片手をのばし、セオドシアの肩に手を力強く置いた。「ようやくわかってきたようだ」

「今回のことはお互い、忘れることにしましょうよ、ね？」セオドシアの口がうまくまわらないのは、危険で、生きるか死ぬかの状況からどうやって抜け出すか、もっとまともでもっと適切な考えが思いつかないからだった。「だから、本当に大目に見てもいいのよ、もしも……」

目にもとまらぬ速さでトランブルはポケットからワイヤーを出し、セオドシアの首に巻いた。

乱暴に引き寄せられると同時に、首に巻かれたワイヤーが絞められ、セオドシアは息をのんだ。

「わかるか？」トランブルは訊いた。耳にかかる彼の息は熱く、湿り気を帯びていた。「ほかの女たちの気持ちがこれでわかったろ」彼はさらにワイヤーを絞め、歓喜に身を震わせた。

「お願い」セオドシアは言った。「お願いだからやめて……もしかしたら力になってあげられるかも」

「力になれるやつなどいない」トランブルは不機嫌に言った。

「この街を出るのを手伝う……逃がしてあげる」セオドシアは途切れ途切れに言った。「警察には正反対の方向に逃げたと言うから」そう言いながら、なにか使えそうなものはないかと、必死に頭を働かせていた。

「ふーん」トランブルはセオドシアの言葉がおかしいのか、頭をそらした。「子どもみたいにおびえているくせして、ぼくを揺さぶろうというのか？」

「そうじゃないの」泣き落とすのではなく、ちゃんと説得しなくてはだめだ。

トランブルがさらにワイヤーを絞めた。

「それに……」セオドシアは首を強く圧迫されたせいで思わず咳こんだ。「あなただって心のどこかでは、こんなことをしたくないと思っているはず」

「いやいや、したいに決まっているじゃないか。ここからがいいところなんだから」トランブルはさも楽しそうに言った。

セオドシアは相手の黒くてうつろな目をのぞきこんだ。

せめて上着のポケットから携帯電話を出せれば、と心のなかでつぶやく。そしたらわたしは……なにをするの？　緊急通報の九一一に電話する？　アラームを鳴らす？

ふたりはしばらく奇妙なダンスを踊るように互いに見つめ合った。トランブルはワイヤーを左右に引き、セオドシアは説得をこころみつつ、上着のポケットにそろそろと手を入れた。

「心理学を勉強したと言ってたわね」彼に話をつづけさせるしかない。心を通じ合わせ、セオドシアを犠牲者ではなくひとりの人間として見てくれるよう仕向ければ、うまく逃げられるかもしれない。同情を誘ってみるのもいいだろう。

「そう、ぼくは心理学を学んだ。実際、とてもおもしろかったね。人間の脳の複雑さとか。きっと一流の臨床心理学者になれたんじゃないかな。刑務所での仕事につくことだってできたかもしれない」彼はセオドシアにウインクした。「ほら、囚人を心理分析したりするだろ」

セオドシアは危険を承知で訊いた。「当時から自分が何者かわかっていたの？」

「何者か、というのは？」

「人を殺すのが好きな男ということ」

「女を殺すのが好きな男だ」トランブルは訂正した。それから手を下にのばし、セオドシアがどうにか手にした携帯電話をもぎ取って、壁にいきおいよく投げつけた。

ワイヤーをゆっくりと絞めあげられ、セオドシアはうめき声をあげた。ワイヤーの下に指の先だけでも入れられれば、食い込みをいくらかなりともゆるめられるかもしれない。そう思ってためしてみたが、トランブルはワイヤーを引く手にさらに力をこめて、じわじわと首を圧迫し、セオドシアを少しずつ恐怖のどん底に落としていった。これからどうなるかを味わわせた。

セオドシアは頭がどうにかなりそうだった。誰か助けてくれる人はいないの？　この裏路地に入ってくる車はないの？　だめだわ、なにもかもが夕方の墓地のように静まり返っている。もうお客さまは全員が帰ってしまった。ミス・ディンプルも帰った。ドレイトンとヘイリーは店内の掃除に忙しいだろう。救出してくれそうな人はひとりもいない。

セオドシアは一瞬でも空気を吸えないかと、ぎくしゃくと体の位置を変えた。

「動くんじゃない」トランブルは不機嫌な声を出した。「手間をかけさせるな！」

セオドシアは身をよじり、トランブルの脛を強く蹴りつけ、足の甲を踏みつけようとした。そうすれば、襲ってきた相手を確実に押しとどめられると以前から聞いていた。けれどもなにをしても空振りで、パニック状態に陥るだけだった。その後も身をよじったり、かみつくような声で威嚇したりと抵抗をこころみたが、首にまわされたワイヤーはきつくなる一方だ。

セオドシアは必死に空気を吸いこもうとしたが、気道が言うことを聞いてくれなかった。しだいに意識が遠のき、視界が狭くなり、端のところがぼやけて黒くなった。見えるのは感情というものがいっさいなく、ふたつの固ゆで卵のように見つめてくるトランブルの目だけだ。

死にたくない。どうか神様、なんとかしてください！

頭のいちばん奥のほうで、ドアが閉まるバタンという音が聞こえた気がしたが、音はとても遠かった。セオドシアはまたも咳きこんだ。指がぴりぴりしはじめ、膝の力が抜けてがくがくいった。

もうおしまいだ。どうにもならない。まったく、どうしてジェシー・トランブルの正体に気づかなかったんだろう？　わたしったらどうしてこんな間違いをしてしまったんだろう？

ロイス、ごめんなさい。力になろうとがんばったけど、けっきょくわたしが殺されるだけで終わっちゃったわ。それにいとしいライリーも、本当にごめんなさい。わたしのかわりにアール・グレイをよろしく。

自分の体の一部ではなくなったように両手が激しく動く。それがたまたまポケットのなかに入って、二日前にヘイリーにもらった筒形の唐辛子スプレーに触れた。

これがあった。さあ、早く。やるしかない！

手脚を激しくばたつかせて抵抗しながら、どうにかポケットからスプレーを出し、キャップをはずすことに成功した。それから腕をぐいっとあげ、唐辛子スプレーをトランブルの顔にまともに向けた。

ノズルを押すと、彼は恐怖で目を大きくひらいた。

シューというスプレーの音、唐辛子の炸裂、つづいて身の毛もよだつ悲鳴。

悲鳴をあげたのはセオドシアではなく、ジェシー・トランブルだった。彼が激しく頭を振って苦しそうにあえいだおかげで、首に巻かれたワイヤーがほんの少しゆるんだ。ようやく息ができる！トランブルはワイヤーから手を放すと、目を強くこすりながら罠に脚をはさまれた狼男のようなうなり声をあげた。

「殺してやる、絶対に殺してやる！」トランブルは叫んだ。

彼はやみくもに手をのばし、セオドシアを殴ろうと激しく振りまわした。ほとんど機能を停止しかけていたセオドシアの脳が、いまはほぼ……復活をとげたようだ。彼女はゆるんだワイヤーをつかむと、首からはずしてわきに投げ捨てた。

「殺してやる!」トランブルがまたも声を張りあげた。

やぶれかぶれで襲いかかってくるトランブルを目にし、セオドシアはまだ命の危険が去っていないのを悟った。彼は身を躍らせると、彼女の側頭部をひらいたてのひらでひっぱたいた。

その強烈な一撃にセオドシアは崩れるように膝をついた。

次はなにをされるんだろう? さっきは首を絞めてきた。今度は死ぬまで殴って片づけるつもり?

トランブルは顔をしかめながら腫れた赤い目をあけてセオドシアをにらみ、右手をうしろに引いて前に繰り出し、セオドシアの顎にパンチを叩きこんだ。

その一撃でセオドシアは啞然とすると同時に、仰向けに倒れ、焼けるような痛みに襲われた。さらに肋骨にすばやく蹴りを入れられ、またも痛みが走り、おまけに無数の小さな星が目の前に散った。

セオドシアは体を小さくまるめ、頭を守ろうと両手で押さえた。すると、信じられないことに、怪我をしているらしいうえに目が見えない状態のトランブルに腕をつかまれ、湿った灰が何インチも積もる床をなかほどまで引っ張られた。

そこでまたも肋骨をすばやく蹴られ、セオドシアは痛くて吐き気を覚え、気を失いかけた。手をのばし、落とした唐辛子スプレーはどこかと手探りした。しかし無駄骨に終わった。身を守るのに使えそうな大きめの木材は——鋭い釘が突き出ているような木材は——近くにあるだろうか? またも手を激しく動かしてあたりを探した——すると驚いたことに、その手に突然、外の空気を感じた。

どういうこと？

床にあいた穴らしきもののへりが手に触れた。

ここは火事で崩れ落ちたんだわ。

目の前に影が差したかと思うと、トランブルがまたも雄叫びのような声をあげた。セオドシアはキツネから逃げようとするしたたかなウサギのようにすばやく身を翻《ひるがえ》してへりを越え、運を天にまかせた。永遠につづくようなゆっくりした動きで下へ下へと転がり落ちた。やがて……。

ドサッ。

セオドシアはぐしょぐしょでスポンジ状の気持ちの悪いものの上に落ちてぎくりとした。銃弾で貫かれたような強烈な痛みが背中に走る。いったいなにがあったの？　ここはどこ？　どうにかこうにかあたりを見まわし、両手で手探りをした。どうやら地下室に落ちたらしく、まだ死んではいないようだ。けれども、あと数秒の命かもしれない。

本だ。湿ってぐしょぐしょになった本の上に落ちたみたい。ロイスの本が受けとめてくれたんだ。幸運の本たちだわ。

見あげると、トランブルがにやにやとのぞきこんでいた。彼は唐辛子スプレーの跡が残る顔の前で拳銃を振った。「近くでやるのにくらべたらおもしろさは半減どころじゃない。だが、こいつでも用は足りる」

セオドシアはうしろにさがり、隠れる場所を必死に探した。倒れた木材、つぶれた壁、瓦礫、なんでもいいから命を奪おうとする銃弾から身を守ってくれるもののうしろに身を隠さなくては……。

「いいかげん、覚悟して神に祈ったらどうだ」トランブルはあざけるように言った。

セオドシアは祈った。樹齢百年の梁らしきもの——まだちゃんと立って床を支えている唯一の木材——のうしろで縮こまり、目をつぶって小声で祈りを唱えた。奇跡をおあたえくださいと祈った。すると……。

バン！

奇跡が起こった。

はるか上空で天国の水門がひらかれ、雨が降りそそいだ。雨はセオドシアの髪をびしょびしょにし、顔を濡らし、乾いた唇をかすめた。

雨？　雨が降っているの？

事態を理解しようとしていると、トランブルの体があっちにこっちにゆらゆら揺れているのが目に入った。顔はたるみ、唐辛子スプレーを浴びた目がそれとわかるほどはっきり白目をむき、ゆっくりと膝から倒れていった。

綿のようになったセオドシアの脳に疑問がふたつ、浮かんだ。

さっきの音は銃声？　このぽたぽた落ちてくるのは雨？

鼻のてっぺんに落ちた液体がゆっくりとおりてきて、唇に達した。

雨じゃない。お茶だわ。どうしてお茶が突然上からまき散らされたの？　それにトランブルになにがあったの？　つまずいて、自分で自分を撃ってしまったの？　それとも自殺をはかったの？

ほどなく、上から揉み合う音が聞こえ、つづいて大きな叫び声があがった。「よけろ！」

突然、両手両脚をのばした恰好のトランブルが頭上に現われ、落ちてくるのが見えた。セオドシアはまたも身を縮めて小さくまるまった。その直後、トランブルが足もとに落ちた

――バシャン！

セオドシアは腹這いになって前に進み、頭上の暗闇に目をこらした。

「誰がやったの？　お願いだから答えて。そこにいるのは誰？」

小さな足音が聞こえ、つづいてよく知った顔が上からのぞいた。

「セオ？」

「ドレイトン！」セオドシアはかすれた声で呼びかけた。「あなたなの？」誰かの顔を見てこんなにうれしいと思ったことはなかった。

「そうとも。なにか力になれることはあるかな？」いつもきちんとうしろになでつけている髪は乱れ、上着の袖が片方、肩から落ちている。蝶ネクタイもほどけていた。

「助けにきてくれたのね！」セオドシアは叫んだ。彼の迅速な対応――具体的になにをしたのかはわからないけれど――への感謝の気持ちで胸がいっぱいになった。

それから、目の前でうつ伏せに倒れているトランブルに視線を移した。

「この人になにをしたの？」

「トランブル氏の後頭部を殴って、脳震盪を起こさせたのだよ」

「なにで殴ったの？」

「ティーポットだ」ドレイトンは言った。「残念なことに、手に入れたばかりのアンティークのボーンチャイナのティーポットを使ってしまった」

「わたしがここにいるのがどうしてわかったの？」

「店内を見まわしたところ、きみの姿が見えなかったので、すぐに最悪の事態を想定したのだよ」

「あなたはいつもそうだものね」

「生まれついての悲観論者だからな」ドレイトンは上機嫌で言った。

「あなたがそういう人で本当によかった」セオドシアは胸に安堵の思いがあふれるのを感じながら言った。

ドレイトンはつづけた。「つい先日ヘイリーが襲われたばかりだったからね、きみも同じ目に遭ったのではないかと心配になったのだよ。あるいは誘拐。あるいは……最悪の事態に」

「あとちょっとで、もっと悪いことになっていたわ。あなたとあなたの大事なティーポットが救ってくれなかったら」

「さあさあ、そこから出してやろう……そのおそろしい穴から」

「どうやって？」セオドシアがいるのはドレイトンから十フィートも下だ。

ドレイトンはしばし考えた。「脚立を取ってこよう。お茶の棚のいちばん上のものを取るときに使っているのがある。そこでじっとしているのだぞ」

「どこにも行くわけないじゃない」セオドシアは彼の背中に呼びかけた。

31

セオドシアは言われたとおり、じっとしていた。ドレイトンが震えるヘイリーを連れて戻るまで、不安な思いで三分半、暗いなかで待った。脚立がおろされ、セオドシアはおそるおそるのぼりはじめた。最上段に達すると、痛む肋骨を片手で押さえながら、残りの数フィートをジャンプしてあがった。

「怪我をしてるじゃない！」ヘイリーが声をうわずらせた。

「蹴られたときに、肋骨が一、二本折れたかもしれないわ」セオドシアはあいている手で痛む首に触れた。「しかも、あの人は首を絞めてきたの」そこでひと呼吸置いた。「ほかの被害者にしたのと同じように」

ヘイリーはあたりのにおいを嗅いだ。「あいつに唐辛子スプレーをかけたんでしょ、ちがう？」

「やってみたわ」セオドシアは言ってから、考え直した。「思った以上に効果抜群だった」

「わあ、よかった」

「救急車を呼ばなくてはいかんな」ドレイトンが言った。

「あいつのために？」ヘイリーは嫌悪感もあらわにトランブルを一瞥した。

「セオドシアのためだ」

見計らったかのように数フィート先から、さえずるような奇妙な音がした。鳴るというよりは響くという感じだった。

「わたしの電話だわ」セオドシアは暗いなかを探しまわり、床に落ちていた破損した電話を見つけた。「こんな状態でもちゃんと使えるなんてびっくり。トランブルが力まかせに投げつけたから、粉々になったとばかり思ってた」

悲しげな呼び出し音がさらに二度鳴った。

「まだ使える状態なら」ドレイトンが言った。「電話に出たほうがいいのではないかね？」

セオドシアは電話を拾いあげて灰を吹き払った。「もしもし？」ぎこちない声で言うと、ほっとしたせいだろう、激しい疲労感を覚え、頭が朦朧としてきた。

「オーロックが見つかった！」ライリーの威勢のいい声が電話から響いた。

「オーロックさんじゃなかったの」セオドシアは言った。「あの人はフォグヒール・ジャックじゃない。フランク・リンチさんは薬物使用の容疑を逃れようとして警察をだましたのよ」

「それはわかってる」ライリーはいった。「オーロックがこの二十四時間、サヴァナにいたのを突きとめた。昨夜、打ち合わせのために出向いたとかで、少なくとも六人がそれを裏づけている。なんでも、大きな商業用不動産事業が進行中らしい。リバーフロントにマンションやショッピングアーケードができるそうだ」そこで少し間があいた。「ちょっと待って」彼の声に当惑の色がにじんだ。「どうしてきみはオーロックが犯人でないのを知ってるんだい?」

「真犯人がわかったから」セオドシアは言った。

「なんだって? そいつはいまどこにいるんだ?」ライリーは舌をもつれさせ、わめきちらしているも同然だった。

「わたしの足もとで大の字になってのびてる」

ライリーはパトライトとサイレンを駆使しても、サヴァナから戻るには少なくとも一時間はかかると見ていた。しかし、チャールストンに残っていたティドウェル刑事は四分ぴったりでインディゴ・ティーショップに到着した。まだ足もとがふらふらしているトランブルの面倒を二組の制服警官にまかせ、火災現場である書店に鑑識職員を呼ぶと、セオドシアに歩み寄って声をかけた。

「いったいなにを考えていたんです?」ティドウェル刑事は大声で質問した。自宅から直行してきたらしく、FBIのロゴが入ったぶかぶかの青いトレーナーに灰色のスウェットパンツ、そしてかつては白かったとおぼしきハイトップスニーカーという恰好だった。

セオドシアはティーショップの裏に横づけした救急車のうしろにすわっていた。肩に毛布をかけられ、怪我をした顎にアイスパックをあてがっている。救急隊員ふたりにくわえ、ドレイトンとヘイリーが付き添っていた。

「考える余裕なんかなかったわ」セオドシアは言った。「薬をかがされて拉致され、焼けたロイスの書店に引っ張りこまれたんだもの」彼女は身を乗り出し、ティドウェル刑事のでっぷりした胸に人差し指を突きつけた。「警察があの怪物を広報官として雇わなければ、わたしは拉致されなかったし、三人の女性が殺されることもなかったのよ」

「わたしが雇ったわけではありません」ティドウェル刑事は言った。「何人かが首を切られることになるでしょうな」

「ならよかった」セオドシアは言った。

救急隊員のひとりがセオドシアの血圧をもう一度測りはじめると、ティドウェル刑事は電話を出してその場を離れた。低い声でぶつぶつ言うのが聞こえてくる。

「もうそっちに着いたのか？」彼は言った。「で？　それはまずいな。そうか……ならいい。少なくとも真犯人を捕まえたことはたしかだ」

ティドウェル刑事はセオドシアたちのところに戻った。

「なにかまずいことでもあったの？」セオドシアは訊いた。

ティドウェル刑事はむっつりとした。「いえ、現行犯での逮捕ですから」

「証拠はあるの？」セオドシアはくいさがった。「被害者の……記念品みたいなものは見つかった？」

ティドウェル刑事は口をとがらせた。「みなさんが知りたいと思うようなことはなにもありません」

「いや、知りたいことなどありませんので」ドレイトンがあわてて言った。

「七年前に殺された女性ふたりについてはどうなの？」セオドシアはティドウェル刑事に訊いた。「なにかつながりはあるの？」

「それについては捜査が継続中です」ティドウェル刑事は言った。「しかし、現時点ではつながりがあるとは考えておりません」

「そう」セオドシアは言った。それだけ聞けば充分だ。あいているほうの手を髪にのばした。ぼさぼさに乱れていて……メドゥーサになったみたいだ。「ヘイリー」と小声で呼びかけた。

「わたしの髪の毛はどんな感じ？」

「うーん、いいんじゃないかな」ヘイリーはいくらか明るすぎる声で言った。

「やだわ」セオドシアは言い。うねったウェーブヘアをなでつけようとした。

「ちゃんとして見えるとも」ドレイトンが言った。「本当に」

セオドシアは歯がカタカタいいはじめたので、顎に当てていたアイスパックを取り去った。

「寒い」

「いますぐ病院に搬送します」救急隊員のひとりが言った。「血圧は安定していますし、脈拍も血中酸素濃度も正常ですが、肋骨は医師の診察が必要ですから」

「レントゲンを撮ってもらわなくちゃだめよ」ヘイリーが言った。「どこにも異常がないのをたしかめてもらわなきゃ」

「行くわけにはいかないわ」セオドシアは言った。

「当然、行くべきです」ティドウェル刑事が言った。

「いや、絶対に行かなくてはなりません」

セオドシアは首を横に振った。

「ライリーがこっちに向かってるの。ここに来るって彼が言ったんだもの」

「ならば、われわれが搬送先を彼に伝えます」ティドウェル刑事は言った。「そんなむずかしい道順ではないでしょうから、あの男にだってわかるはずです」

「いやよ」セオドシアは強い口調ではないながらも引きさがらなかった。「ここで彼を待つ」

ティドウェル刑事は両手をあげ、円を描くように歩いた。ぶつぶつと大きな声でつぶやいていたが、なにを言っているかまではわからない。

ヘイリーがセオドシアの手を握った。

「セオ、手が氷みたいに冷たいじゃない」

「まったくきみも頑固だな」ドレイトンが言った。「ライリーを待ちたいならそれでもいい。しかし、彼が到着するまではどうするのだね？」

セオドシアはうっすら笑みを浮かべて言った。

「なんならドレイトンがお店でおいしい熱々のお茶を淹れてくれてもいいのよ？」

訳者あとがき

〈お茶と探偵〉シリーズの二十四作めとなる『ティー・ラテと夜霧の目撃者』をお届けします。

前作『クリスマス・ティーと最後の貴婦人』はクリスマスシーズンのお話でしたが、季節はそこから少し進んで三月。例年ならば寒さがゆるみ、何種類もの花が咲きはじめる時期ですが、この年のチャールストンはいつもと様子がちがいます。何日も雨がつづき、風も強く、ときには雷が鳴ることも。

事件はそんな悪天候のなか、起こります。主人公のセオドシア・ブラウニングはヘリテッジ協会での打ち合わせを終え、経営するインディゴ・ティーショップに戻る途中、殺人事件の目撃者となってしまいます。殺害されたのはカーラ・チェンバレン。インディゴ・ティーショップの三軒先で古書店を営むロイス・チェンバレンのひとり娘です。大学卒業を間近にひかえ、テレビ局の調査報道部門での研修に取り組んでいたカーラがなぜ殺されなくてはならなかったのか。ロイスにぜひにと頼まれたこともあり、セオドシアは事件に関する情報を集めることになります。

カーラが殺された事件の前の週、チャールストン市内のべつの場所で、やはり若い女性が同様の手口で殺害される事件が起こっていました。また、七年前にも似たような事件が数週間のうちに二件、起こっていたことがわかります。チャールストンが濃い霧に包まれた時期だったため、犯人は〝霧足《フォグヒール》ジャック〟と命名されましたが、捕まることはありませんでした。カーラはこのフォグヒール・ジャックによって殺されたのか、それとも模倣犯の仕業なのか、はたまた、まったくべつの事件が偶然にも似たような状況で起こっただけなのか。うっとうしい天気がつづくなか、セオドシアはカーラの部屋を調べ、彼女と関係ある人たちから話を聞くのですが、なかなか容疑者を絞りきれません。カーラの元恋人、セオドシアの隣に引っ越してきた犯罪実話専門の作家、殺人事件を専門に追っているフリーのジャーナリスト、ロイスの書店が入っているビルの購入をねらっている不動産開発業者。どの人もあやしく思える一方、これという決め手がありません。そして、あらたな犠牲者が出たことで、事件はいっそう危険な様相を呈していくのです。

今回は陰惨な殺人事件にセオドシアが挑むという内容であることと、殺害されたのが親友の大事なひとり娘だったことで、全体的に暗く重苦しい雰囲気がただよっています。悪天候もそれに拍車をかけています。土砂降りの雨、一歩先も見えないほど濃い霧、夜空を切り裂く稲妻、黒々とした海。このシリーズの読者のみなさまが慣れ親しんだチャールストンの美しさはすっかり影をひそめています。さらに事件のおぞましさを強調するように、ゾディアック事件、ヒルサイドの絞殺魔、ナイト・ストーカー、BTK絞殺魔など、アメリカではよく知られている残忍な連続殺人事件が物語のあちこちにちりばめられ、作者のローラさんのいままで知らなかった一面を見た思いがしました。

ところで、被害者となったカーラ・チェンバレンは前作でちらりと登場していました。覚えていらっしゃるでしょうか？　そう、セオドシアがドレイトンへのクリスマス・プレゼントを探そうとロイスの古書店に立ち寄ったときのことです。テレビ局での研修が待ちきれない、と語るのがとても印象的でした。目をきらきらさせている様子まで伝わってきましたね。彼女のジャーナリストとしての活躍ぶりを見ることができないのが本当に残念です。

最後に、次の第二十五作 *Lemon Curd Killer* について簡単にご紹介いたします。本書『ティー・ラテと夜霧の目撃者』のなかでセオドシアとドレイトンが、今後のお茶会についてあれこれ話し合うシーンがありましたが、そこでセオドシアがレモン畑でレモンのお茶会を開催するというアイデアを出しています。次作はそのレモン畑でのお茶会のシーンから始まります。お茶会とファッションショーを組み合わせたイベントのさなか、殺人事件が起こります。被害者は……これはまだ内緒にしておきましょう。これまでシリーズを読んでくださっているみなさまは、きっとびっくりすることと思います。邦訳は二〇二四年十一月刊行予定です。どうぞお楽しみに。

二〇二四年三月

大好物のエンドウ豆のサラダ

＊用意するもの（4〜6人前）＊

エンドウ豆の缶詰(大)……1缶

固ゆで卵……2個

タマネギのみじん切り……1カップ

マヨネーズ……大さじ2

塩、コショウ……適宜

＊作り方＊

1 エンドウ豆は水気を切っておく。固ゆで卵はみじん切りにする。

2 豆、みじん切りにした卵、タマネギ、マヨネーズをボウルに入れて混ぜ、塩、コショウで味を調える。

※ティーサンドイッチの具にしてもおいしい。

※米国の１カップは約240ml

パリパリの
イングリッシュタフィー

＊用意するもの＊

バター……1カップ

砂糖……1カップ

水……大さじ3

バニラエクストラクト……小さじ1½

板チョコ……340g

クルミ(またはペカン)のみじん切り……½カップ

＊作り方＊

1 厚手のソースパンにバター、砂糖、水を入れ、温度が150℃になるまでかき混ぜながら加熱する。

2 火からおろしバニラエクストラクトをくわえて混ぜ、23×28cmの型に流し入れ、5分おく。

3 5分後、砕いた板チョコとクルミ(またはペカン)を散らす。

4 冷えたら適当な大きさに割って、気密性の高い容器で保存する。

＊作り方＊

1 タマネギとセロリをバターで炒め、ひと口大に切ったスズキ、ホタテの貝柱、海老をくわえてさらに炒める。

2 **1**に鶏ガラスープ、トマトソース、パセリのみじん切り、カイエンペッパーをくわえ、好みでさらにシェリー酒をくわえ、魚介類に火がとおるまで煮こむ(15〜20分ほど)。

3 ボウルによそい、堅焼きのパンを添えて、またはライスの上にかけて出す。

ヘイリーのチョッピーノ

＊用意するもの（4〜6人分）＊

タマネギのみじん切り……½カップ

セロリのみじん切り……1カップ

バター……大さじ4

スズキの切り身……2枚

ホタテの貝柱……1カップ

海老（殻をむいて背わたを取ったもの）……1カップ

鶏ガラスープ……1カップ

トマトソース……1カップ

パセリのみじん切り……大さじ2

カイエンペッパー……適宜

シェリー酒……大さじ2（お好みで）

＊作り方＊

1　オーブンを220℃に温めておく。オールパーパスフラワーはふるい、バターは細かく切る。オールパーパスフラワーのうち½カップ分をブルーベリーに振りかけておく。

2　残りのオールパーパスフラワーを大きなボウルに入れ、そこに砂糖、ベーキングパウダー、ベーキングソーダ、塩をくわえて混ぜ、切ったバターを切るようにして混ぜ合わせる。**1**のブルーベリーもくわえて混ぜる。

3　**2**に牛乳をくわえ、生地がまとまるようにやさしく混ぜる。

4　**3**の生地をスプーンですくい、薄く油を引いた天板に並べる。指に小麦粉（分量外）をつけ、並べた生地を上からそっと押して厚さを2.5cmにする。

5　オーブンで12～15分、全体がキツネ色になるまで焼く。

ブルーベリーのスコーン

＊用意するもの（10〜14個分）＊

オールパーパスフラワー（または中力粉）……2カップ

ブルーベリー（生または冷凍）……1カップ

砂糖……⅓カップ

ベーキングパウダー……小さじ1½

ベーキングソーダ……小さじ½

塩……小さじ¼

バター……大さじ5

牛乳……¾カップ

＊作り方＊

1 オーブンを175℃に温めておく。

2 大きなボウルに卵、砂糖、油を入れて泡立て器で混ぜる。

3 べつのボウルに小麦粉、ベーキングソーダ、シナモン、ナツメグ、塩を合わせてふるい、**2**の卵液をくわえて泡立て器で混ぜる。

4 **3**にニンジンのすりおろし、クルミ、レーズンをくわえて混ぜる。

5 油(分量外)を引いた23cm×13cmのパン型に生地を流し入れ、55〜60分焼く。

ニンジンのブレッド

＊用意するもの＊

卵……2個

砂糖……1カップ

油……⅔カップ

小麦粉……1½カップ

ベーキングソーダ……小さじ¾

シナモン……小さじ1

ナツメグ……小さじ1

塩……小さじ½

ニンジンのすりおろし……1½カップ

クルミのみじん切り……1カップ

レーズン……¾カップ（お好みで）

マンゴーとトマトのサルサのクロスティーニ

＊用意するもの（2カップ分）＊

マンゴーのみじん切り……1カップ

プラムトマトのみじん切り……2個分

タマネギのみじん切り……大さじ2

セラーノペッパーのみじん切り……小さじ1

ライム果汁……大さじ1

砂糖……小さじ½

コリアンダーのみじん切り……大さじ1（お好みで）

塩、コショウ……適宜

＊作り方＊

1 ボウルにマンゴー、トマト、タマネギ、セラーノペッパーのみじん切りを入れ、ライム果汁、砂糖、コリアンダーをくわえて混ぜる。

2 塩、コショウで味を調え、好みのクロスティーニにのせて出す。

超簡単なバナナケーキ

＊用意するもの＊

ベーキングソーダ……小さじ⅛

イエローケーキミックス……1箱

つぶしたバナナ……1カップ（熟したバナナ　2、3本分）

みじん切りのナッツ……½カップ

＊作り方＊

1　イエローケーキミックスにベーキングソーダをくわえてよく混ぜる。

2　ケーキミックスの箱に書かれた作り方どおりに生地を作る。ただし、水の分量は箱に書かれたものよりも¼カップ分減らすこと。

3　**2**につぶしたバナナとナッツをくわえて混ぜ、焼き型に流し入れ、ケーキミックスの箱に書かれた指示に従って焼く。

＊作り方＊

1　オーブンを175℃に温めておく。

2　大きなボウルにケーキの材料をすべて入れて混ぜる。

3　20cm四方の焼き型に油を引き、そこに**2**の生地を流し入れる。

4　トッピングの材料を混ぜ合わせ、**3**の上から振りかける。

5　オーブンで15〜20分焼く。

シナモンコーヒーケーキ

＊用意するもの＊

•ケーキの材料

オールパーパスフラワー（または中力粉）……1カップ

ベーキングパウダー……小さじ3

シナモン……小さじ½

牛乳……½カップ

砂糖……½カップ

塩……小さじ½

溶かしバター……大さじ4

卵……1個

•トッピングの材料

砂糖……¼カップ

シナモン……小さじ½

スモークサーモンのティーサンドイッチ

＊用意するもの（12個分）＊

バター……½カップ

レモンの皮……小さじ1

レモン果汁……大さじ1

薄切りのライ麦入り食パン……6枚

スモークサーモン……適宜

クリームチーズ……適宜

＊作り方＊

1 最初にレモンバターを作る。小さなボウルにやわらかくしたバター、レモンの皮、レモン果汁を入れてよく混ぜる。

2 **1**のレモンバターを6枚の食パン全部に塗り、そのうち3枚にスモークサーモンをのせ、その上に泡立て器でホイップ状にしたクリームチーズをのせる。

3 残りの3枚の食パンを**2**にのせて耳を落とし、それぞれを4つの三角形に切る。

※すぐに食べない場合は、湿らせたペーパータオルで覆ってラップでくるみ、冷蔵庫に入れておくとよい。

アイオリソースであえた カニサラダのロールパンサンド

＊用意するもの（8個分）＊

マヨネーズ……⅔カップ

搾りたてのレモン果汁……大さじ1

大きめのセロリの茎……1本

カイエンペッパー……適宜

カニのむき身……340g

塩……適宜

ミニブリオッシュ……8個

レタスの葉……8枚

＊作り方＊

1 セロリは細かく刻み、カニのむき身は軽くほぐす。

2 ボウルにマヨネーズ、レモン果汁、刻んだセロリを入れて混ぜ、カイエンペッパーで調味する。

3 **2**にほぐしたカニのむき身を入れて軽く混ぜ、塩で味を調える。

4 ブリオッシュに**3**の具を詰め、上にレタスをのせて出す。

＊作り方＊

1 オーブンを220℃に温めておく。卵2個は割りほぐす。

2 中くらいの大きさのボウルにオールパーパスフラワー、砂糖、ベーキングパウダー、塩を入れて混ぜ、そこへバターを切り混ぜてぽろぽろの状態にする。

3 小さめのボウルに牛乳と割りほぐした卵のうち大さじ4杯分を合わせ、**2**の生地にくわえて混ぜる。さらにクランベリーもくわえて混ぜる。

4 打ち粉をした台に**3**の生地を置いてやさしくこね、半径20cmの円になるようのばす。

5 **4**の生地を8等分して油を引いた天板に並べ、残りの卵液を表面に塗ってざらめ糖を振りかける。

6 オーブンで12〜15分、全体がキツネ色になるまで焼く。温かいうちに出す。

※クランベリーのかわりにレーズンなど、ほかのドライフルーツを使ってもよい。

絶品ものの
クランベリーのスコーン

＊用意するもの（8個分）＊

オールパーパスフラワー（または中力粉）……2カップ

砂糖……½カップ

ベーキングパウダー……小さじ3

塩……小さじ¼

冷えたバター……½カップ

牛乳……大さじ6

卵……2個

ドライクランベリー……½カップ

ざらめ糖……小さじ½

＊作り方＊

1 オーブンを220℃に温めておく。
2 サーモンを天板に並べて水を注ぎ入れ、厚さ2.5cmにつき10分ずつ、だいたい10～15分焼く。
3 サーモンを焼いているあいだに卵黄、フィッシュストック、レモン果汁、ウスターソース、塩、コショウを湯煎にかけてかき混ぜる。
4 サーモンが焼けたら4枚の皿に取り分け、レモンソースをかける。
5 熱いうちにつけ合わせのサラダ、またはライスとともに出す。

レモンソースをかけたベイクドサーモン

＊用意するもの（4皿分）＊

●ベイクドサーモンの材料

サーモンの切り身……4枚

水……¼カップ

●レモンソースの材料

卵黄……3個

フィッシュストック……⅔カップ

レモン果汁……大さじ3

ウスターソース……4滴

塩、コショウ……適宜

＊作り方＊

1 オーブンを200℃に温めておく。

2 小麦粉、ベーキングパウダー、塩を合わせてふるい、バターを入れて切るようにして粉と混ぜる。

3 **2**の中央をくぼませて牛乳をくわえ、20秒間、粉全体がしっとりするまでよく混ぜる。

4 打ち粉（分量外の小麦粉）をした台に**3**の生地を置き、20秒間こねる。

5 **4**を1.3cmの厚さになるまでのばして丸型でくり抜き、油を引いた天板に並べる。

6 オレンジジュースと砂糖を混ぜ、それを**5**のビスケットの上に塗る。

7 **6**をオーブンで10～15分、全体がキツネ色になるまで焼く。

イギリス風ティービスケット

＊用意するもの（10〜12個分）＊

小麦粉……2カップ

ベーキングパウダー……小さじ4

塩……小さじ1

バター……大さじ5

牛乳……¾カップ

オレンジジュース（またはマーマレード）……大さじ4

＊作り方＊

1　ニンニクとタマネギはみじん切りにする。

2　大きめのフライパンに油を熱し、鶏肉に焼き色をつける。ある程度火がとおったら、いったん皿に取り出す。

3　シェイカーまたは瓶に**2**で残った油、白ワイン、小麦粉、みじん切りにしたにんにく、塩、コショウを入れてよく振り、フライパンに入れる。

4　**3**のフライパンに鶏肉を戻し、タマネギのみじん切りもくわえ30分ほど煮こむ。

5　**4**にマッシュルームとパセリをくわえ、さらに10分、煮こむ。

6　鶏肉とソースをライスの上にかけて出す。

ドレイトンの
酔っぱらい南部チキン

＊用意するもの（5～6皿分）＊

油……¼カップ

鶏肉……5～6枚

白ワイン……1½カップ

小麦粉……大さじ2

ニンニク……1かけ

塩……小さじ½

コショウ……小さじ½

タマネギ（大）……1個

スライスしたマッシュルーム……225g

パセリのみじん切り……大さじ2

ライス……適宜

column and recipe illustration by GOTO Takashi
artwork by KAMIMURA Tatsuya (base on shape)

コージーブックス

お茶《ちゃ》と探偵《たんてい》㉔

ティー・ラテと夜霧《よぎり》の目撃者《もくげきしゃ》

著者　ローラ・チャイルズ
訳者　東野《ひがしの》さやか

2024年　3月20日　初版第1刷発行

発行人　成瀬雅人
発行所　株式会社　原書房
〒160-0022 東京都新宿区新宿1-25-13
電話・代表　03-3354-0685
振替・00150-6-151594
http://www.harashobo.co.jp
ブックデザイン　atmosphere ltd.
印刷所　中央精版印刷株式会社

落丁・乱丁本はお取り替えいたします。
定価は、カバーに表示してあります。
 ISBN978-4-562-06137-2 Printed in Japan